Litha Bernee

Stille mein Begehren

Erotischer Roman

www.blue-panther-books.de

BLUE PANTHER BOOKS TASCHENBUCH
BAND 2226
1. AUFLAGE: AUGUST 2017

VOLLSTÄNDIGE TASCHENBUCHAUSGABE
ORIGINALAUSGABE

LEKTORAT:
MARIE GERLICH

COVER: © ROMANCENOVELCOVERS.COM
UMSCHLAGGESTALTUNG: TRAUMSTOFF.AT BUCHDESIGN

GESETZT IN DER TRAJAN PRO UND ADOBE GARAMOND PRO

PRINTED IN GERMANY
ISBN 978-3-86277-616-0
WWW.BLUE-PANTHER-BOOKS.DE

Kapitel 1

Westerwald, Stadt Hachenburg, fünfter Mai anno 1712

»Immer noch gierig, Desiree?« Thoran leckte über den hart aufgerichteten Nippel.

Die kleine Brünette stöhnte leise und präsentierte ihm mit beiden Händen ihre nackten Brüste. »Ich hoffe auf eine Troika mit einem braunäugigen Hünen und seinem Zwilling.«

Nikolai, Thorans Zwillingsbruder, strich ihr über den Schenkel. »Du unersättliches Luder.«

»Welche Geliebte hat schon ein solches Glück?«, konterte Desiree und rekelte sich auf dem zerwühlten Laken. »Gleich zwei Liebhaber, die nicht nur an sich denken.« Thoran wusste, was die Kleine meinte. Nikolai und er waren stets darauf bedacht, auch ihre jeweiligen Gespielinnen zu befriedigen. Ein Weib, welches sich einölen musste, um schlüpfrig zu sein, widerte ihn an. Er wollte echte Lust und Begierde.

Auf ihren Handelsreisen hatten Nikolai und er viel über die körperliche Liebe gelernt. Sie setzten ihr Wissen ein, um sich und den Weibern höchste Genüsse zu verschaffen.

Er sah aus dem Fenster. »Wir müssen los.« Langsam schob sich die Sonne über die Dächer der Stadt. »Nächstes Mal bekommst du uns beide gleichzeitig, versprochen.«

»Wann?«

»Bald.« Behände sprang Thoran aus dem Bett, klaubte sein Hemd vom Boden und zog es über den Kopf.

»Ich fasse es nicht.« Thoran zerrte an dem Stoff.

»Nikolai, hilf mir hier raus oder ich reiß dein Hemd in Fetzen.« Thoran steckte mit den Schultern in dem Ding fest.

Er war breiter gebaut als sein Zwillingsbruder und hatte mal wieder das falsche Hemd erwischt.

»Ich kann nicht mehr. Mit nacktem Arsch gefangen. Zum dritten Mal steckst du in dieser Misere.« Nikolai brüllte vor Lachen.

»Hol. Mich. Hier. Raus.« Vergebens versuchte Thoran, sich zu befreien.

»Warte. Beug dich nach vorn.«

Gehorsam beugte sich Thoran vor und Desiree zog kräftig an dem Hemd. Mit einem spitzen Schrei fiel sie zurück und landete in Nikolais Armen.

Endlich frei, warf Thoran seinem Bruder einen bösen Blick zu.

Der lachte noch mehr. »Du wurdest soeben von einer holden Maid aus einer ausweglosen Situation befreit.«

Er küsste Desiree auf die Stirn. »Habt Dank, holde Maid. Für Euren todesmutigen Einsatz werde ich Euch beim nächsten Besuch ein exotisches Geschenk mitbringen.«

Kopfschüttelnd stieg Thoran in seine Hose.

»Vielleicht solltet ihr eure Hemden kennzeichnen.«

»Sollen wir den Saum abschneiden? Oder in den Kragen eine Kerbe schnippeln?« Nikolai setzte sich aufs Bett und zog Hose und Stiefel an.

»Eure Initialen.«

»Unsere was?«, fragten sie zeitgleich.

Die kleine Brünette warf ihr Haar zurück. »Wie können zwei Götter im Bett nur so begriffsstutzig sein? Dazu noch die reichsten und mächtigsten Kaufleute von hier bis zum Rhein.«

»Kapierst du, was sie will?« Nikolai schüttelte den Kopf.

»Ein T für Thoran und ein N für Nikolai aufsticken lassen.« Sie kniete sich aufs Bett und klatschte in die Hände. »Ich weiß auch, wer es euch machen könnte.«

»Wie heißt diese Koryphäe der Schneiderzunft?«, wollte

Nikolai wissen.

»Krämer. Witwe Krämer.« Desiree warf ein Kissen nach ihm. »Die beste Weißnäherin der Stadt. Ihre Kreationen sind einzigartig. Selbst aus banalen Stickereien macht sie etwas Ausgefallenes. Ihre Verzierungen sind so filigran wie die Flügel einer Libelle.«

»Gleich morgen früh reite ich zu dieser alten Schachtel und gebe die Bestellung auf. Die Zeiten, wo du über mich frotzelst, sind vorbei, Bruder.«

Ihre derzeitige Geliebte musste ihnen den entscheidenden Rat geben. Es war nicht zu fassen.

***

Die Mittagshitze flirrte über den Dächern der Stadt. Thoran ritt gemächlich durch die Straßen von Hachenburg.

In der Perlgasse, gegenüber dem Haus der Weißnäherin, stieg er ab und band seinen Hengst im Schatten einer Linde an. Die Weißnäherin saß auf einer Bank vor ihrem Fachwerkhäuschen und arbeitete an einem weißen Stück Stoff. Ein hübscher Strohhut schützte sie vor der Sonne. Ihr honigblonder Zopf fiel bis auf ihre Hüften.

Keine alte Schachtel. Ein Prachtweib, am Anfang seiner Blüte und bereits verwitwet. Thoran strich sich über den kurz gestutzten Vollbart. Gut gelaunt schritt er über die Straße. »Seid gegrüßt.«

Sie sah auf, legte ihre Näharbeit in den Korb und erhob sich.

Schwungvoll zog er seinen Dreispitz und verbeugte sich formvollendet.

»Wie kann ich Euch behilflich sein, Thoran Strogow?« Anmutig knickste sie.

»Ihr kennt mich?« Irritiert sah er sie an.

»Jeder in der Stadt weiß, wer die Strogowzwillinge sind, und ich sah Euch beide gelegentlich, wenn ich in Eurem Kontor meine Bestellung aufgab.« Ihre Augen, hell wie ein Morgenhimmel, zogen ihn in ihren Bann. Noch nie hatte er solch ausdrucksstarke Augen gesehen.

Ihre zarten Finger berührten den feinen Stoff im Korb. »Für meine Arbeiten benötige ich die besten Stoffe und die kann ich nur bei Euch erwerben.«

Er teilte ihre Meinung in Bezug auf hervorragende Ware. In ihrem Kontor waren die erlesensten Tuchballen aus aller Welt gelagert. Außerdem edle Weine aus Frankreich, Whisky aus Schottland sowie seltene Gewürze aus Indien und der Neuen Welt. Allein hier in Hachenburg lagerten Waren im Wert von mehreren Hundert Gulden.

»Wir möchten Hemden mit unseren jeweiligen Initialen besticken lassen.«

»Wünscht Ihr etwas Farbiges?«

Darüber hatte er sich keine Gedanken gemacht. Wozu auch? Ihm war lediglich daran gelegen, zu wissen, welches Hemd seines war. Wahllos griff er in den Korb, in dem sie verschiedene Garne aufbewahrte, und hielt ihr drei Spulen hin. »Eine von denen?«

»Lieber Himmel. Schweinchenrosa auf keinen Fall. Gelb auch nicht. Dieses ausdruckslose Beige hier passt zu einem Bauerntölpel, keinesfalls zu Euch.« Sie riss ihm die Spulen aus der Hand. »Ihr seid groß und schlank. Stattlich wie eine Tanne. Zu Eurem dunkelblonden Haar und den erdbraunen Augen passt ein dunkles, kräftiges Grün.« Thoran schmunzelte, grün war eine seiner Lieblingsfarben. »Ihr seid bemerkenswert. Jeder andere hätte meine Farbwahl akzeptiert.«

»Mein Urteil wäre nichts mehr wert, würde ich diese abscheulichen Farben verwenden.« Ein hinreißendes Lächeln erhellte ihre Züge.

»Wir hätten gern je ein Dutzend Hemden mit unseren

jeweiligen Initialen, in dem von Euch gewählten Grünton.«

Sie erstaunte ihn, weil sie keine Miene verzog. Mit diesem Auftrag würde sie sicherlich mehr verdienen als sonst in einem ganzen Jahr.

»Kommt bitte mit hinein.« Sie gingen zur rechten Hausseite und sie öffnete die Tür.

Er musste den Kopf einziehen, um nicht an den Türstock zu stoßen. Drinnen war es behaglich und hell. Ein angenehmer Lavendelduft lag in der Luft.

Aufmerksam sah sich Thoran in dem kleinen Raum um. Überall an den Wänden bogen sich die Regale unter der Last unterschiedlichster Stoffballen, Garne und was eine Weißnäherin sonst noch benötigte. Vor dem Fenster stand ein Webstuhl, die Raummitte dominierte ein riesiger Arbeitstisch.

»Wünscht Ihr verschiedene Formen der Buchstaben? Dienen die Initialen der Zierde?« Sie löste die Bänder ihres Hutes und legte ihn auf eine kleine Bank neben dem Fenster.

»Aus einer Laune heraus.« Den wahren Grund, warum er und Nikolai die Hemden bestickt haben wollten, gab er nicht preis.

Die Witwe zog einen Bogen Papier aus einer Schublade und begann mit einem Kohlestift zu zeichnen. »Bitte nehmt Platz, ich bin gleich soweit«, sagte sie abwesend.

Neben der Tür standen zwei Stühle und ein rundes Tischchen, darauf ein Krug Wasser und zwei Becher.

Interessiert schaute Thoran ihr über die Schulter und sog tief ihren Duft ein. Sie roch nach Frühling, Lavendel und einem Hauch Holunderblüten.

»Rückt mir gefälligst nicht so nah auf die Pelle«, sagte sie und stieß ihm den Ellenbogen in die Seite.

Er liebte feurige Frauen, die sich nicht vor jedem Mannsbild duckten.

»Ihr seid im Vorteil, Witwe Krämer, da mein Name Euch bekannt ist. Sagt mir, wie lautet Euer Vorname?«

Sie schrieb etwas auf einen Zettel und schob ihn zu ihm herüber.

»Ihr tragt einen ungewöhnlichen Namen, Birrkanny.«

Ihr helles Lachen vibrierte durch seinen Leib. »Es spricht sich Birtschany.«

Die Daumen in die Taschen seiner Weste gehakt, musterte er Birgany ungeniert.

Sie erschien zwar etwas mager, ihr Arsch und ihre Brüste aber waren prall und füllig, soweit er es einschätzen konnte.

Viele Weißnäherinnen verdienten mit ihrer Arbeit zu wenig und verdingten sich abends noch als Freudenmädchen.

Er könnte Birgany dort, wo sie stand, von hinten nehmen. Einfach ihren Oberkörper nach vorn beugen und ihr die Röcke hochschieben.

Nein, er würde sie mit dem Rücken auf die Arbeitsplatte legen und in diese unglaublich blauen Augen schauen, wenn er in ihren Schoß eintauchte.

Sein Schaft presste sich unangenehm hart gegen die Knopfleiste seiner Kniebundhose.

Ihn gierte es danach, zu sehen, welche Farbe ihre Brustspitzen hatten. Rosa wie eine edle Rose? Oder dunkel wie reife Kirschen? In Gedanken sah er, wie sich die Knospen zusammenzogen und hart und prall um Aufmerksamkeit bettelten. Fast glaubte Thoran, sie zu schmecken.

»Wollt Ihr Euch den Entwurf ansehen?« Birgany deutete auf das Blatt.

»Nun?«

Dieses Wort holte Thoran aus seiner Fantasie und er räusperte sich dezent.

»Gern.« Er trat neben sie und stieß einen anerkennenden

Pfiff aus. In kürzester Zeit hatte sie die Initialen TS und NS so gestaltet, dass sie weder kitschig noch protzig wirkten. Elegant, schlicht und trotzdem einzigartig.

Flink wie ein Eichhörnchen wuselte Birgany durch den Raum und kramte in den unteren Regalen herum. Er starrte auf ihre herrliche Kehrseite und lüsterne Gedanken fluteten sein Hirn.

»Diese Farbe würde Euch gut zu Gesicht stehen.« Sie hielt ein tannengrünes Garn in der Hand.

»Genauso möchte ich es haben. Wann kann ich die Hemden abholen?«

»Zunächst müsstet Ihr sie mir bringen, damit ich die Stickereien anfertigen kann.« Sie zog ihre Unterlippe zwischen die Zähne.

Mit den Händen umfasste er ihr Gesicht. Er musste diese herrlichen Lippen schmecken. Langsam senkte er den Kopf, strich leicht mit geschlossenen Lippen über die ihren. »Birgany. Euer Name zerfließt wie Honig auf meiner Zunge.«

»Es schickt sich nicht«, wehrte sie halbherzig ab. Ihre Hände lagen auf seinem Brustkorb, dennoch ließ sie ihn gewähren.

Grazil neigte sie den Kopf und er erhaschte einen Blick auf ihren schlanken, alabasterfarbenen Hals. Die Haut war von einer leichten Röte überzogen. Ihr Atem fächerte über seine Lippen.

Er griff in ihr seidiges Haar und erlaubte es sich, mit der Zunge leicht zwischen ihre Lippen zu schlüpfen. Seine Zungenspitze fuhr über die untere Zahnreihe und drang tiefer, als sie erschrocken Luft holte. Sie schmeckte nach Frühling und Thoran labte sich an ihr.

Seine Hände wanderten zu ihrem drallen Hintern. Er zog sie noch fester an sich und zeigte ihr, wie scharf er auf sie war.

»Gestattet mir, uns Erleichterung zu verschaffen.« Aufreizend zog er mit dem Zeigefinger die Konturen ihres Brusttuches nach. Die Haut unter seinen Fingerspitzen war samtweich.

Ihre Augenfarbe war nun dunkel wie ein tiefer See.

»Ich bin nicht auf diese Weise käuflich. Noch kann ich von meiner Arbeit leben und muss mich des Nachts nicht als Gespielin verkaufen.«

»Euch gefiel die Art, wie ich Euch küsste.«

»Mehr bekommt Ihr nicht.«

»Warum? Ihr seid Witwe und nicht mehr den strengen Konventionen eines Eheweibes unterworfen.« Thoran war noch nicht bereit aufzugeben.

Birgany verschränkte die Arme vor der Brust und starrte einen Punkt an der Wand an.

»Ihr seid eine wunderschöne, begehrenswerte Frau. Warum verwehrt Ihr Euch und mir die Freude der körperlichen Liebe?«

»Freude«, spie sie ihm entgegen und stemmte die Hände in die Hüften. »So anmaßend kann nur ein Mannsbild sein.« Sie pikte ihm einen Finger in die Brust. »Einen schwitzenden, stöhnenden Mann zu haben, der sein Weib benutzt, bis er seinen Samen verteilt, nennt Ihr Freude?« Sie schüttelte den Kopf. »Ich fasse es nicht, über was ich mit einem Fremden rede. Das muss an der Sonne liegen.«

»Birgany, nicht jeder Mann ist nur auf seine Erfüllung aus. Ich könnte Euch davon überzeugen, wie schön der Akt auch für ein Weib sein kann.« Abermals stahlen sich sinnliche Bilder in seine Gedanken. Ihre Worte waren ein Hinweis, den er zu nutzen gedachte. Er, Thoran, konnte ihr eine völlig neue Welt eröffnen.

»Solltet Ihr noch meine Dienste als Weißnäherin wünschen, lasst die Hemden morgen durch einen Boten bringen. In zwei Wochen könnt Ihr sie an meinem Stand auf dem Wochenmarkt abholen.«

Für den Moment gab er sich geschlagen. Sacht küsste er ihre süße Nasenspitze. »Morgen bringt Euch mein Bursche die Hemden, wie Ihr befiehlt, meine Teuerste.« Thoran missfiel es, dass seine Stimme nur noch ein heiseres Krächzen war. »Wir sehen uns in zwei Wochen.« Er verneigte sich, setzte seinen Dreispitz auf und trat hinaus in die Sonne.

Vorsichtig schwang er sich auf den Rücken seines Hengstes. Er war dankbar, nicht weit reiten zu müssen. Aufs Äußerste erregt, war es die reinste Hölle.

***

Birgany lehnte an ihrem Arbeitstisch und schloss die Augen. Hörte noch einmal in Gedanken, wie er zum ersten Mal ihren Namen ausgesprochen hatte. So sinnlich schön, dass er ihr eine Gänsehaut bescherte. Lieber Himmel, dieser Kerl war gefährlich. Thoran. Der schwedische Name passte perfekt zu seinem Aussehen.

Ebenso wie sein Bruder verzichtete er auf Puder oder Perücke, wie es zur Zeit Mode war. Er trug sein schulterlanges Haar offen und die leichten Wellen verliehen ihm ein verwegenes Aussehen.

Am meisten aber faszinierten sie die Lachfältchen um seine erdbraunen Augen. Sein Lächeln war echt und aufrichtig. Eine Seltenheit bei einem Mannsbild.

Verträumt strich sie sich über die Lippen. Genauso hatte sie es sich vorgestellt. Von einem Mann umworben und liebkost zu werden. Sie war wirklich in Versuchung geraten, sein Angebot anzunehmen. Noch nie hatte sie Wonne oder Freude im Ehebett erfahren.

Energisch schob sie die Gedanken zur Seite, setzte ihren Strohhut auf und marschierte vors Haus.

Sie arbeitete gern draußen, wo sie die Frühlingsluft genießen konnte. Der lange Winter war endgültig vorbei und die Vögel zwitscherten fröhlich in den Bäumen. Birgany schaute nach oben und lachte. Frühling. Thoran hatte den Frühling in ihr Herz gebracht, als er sie geküsst hatte.

Zwei Wochen konnten so lang sein. Noch nie hatte sie sich auf den Markt so sehr gefreut wie heute. Sie seufzte, setzte sich auf die kleine Holzbank vor dem Haus und griff nach ihrer angefangenen Arbeit. Stich für Stich setzte sie gleichmäßig nebeneinander. Sie liebte es, Tischdecken, Taschentücher und andere Weißwäsche mit kunstvollen Stickereien zu versehen.

Seit knapp einer Woche arbeitete sie an diesem Tischtuch für Gevatterin Wagner. Die alte Frau lebte mit ihren Katzen in der Unterstadt. Heute stickte Birgany an Minni, einer dreifarbigen Katze.

»Hast du dir endlich einen Liebhaber genommen?«

Birgany schaute auf und blinzelte. »Wie kommst du denn auf so einen Gedanken, Fanny?«

Ihre beste Freundin schob die Haube vom Kopf und ihr schwarzes Haar glänzte in der Sonne. »Ich sah den blonden Strogowzwilling dein Haus verlassen. Du hast Geschmack. Ein stattliches Mannsbild und, soviel ich gehört habe, äußerst talentiert.«

Ihre Wangen glühten. »Er hat lediglich einen Auftrag in Arbeit gegeben.«

Noch immer kribbelten ihre Lippen von Thorans Kuss. Ob Fanny ihr ansah, dass sie sich geküsst hatten?

»Nicht jeder ist so ...« – sie hielt inne – »... wie dein verstorbener Mann.«

»Sei still, ich will nicht daran erinnert werden.«

Mit ihren bernsteinfarbenen Augen sah Fanny sie ernst an. »Ich verstehe dich. Aus eigener Erfahrung kann ich dir versichern: Mit dem richtigen Kerl im Bett ist es die pure Freude. Stell dir nur vor, wie es wäre, mit diesem Burschen in den Himmel zu fliegen, frei wie ein Adler.«

»Du hast zu lange in der Sonne gesessen«, konterte Birgany.

»Oh, du Ungläubige. Es wird der Tag kommen, an dem du an meine Worte denkst. Warum sollte ich dir die Hucke volllügen? Dein Körper vibriert, bebt – und bum!« Sie warf die Arme in die Höhe.

»Bum?«

»Es ist, als ob du zersplitterst und neu zusammengesetzt wirst. Vollkommen gesättigt, befriedigt und einfach nur glücklich.«

War es möglich? Befriedigung und schöne Gefühle? Thoran ging ihr nicht mehr aus dem Kopf, sein Kuss hatte etwas in ihr verändert. Sie fand die Vorstellung des Aktes nicht mehr so widerwärtig wie bisher. Die sanfte Art, wie Thoran sie umarmt hatte, und sein Kuss hatten ihre Mauer zum Bröseln gebracht.

Fanny schnaufte und plumpste neben Birgany auf die Bank. »Nur ein Mann kann diese Fischbeinkorsetts erfunden haben. So eingeschnürt kann ein Weib nicht richtig atmen. Die Mannsbilder wollen uns an einer unsichtbaren Leine halten.«

Birganys Herz schlug einen Salto, gleichzeitig wurde ihr flau im Magen. Sie vertraute Fanny wie keinem anderen Menschen. »Komm mit rein. Ich will dir was zeigen, doch du musst mir versprechen, kein Wort darüber zu verlieren. Du bist die Erste, der ich meinen Ubera zeige.«

»Ubera? Hast du ein neues Rezept ausprobiert?« Fanny schnaufte wie eine altersschwache Kuh und wischte sich den Schweiß von der Stirn.

»Nicht hier, wo jede Zaunlatte Ohren hat.« Birgany packte ihre Freundin am Arm und zerrte sie ins Haus.

»Was würdest du dafür geben, wenn du kein Korsett mehr tragen müsstest?«

»Alles was ich habe. Die Fischgräten graben sich in mein Fleisch und abends sehe ich aus wie ein frisch gepflügter Acker, weil ich überall rote Striemen und fingerdicke Dellen habe. Aber es wäre sündig, ohne Korsett das Haus zu verlassen. Keine anständige Frau kann es wagen, ohne zu gehen. Oder wir würden als Huren gebrandmarkt. Dann leide ich lieber.«

Ihre Hände zitterten, als Birgany Fanny in ihre Schlafkammer schob.

»Mir ging es wie dir. Ich konnte mich nicht richtig bücken, ohne nach Luft zu schnappen wie ein Fisch an Land. Nächtelang habe ich gegrübelt, ob es nicht eine andere Möglichkeit gibt, die Brüste zu bedecken.« Sie zog ihr Miederleibchen aus und schlüpfte aus ihrem Hemd.

Scharf sog Fanny die Luft ein und ihre Gesichtsfarbe wechselte zu einem tiefen Rot.

Birgany zeigte auf das feine Wäschestück, welches sie trug. »Dieser Ubera hält die Brüste züchtig bedeckt und je nachdem, welchen Stoff du wählst, stützt er zusätzlich. Unter dem Hemd getragen, spürst du ihn kaum und alles ist anständig verstaut.«

»Ubera?« Fanny starrte sie an, ohne sich von der Stelle zu rühren.

»Ein anderer Name ist mir nicht eingefallen«, antwortete Birgany und schlüpfte in ihre Kleider. Jetzt war sie doch verunsichert. Was dachte ihre Freundin über sie? »Verzeih, ich wollte nicht ... Hätte ich gewusst ...« Sie kniff die Augen zu, um die Tränen zurückzuhalten.

Fanny packte sie an den Oberarmen. »Hör auf herumzustammeln. Ich will einen Ubera haben. Nein, besser zwei. Einen für sonntags und einen für unter der Woche. Den für jeden Tag aus festem Leinen.« Fanny legte ihre Hände um ihren fülligen Busen. »Zum Sonntagsstaat möchte ich einen Ubera aus Batist.« Aufgeregt klatschte sie in die Hände.

»Du bist nicht brüskiert? Siehst mich nicht als liederliches Frauenzimmer?«

»Manchmal bist du wirklich eine dumme Gans. Vor wenigen Augenblicken haben wir offen über den Beischlaf gesprochen und nun hast du Angst, dass ich dich deswegen verurteile?« Sie drückte Birgany fest an sich. »Du, meine liebste Freundin, bist in der Lage, mich zu befreien. Mir die Schmerzen der Fischgräten zu nehmen.«

Birgany kullerte eine Träne über die Wange. »Du willst wirklich einen Ubera haben?«

»Glaubst du, ich laufe weiter in diesen Dingern herum, wenn ich weiß, was du drunter trägst? Garantiert nicht. Wann machst du mir einen? Sag schon.«

Birgany weinte und lachte. Sie hatte soeben ihren ersten Ubera verkauft. Vor lauter Glück konnte sie kaum atmen. »Bitte, gib mir ein paar Augenblicke.«

»Wofür? Also wann?«

Fannys Ungeduld war ansteckend. Birgany schmunzelte und schob ihre Freundin aus dem Raum hin zu den Stoffballen.

Sie zog einen aus dem obersten Regal und legte ihn auf den Tisch. Leinen gab den Brüsten Halt und dieses war die feinste Webarbeit, die Birgany je in Händen gehalten hatte. Sie zog ihn aus dem obersten Regal und legte ihn auf den Tisch. »Hier, fühl mal.«

Fanny zupfte am Zipfel des Stoffballens und strahlte. »Wann hast du es fertig?« Sie trat von einem Fuß auf den anderen.

Birgany überlegte. »Ohne Stickereien und Verzierungen kannst du Ende der Woche zur ersten Anprobe kommen.«

»Ich sag dir, mein David wird ganz wild, wenn er mich sieht.«

Birgany schlug ihr spielerisch auf den Arm. »Wenn du deinen Mann beeindrucken willst, könnten wir einen in Rubinrot machen. Ein schöner Kontrast zu deinem schwarzen Haar. Die Bänder mit einer Samtborte verziert?«

»Lieber Himmel, mir wird ganz flau.«

»Verzeih, meine Fantasie ging mit mir durch.«

Fanny zog Birgany grob an den Haaren und sie schrie auf. »Wage es nicht, dich zu entschuldigen. Zumal es nichts zu entschuldigen gibt.« Fannys Augen leuchteten. »Einen roten Ubera mit einer schwarzen Borte.«

»Ich nehme deine Maße und fange noch heute an.«

Kapitel 2

Hachenburg, Kontor der Strogowbrüder in der Niederstrasse

Auf dem Weg zu ihrem Arbeitszimmer im Kontor kam Thoran Schneidermeister Scheffer entgegen.

»Strogow, seid gegrüßt.« Er katzbuckelte mehrmals, sein Gesicht war grau und um ein paar Falten reicher geworden.

»Sieh einer an, der Scheffer. Erspart Ihr mir den Weg zur Obrigkeit und begleicht heute Eure Schulden?«

Wie die meisten anderen kuschte Scheffer vor ihm und wagte es nicht, ihm in die Augen zu sehen. »Gewiss, mein Herr. Alles beglichen. Fragt Euren Bruder.« Er verbeugte sich, ging dabei mehrere Schritte rückwärts und huschte davon wie eine Ratte bei Tageslicht.

Vor zehn Jahren hätte der Schneider anders reagiert. Damals besaßen Nikolai und er noch nicht diesen Reichtum, der ihnen heute alle Türen öffnete. Ihren ersten Gewinn hatten sie durch den Handel mit hochwertigen Tonprodukten erlangt, die einzigartig in Farbe und Verarbeitung waren. Die Einnahmen investierten sie, um neue Waren zu kaufen. Stück für Stück arbeiteten sie sich hoch. Im ganzen Land und benachbarten Ausland hatten sie sich einen Namen gemacht und waren als Kaufleute hoch angesehen.

»Hat Scheffer wahrhaftig bezahlt?«, fragte Thoran seinen Bruder, als er die Tür des Arbeitszimmers hinter sich geschlossen hatte. Nikolais seeblaue Augen funkelten. »Wir sind am Ziel unserer Wünsche angelangt.« Er tippte auf ein Pergament auf dem massiven Mahagonitisch.

»Wovon sprichst du?«

»Scheffer kann nicht bezahlen. Sein Geschäft läuft miserabel.«

»Dieses heuchlerische Frettchen hat mir gesagt, es sei alles beglichen!« Schon war er an der Tür, um den Kerl einzuholen.

»Er hat uns anstelle von Gulden ein herrschaftliches Anwesen überschrieben.« Die Stimme seines Zwillings, so dunkel wie sein schulterlanges rotschwarzes Haar, klang vollauf zufrieden. Thoran hielt inne und sah seinen Bruder argwöhnisch an. Nikolai verschränkte die Hände hinter dem Kopf und grinste.

Aufgeregt beugte sich Thoran über die Urkunde. »Siebzig Morgen Land, davon dreißig bestes Weideland.«

»Ein Herrenhaus mit vierzig Zimmern. Mehrere Gesindehäuser und Wirtschaftsgebäude«, erklärte Nikolai.

»Lass es uns ansehen. Ich kann es nicht recht glauben. Dieses Anwesen ist um ein Vielfaches mehr wert, als Scheffer Schulden bei uns hat.«

»Stimmt, aus diesem Grund habe ich ihm Kredit bis einhundert Gulden eingeräumt.« Nikolai stand auf und öffnete die Tür. »Gudolf, sattle die Pferde.«

»Jawohl, Herr«, antwortete der Knecht und eilte zum Stall. Thoran war so aufgeregt wie bei der Jungfernfahrt ihres ersten Handelsschiffes.

Lachend verließen sie das Kontor, schwangen sich auf ihre Pferde und schlugen den Weg nach Eichenberg ein. Es war ein Ritt von knapp acht Meilen. Thoran zog sich den Dreispitz vom Kopf und genoss den leichten Wind, der durch die Bäume wisperte.

***

Breitbeinig, die Arme vor der Brust verschränkt, standen sie vor dem verwitterten Holztor.

»Scheffer schuldete uns dreihundert Gulden und wir haben dieses Teil als Bezahlung akzeptiert. ›Ein herrschaftliches Anwesen mit weitläufigen Ländereien‹ hat dieser Kackstiefel von Schneider gesagt.« Thoran riss eine Efeuranke von der groben Backsteinmauer. »Ich fasse es nicht. Hat im Vertrag nichts davon gestanden?«

»Für wie blöd hältst du mich?« Nikolai verpasste ihm einen Schlag gegen die Schulter.

»Willst du dich mit mir prügeln?« Thoran war knapp davor, seinem Bruder die Faust ins Gesicht zu rammen. Nikolai wirbelte herum und schlug unter wüsten Flüchen gegen die Holztür. Wieder und wieder krachte seine Faust auf die Bretter.

»Hör auf! Deine Knöchel bluten bereits.« Thoran versuchte seinen Bruder von hinten zu packen. Nikolai fuhr herum und verfehlte mit seiner Faust nur knapp Thorans Schläfe.

Die seeblauen Augen waren fast schwarz. Er beugte sich nach vorn, stützte sich mit den Händen an den Schenkeln ab und atmete stoßweise.

»Verzeih.« Nikolai hob den Kopf und sein Blick wurde klar.

»Da gibt es nichts zu verzeihen.«

Jeder wusste, was der andere fühlte und dachte. Deshalb verstand Thoran den Wutausbruch, fühlte und dachte er doch ebenso.

Er warf einen Blick auf den Turm, der die mannshohe Mauer überragte.

»Ein Kloster! Ausgerechnet wir haben uns ein Kloster andrehen lassen!« Ihm kam die Galle hoch.

»Ich brauch was zu trinken.« Nikolai streckte sich. »Komm, lass uns heimreiten.«

Schweigend ritten sie nebeneinander, ohne wirklich auf den Weg zu achten. Thoran suchte nach einem Ausweg und fand keinen. Es musste eine Möglichkeit geben, dieses beschissene Kloster wieder loszuwerden.

»Eins wüsste ich gern. Wie kommt ein einfacher Schneider in den Besitz eines Klosters?«

Sein Bruder sah zu den weißen Wolken am Himmel, als könnte er dort eine Lösung finden.

Abrupt zügelte Thoran seinen Hengst, der ärgerlich mit dem Kopf schlug. »Wenn es mit der heiligen Kirche so ist wie immer, haben die auf keinen Fall ein solches Anwesen verkauft. Verpachtet vielleicht, auf keinen Fall verkauft. Scheffer kann nicht der Besitzer sein und somit nichts veräußern und wir sind fein raus. Zur Sicherheit sollten wir die Urkunde unserem Advokaten vorlegen.«

Sie gaben die Zügel frei und ihre Pferde jagten im Galopp über den Höhenweg nach Hachenburg. Vor dem Haus des Advokaten zügelten sie ihre Pferde und hasteten die Stufen hoch.

Advokat Rittersporn erhob sich. »Wie kann ich Euch behilflich sein?« Thoran kam direkt zum Kern ihres Anliegens.

Rittersporn legte die Fingerspitzen zusammen und tippte damit hin und wieder gegen sein Kinn.

»Wie kommt ein einfacher Schneider an ein Kloster?«, wollte Nikolai wissen.

»Durch den Umstand seiner Abstammung«, begann der Advokat.

»Was hat Scheffers Abstammung damit zu tun?«, unterbrach ihn Thoran. Ihn interessierte nicht Scheffers Lebensgeschichte, er wollte diesen Vertrag als ungültig erklären lassen.

»Nun, um es Euch verständlich zu machen, muss ich weiter ausholen. Vor etwa zweihundert Jahren erbauten Mönche dieses Kloster. Schnell wurde ihnen die Gegend zu unwirtlich. Es war ihnen zu kalt und abgelegen. Also gaben sie das Kloster auf und gründeten nahe Hachenburg ein neues. Im Schwedenkrieg wurde das alte Anwesen einem protestantischen Adligen zugesprochen. Einem Stutzer, wie man sich erzählt, der all sein Geld für Kleidung ausgab. Womit wir bei Scheffer wären. Dessen Urahn war im Besitz mehrerer Schuldscheine und bekam das Kloster von dem Adligen überschrieben, weil er zahlungsunfähig war.«

»Also können wir Scheffer des Betrugs bezichtigen. Er hat uns diesen Steinhaufen als herrschaftliches Anwesen angepriesen, doch wir fanden nur eine Kapelle und karge Gebäude vor.« Thoran setzte sich aufrecht hin und sah Rittersporn gespannt an.

Dieser schüttelte den Kopf. »Ich bedauere. Es ist als herrschaftliches Anwesen eingetragen, auch wenn es aus Geldmangel nie renoviert wurde und inzwischen heruntergekommen ist.«

»Und wie sieht es mit dem von mir eingeräumten Kredit aus?«, fragte Nikolai.

»Der Kredit wurde von Euch, Nikolai, angeboten.« Der Advokat legte die Unterarme auf seinen Schreibtisch. »Es war Eure Entscheidung und kann somit nicht angefochten werden. Hättet Ihr mir die Urkunde vorher gezeigt, hätte ich von einem Kredit abgeraten.«

***

»Was für ein Dreck.« Nikolai ballte die Hände zu Fäusten und sah aus, als würde er jeden Moment explodieren.

»Ich brauch was zum Saufen und 'ne Hure, um diese Scheiße zu vergessen.« Thoran stapfte die Treppe hinunter und eilte um die Hausecke, wobei er mit der Schulter eine Frau rammte, die mit einem spitzen Schrei zu Boden ging.

»Pass gefällst auf«, schnauzte er und hastete weiter.

Als ihm jedoch der Duft von Lavendel und ein Hauch Holunderblüten in die Nase stiegen, blieb er abrupt stehen. Birgany!

Sie lag auf dem staubigen Boden und filetierte ihn mit nur einem Blick. Diese stumme Dominanz jagte direkt in seinen Schwanz.

Mit offenem Mund starrte er sie an. Erotische Bilder rasten wie Feuerstürme durch sein Bewusstsein.

»Tollpatschig und unhöflich«, schimpfte Birgany und riss ihn aus seiner Fantasie.

»Verzeiht meinem Bruder, werte Dame. In der Regel ist er nicht so einfältig, wie es momentan den Anschein hat.« Nikolai reichte ihr die Hand und half ihr auf die Füße.

Fest presste sie die Lippen zusammen und stöhnte leise. Birgany war augenscheinlich verletzt und litt Schmerzen. Thoran besann sich auf seine Manieren. »Gestattet mir, Euch zu helfen. Ich begleite Euch nach Hause, Birgany.«

»Nicht nötig, Strogow.«

»Sagt Thoran zu mir, bitte.« Er wollte unbedingt wissen, wie es sich anhörte, wenn sie seinen Namen aussprach.

»Weshalb sollte ich, Strogow? Es schickt sich nicht und nun geht mir aus dem Weg. Weit aus dem Weg, denn dann ist es sicherer für alle.« Sie legte den Kopf schräg. »Besser noch Ihr lasst Euch vom Medicus untersuchen. Ich bin mir sicher, dass Ihr ein Augenleiden habt.«

Dieses süße Weib konnte mit Worten umgehen. Thoran schmunzelte über ihre freche Art.

»Ihr weist meinen Bruder zu Recht in die Schranken, aber wir werden Euch nicht einfach gehen lassen«, sagte Nikolai und strich ihr über die linke Schulter.

Birgany zischte und erdolchte ihn mit Blicken. »Fasst mich noch einmal an und Ihr werdet es bereuen.«

Sie standen in der Gasse, wurden von vorbeigehenden Passanten angegafft. »Zwei Möglichkeiten, meine Liebe.«

Ein undefinierbarer Laut kam aus diesem herrlichen Mund und Thoran konnte nur mit Mühe ein Grinsen unterdrücken.

Dicht trat sie an ihn heran, legte den Kopf in den Nacken und starrte ihm unerschrocken ins Gesicht. »Sagt noch einmal ›meine Liebe‹ zu mir und es wird nicht Euer Bruder sein, der um sein Leben bangen muss.«

Diese zierliche Person nahm es mit ihm auf, obwohl sie ihm körperlich unterlegen war. Erstaunlich. In der Regel begegnete man ihm mit Respekt, Achtung und hin und wieder mit einem gesunden Maß Angst. Sie hingegen bot ihm die Stirn.

Er reizte sie bewusst, um zu sehen, ob sie kniff oder Stärke bewies. »Meine allerliebste Birgany, wollt Ihr mir drohen?«

Sie fauchte wie eine Wildkatze, drehte sich um und stolzierte davon. Plötzlich taumelte sie und stützte sich an einer Hauswand ab.

Sofort war Thoran bei ihr und hob sie auf seine Arme.

»Ich wusste es. Von wegen ehrbare Witwe.«

Die hatte ihm gerade noch gefehlt. Das Weib von Scheffer! Die größte Tratschtante der ganzen Stadt. Thoran sah zur rechten Seitengasse, in der die Frau stand. Wie erwartet, sah sie hämisch auf Birgany und witterte bereits einen Skandal. Birgany versteifte sich in seinen Armen.

»Diese Dame hat sich verletzt und wir bringen sie zum Medicus.« Eine bessere Ausrede fiel Thoran im Moment nicht ein.

Scheffers Frau presste sich eine Hand an den Busen. »Es schickt sich nicht. Ich sollte sie als Anstandsdame begleiten.«

Birganys Finger krallten sich in sein Wams und er spürte, wie sie unmerklich den Kopf schüttelte.

»Nun, dies wird nicht nötig sein. Habt Dank für Euer Angebot.«

»Geschwollene Worte von dem größten Tunichtgut der Stadt. Sie ist wie alle anderen Weißnäherinnen und hebt des Abends die Röcke für solche wie Euch.«

Die kleine Gestalt in seinen Armen fing an zu zittern und er strich ihr beruhigend über den Rücken.

»Du wirst weder unseren Namen noch den Namen der Witwe Krämer in den Schmutz ziehen. Haben wir uns verstanden, Weib?« Er verabscheute solche Furien, deren Männer sich des

Nachts mit den Huren vergnügten, weil sie ihren gottgläubigen Weibern nur beischlafen durften, um Kinder zu zeugen.

»Komm«, sagte Nikolai und schlug den Weg zum Medicus ein. Thoran drehte sich um. Nun musste er seine kostbare Fracht zum Medicus bringen, um weitere Unbill von ihr fernzuhalten.

Stocksteif lag sie in seinen Armen. Thoran genoss die Nähe zu ihr und sog ihren Duft in sich ein. Diese besondere Mischung aus zarten Blüten und ihrem feurigen Naturell waren aphrodisierender als die exotischen Duftöle im Kontor. Sein Schaft war schmerzhaft steif und jeder Schritt war eine Qual. Er hoffte darauf, sein Verlangen noch heute Nacht stillen zu können.

***

Medicus Feller kam aus dem Behandlungsraum. »Die junge Dame hat nur eine leichte Blessur an der Schulter.«

»Habt Dank. Was schulden wir Euch?«

»Drei Kreuzer.« Thoran nestelt die Geldstücke aus seiner Weste.

»Ich zahle meine Schulden selbst.« Birgany schob ihn beiseite. »Gleich morgen bringe ich Euch die Kreuzer.«

»Ganz wie Ihr wünscht, Witwe Krämer«, antwortete der Medicus. Thoran öffnete die Tür und sie rauschte an ihm vorbei.

Kaum waren sie zehn Schritte gegangen, blieb Birgany stehen, trat gegen einen Holzkübel und fluchte wie ein Kesselflicker.

»Beruhigt Euch bitte.« Thoran legte ihr eine Hand auf den Arm.

Ihr Kopf flog hoch und sie funkelte ihn an. »Es ist nicht Euer Leben, welches verwirkt ist, sondern meines.«

»Lieber Himmel, es ist doch nur ein blauer Fleck«, wandte Nikolai ein.

»Anscheinend seid Ihr zwei gleich dämlich.«

»Dann hört auf zu toben und klärt uns auf. Ich jedenfalls kann Euer Gebaren nicht nachvollziehen.« Thoran griff nach ihrer Hand, damit sie endlich stehen blieb und nicht wie ein eingesperrter Bär im Käfig hin und her marschierte.

»Des Schneiders Weib hat mich in Euren Armen gesehen und sie wird ihr Schandmaul nicht halten. Morgen wird es in der Stadt bekannt sein. Alle werden erzählen: ›Die Witwe Krämer macht nur gute Geschäfte, weil sie Freier bedient.‹«

Sowohl Nikolai als auch er zuckten unter ihren Worten zusammen.

»Verzeiht. Wir hatten nur Euer Wohlergehen im Sinn«, verteidigte sich Thoran. »Schließlich war es meine Unachtsamkeit, die zu diesem Zusammenstoß führte. Hätten wir Euch einfach auf dem Boden liegen lassen sollen?«

»Ja, denn die Scheffer ist eine Schlange, die ihr Gift versprühen und mir das Leben zur Hölle machen wird.«

»So schlimm kann es doch nicht sein. Die Frau nimmt doch keiner ernst«, wandte Thoran ein.

»Nur die, welche einen Vorteil von ihren Lügen haben.« Sie strich mit den Händen über ihren Rock. »Wochenlang nach dem Tod meines Gatten musste ich die Kerle abwehren, die abends an meine Tür klopften und ein warmes Bett erwarteten. Ich habe hart darum gekämpft, nicht wie die Huren zu enden, und nun fängt alles von vorn an.« Sie nickte ihnen zu und ging davon.

»Warum müssen die Weiber so hysterisch sein?«, fragte Nikolai. Thoran zuckte lediglich mit den Schultern.

***

»Ich muss zum Markt, Fleisch fürs Abendessen kaufen. Soll ich die Hemden mitnehmen und der Weißnäherin geben?« Thoran nickte ohne aufzusehen. Dann besann er sich anders.

»Warte, Hanna. Ich gehe selbst. Wir haben mehrere Wagen zu reparieren und ich muss die Räder beim Wagner bestellen. Auf dem Weg gebe ich der Weißnäherin die Hemden.«

»Wie Ihr wünscht, Thoran«, antwortete die Haushälterin und ging.

Missmutig sah er auf seine Liste. Schon wieder waren drei Räder gebrochen. Ohne fahrbereite Wagen konnten sie ihre Kunden nicht beliefern, also musste sich Wagner Köpf beeilen, was sich auf den Preis auswirken würde. Thoran schnappte sich seinen Dreispitz, schob sich die Liste in die Westentasche und klemmte sich das Päckchen mit den Hemden unter den Arm.

Die Stände der Händler ignorierte er ebenso wie die vielen Attraktionen, die jede Woche auf dem Marktplatz angeboten wurden. Da der Markt keinen Steinwurf von ihrem Kontor entfernt war, kannte er jeden Händler, jeden Gaukler und die Mehrzahl der Kunden.

Wie erwartet wurde er schnell mit dem Wagner handelseinig. Die Räder würden in zwei Tagen fertig sein und seine Geldkatze um einiges leichter. Thoran holte sich ein süßes Hörnchen am Stand von Bäckermeister Mandolf.

Zwanzig Schritte von Birganys Stand entfernt blieb er abrupt stehen. Zwei Frauen standen dort. Eine davon war Scheffers Weib.

»Gevatterin Weber, Ihr tätigt Geschäfte mit dieser Metze?«

Die alte Frau an Birganys Stand blickte über ihre Schulter. »Die Scheffers Gisela, wer sonst. Geh heim und verspritz da dein Gift.«

Scheffers Weib griff sich an den Hals. »Ich lüge nicht. Die da« – sie zeigte mit dem Finger auf Birgany – »hebt des Nachts die Röcke für andere.«

»Täte dir auch mal gut«, sagte die Gevatterin und Thoran verschluckte sich an dem letzten Bissen des Hörnchens.

Die Scheffer warf der alten Frau einen hasserfüllten Blick

zu und stapfte davon. Thoran hatte Birganys Worte für übertrieben gehalten und nie gedacht, sie könnten wahr werden. Er hatte mit seiner unbedachten Aktion wirklich ihren Ruf beschädigt. Was sollte er jetzt unternehmen?

Gehe ich hin, mache ich es nur noch schlimmer, dachte er.

»Schau nicht so, Kleines. Gisela kann kein Wort sagen, ohne andere zu verletzen. Sie platzt vor Neid auf alle und jeden. Wahrscheinlich ist sie sogar neidisch auf die Sonne, weil die am Himmel hängt und alle wärmt. Nimm es dir nicht so zu Herzen.« Die Frau legte Birgany eine Hand auf den Arm. »Ich jedenfalls werde mir nur von dir die Schürze retten lassen, falls es noch möglich ist.«

Birgany lächelte, doch Thoran konnte von seinem Platz aus erkennen, dass sie mehr als nur traurig dreinblickte.

»Danke. Seid versichert, den Brandfleck werdet selbst Ihr anschließend nicht mehr sehen.«

»Die Schürze ist von meiner Großmutter und ich hänge an ihr. Wann hast du die Arbeit fertig, Kindchen?«

»Kommt in fünf Tagen zu mir.«

Die ältere Frau lächelte glücklich, verabschiedete sich und schwebte davon.

Immer noch die Hemden unter dem Arm marschierte Thoran zum Kontor. »Heribert, mir kam etwas dazwischen.« Er legte dem Schreiber das Paket auf den Tisch. »Bringe du bitte das Päckchen zur Weißnäherin Krämer.«

»Wie Ihr wünscht.«

Genervt fuhr sich Thoran durch die Haare und tigerte vor dem Schreibtisch auf und ab. Was sollte er tun? Konnte er überhaupt etwas tun, ohne die Sache nur noch zu verschlimmern?

***

Versonnen strich Birgany über das grüne T auf dem blütenweißen Batisthemd. Genau wie sie erwartet hatte, stach die Farbe nicht ins Auge, sondern hob sich dezent ab.

Sie faltete die beiden Hemden, legte sie in ihren Korb und machte sich auf zum Kontor der Strogows.

»Seid gegrüßt, Heribert. Sind die Strogows anwesend?«

»Seid gegrüßt, Birgany. Ja, ich sage den Herren, dass Ihr sie zu sprechen wünscht.«

»Danke.«

Als Erster kam Thoran aus einem der angrenzenden Zimmer, dicht gefolgt von seinem Bruder. »Witwe Krämer«, grüßte Nikolai.

»Seid gegrüßt, wie können wir Euch behilflich sein?«, erkundigte sich Thoran.

»Ich habe die ersten beiden Hemden bestickt und möchte wissen, ob es in Eurem Sinne ist, ehe ich mit den anderen zehn beginne.«

»Ich sagte es Euch doch bereits, als ich die Bestellung aufgab.« Thoran schaute sie stirnrunzelnd an.

»Ich weiß. Aber auf dem Papier sieht es anders aus als auf Stoff. Es dauert auch nicht lange. Bitte werft einen Blick darauf.«

»Mein Bruder hat mir versichert, dass uns Eure Verzierungen gefallen werden. Nun seid Ihr schon mal hier und außerdem bin ich gespannt auf Eure Arbeit«, mischte sich Nikolai ein. »Folgt mir bitte in unser Arbeitszimmer.«

Birgany stellte den Korb auf einen Sessel, reichte Nikolai ein Hemd und Thoran das zweite. Nikolai schüttelte es aus und stieß einen anerkennenden Pfiff aus. »Dezent und einzigartig. Eine hervorragende Arbeit.«

»Danke.« Birgany lächelte und freute sich über sein Lob.

»Dreht Euch um.«

»Wieso?« Irritiert sah sie Thoran an.

»Ich will sehen, wie die Stickerei wirkt, wenn ich es trage.« Thoran löste seine Halsbinde und warf sie auf den Schreibtisch.

»Dafür muss ich ein Hemd ausziehen, um das andere anziehen zu können. Es sei denn, Ihr wollt mich nackt sehen.«

Mit feuerroten Wangen wirbelte Birgany herum. Dieser arrogante Charmeur, dachte sie und starrte auf die Scheiben der Vitrine, in denen sich Thorans Abbild spiegelte. Sie presste die Hände auf den Mund. Zum ersten Mal in ihrem Leben sah sie einen halb nackten Mann. Thorans Brustkorb war dezent von schwarzen Haaren bedeckt, die sich nach unten hin verjüngten und als Strich im Bund seiner Hose verschwanden.

Will ich irgendwann als alte Frau sterben, ohne erfahren zu haben, ob die körperliche Liebe wirklich schön sein kann? Wie es sich anfühlt zu fliegen?, überlegte Birgany.

Sie drehte sich um, trat vor Thoran und legte beide Hände auf seine Brust. Genauso hatte sie es sich vorgestellt, während sie sein Hemd bestickt hatte. Ständig hatte sie an seinen Kuss gedacht und Fannys Worte im Ohr gehabt.

Die Muskeln unter ihren Fingern waren hart. Sie strich über eine der Brustwarzen, die sich sofort aufrichtete. Diese Berührung fand ein Echo in ihrem Körper und Birgany nahm die zweite Hand zu Hilfe. Sie ertastete eine Narbe, die seitlich über seinen Rippenbogen verlief.

»Eine Unachtsamkeit bei der Jagd.« Thorans Worte katapultierten sie aus ihrer Träumerei.

Mitten in der Bewegung erstarrte Birgany. Ihr Blick umwölkte sich und ihr Brustkorb hob und senkte sich hektisch.

»Ich bitte um Verzeihung. Ich weiß nicht, was mich zu einer derart unschicklichen Tat veranlasst hat.« Die Hände in den Rockfalten verborgen, zog sie sich drei Schritte zurück.

»Es hat mir gefallen.« Thoran ergriff ihre Hand und legte sie zurück auf seinen Brustkorb. Er wollte ihr die Kleider vom Leib reißen. Ihre verborgenen Schätze erkunden. Wissen, ob der Rest von Birgany ebenso exquisit war wie ihr Mut.

»So viel Feuer, welches ungenutzt verpufft«, sprach Thoran leise und strich ihr mit dem Handrücken über die seidenweiche Wange. »Darf ich mein Angebot erneuern? Dir die Freuden der körperlichen Liebe zeigen? Dir Genuss verschaffen?« Bei diesem intimen Gespräch war es Thoran wichtig, eine Bindung zu ihr aufzubauen. Sie war nicht schockiert, dass er sie duzte. Lächerlich wäre gewesen, weiter auf den gängigen Konventionen zu beharren.

Die unterschiedlichsten Emotionen huschten über ihr Antlitz. Argwohn, Unsicherheit, gefolgt von purer Entschlossenheit. Sie zog die Unterlippe zwischen die Zähne und ihr Gesichtsausdruck zeigte Thoran, wie ihre Gedanken sich förmlich überschlugen.

Sie schlang die Arme um ihren schlanken Leib, sah ihm in die Augen und nickte. »Ich habe noch nie ... auch keine Erfahrungen mit ...« Sie wedelte mit der Hand durch die Luft. »Liebhabern.«

»Ich ebenso wie Nikolai können dir solche Wonnen verschaffen, wie du sie nie erlebt hast, kleine Feuerfee.«

Er beugte sich vor und strich mit der Zunge über ihre Unterlippe. Mehr traute er sich nicht. Würde er sie jetzt küssen, kämen sie nicht aus diesem Raum. »Über diese Wendeltreppe gelangen wir in unsere privaten Gemächer. Dort sind wir ungestört.«

Ihre kleine Hand in seiner zitterte, doch sie schritt beherzt die Stufen nach oben.

»Kann ich mich irgendwo frisch machen?«, fragte sie und zupfte an ihrem staubigen Rocksaum.

Sie brauchte Bedenkzeit und die sollte sie bekommen.

Galant bot Nikolai ihr den Arm und führte sie zu seinem Ankleidezimmer am Ende des Flurs.

***

»Heute ist unser Glückstag.« Nikolai rieb sich die Hände. »Ich wollte sie schon vernaschen, als ich die Bestellung aufgegeben habe, doch sie hat mich hinausgeworfen«, erwiderte Thoran.

»Glaubst du, sie nimmt ihr Angebot zurück?«, wollte Nikolai wissen.

»Nein. Die kleine Feuerfee hat Mumm und sie wird zu ihrem Wort stehen. Lass uns mein Schlafgemach romantisch gestalten.« Thoran stellte drei Kerzen auf dem Fensterbrett ab, zwei weitere auf dem Tischchen neben dem Bett.

»Ich hol eines der orientalischen Räucherwerke aus dem Lager.« Nikolai lief aus dem Raum und Thoran zündete die Kerzen an. Um Birgany die Scheu zu nehmen, schloss er die Fensterläden.

Der Raum war in ein warmes Licht getaucht. Dämmrig, aber hell genug, um dieses Rasseweib in all seiner Pracht bewundern zu können.

Seine Gedanken schweiften nach Paris.

Geduldig hatte Madame Antónia ihre überaus wissbegierigen Schüler in allem unterwiesen, was es in der körperlichen Liebe zu wissen gab.

Volle fünf Wochen waren sie in dem Etablissement geblieben. Bis auf den Beischlaf mit Männern hatten sie alles ausprobiert. Nikolai kam zurück, stellte ein verkorktes Glas mit getrockneten Kräutern auf dem Kaminsims ab und legte einen Zunderschwamm daneben. »Hier, fang auf.«

»Du denkst mal wieder an alles.« Thoran öffnete das Säckchen, sog den stark blumigen Duft ein und verstreute die Rosenblüten auf dem Laken.

»Frauen lieben sowas.« Nikolai bedachte ihn mit einem wissenden Blick, entzündete den Zunderschwamm und legte Räucherwerk auf.

Angeekelt hielt sich Thoran die Hand vor den Mund und hustete. »Fliegenpilz und Stechpalmensamen.«

»Noch riecht es nach alten Socken, aber warte. Noch eine Prise Safran dazu und dieses Ylang Ylang aus China. Du wirst sehen, sie wird alle Hemmungen fallen lassen.«

Nach und nach breitete sich ein aphrodisierendes Aroma im Raum aus. Thoran wedelte sich den aufsteigenden Rauch zu. »Da hast du aber tief in die Zaubertruhe gegriffen.«

»Scheint schon zu wirken, du kannst es kaum erwarten, die Feuerfee zu vernaschen.« Nikolai schaute demonstrativ auf Thorans Schritt.

»Stimmt, aber ich dachte gerade an Madame Antónia.«

Angewidert verzog Nikolai sein Gesicht. »Diese Furie hat dich gefesselt und dir Befehle erteilt.«

»Sie hat mir eine völlig neue Welt der Sinnlichkeit gezeigt und seit dem Tag lechze ich danach, es erneut zu erleben.«

»Glaubst du, Birgany lässt uns beide gleichzeitig ran? Wenn ja, will ich in ihren unglaublichen Arsch.«

Amüsiert schmunzelte Thoran über Nikolais Art, dem Gespräch eine andere Wendung zu geben. »Sie hat keinerlei Erfahrung mit zwei Männern. Nicht mal mit einem.« Er erzählte von seinem ersten Treffen mit Birgany und ihrer Reaktion.

»Wenn dieser Kerl so war wie viele andere, hat er ihr wahrscheinlich nicht mal ansatzweise Genuss verschafft. Deinen Worten nach wird er sie nur bestiegen haben, um einen Erben zu zeugen.«

»Was für uns im Grunde von Vorteil ist. Wenn sie es zulässt, werden wir sie so oft über die Klippe der Lust jagen, bis sie den kleinen Tod stirbt.« Er klopfte seinem Bruder auf die Schulter. »Komm, lass uns schauen, ob sie so viel Courage hat, wie ich vermute.«

***

Dankbar für die Atempause stand Birgany im Ankleidezimmer. Mit zittrigen Händen goss sie Wasser in die Schüssel und benetzte ihr Gesicht.

Sie war frei und konnte tun, was sie wollte.

Warum sollte sie die Gunst der Stunde nicht nutzen? Sie wollte wissen, wie es sich anfühlte, körperliche Freuden durch einen Mann zu erfahren. Thorans Kuss war eine Offenbarung gewesen und schon damals hatte sie mehr gewollt.

Unsicher kaute sie an ihrer Unterlippe und legte sich schützend die Arme um den Leib. Insgeheim mochte sie beide Männer, obwohl sie ihr im Grunde fremd waren.

Ihr Konterfei blickte ihr verschwommen aus der Wasserschüssel entgegen. Die Haare zerzaust, die Augen riesig.

»Du hast es ins Rollen gebracht, also nicht kneifen. Du wolltest einen Liebhaber für eine Nacht und wer eignet sich dafür besser als einer der Strogowzwillinge?«, fragte sie ihr Spiegelbild.

Nur wen? Thoran, dessen Kuss sie schon verrückt gemacht hatte?

Oder Nikolai, der seinen Bruder gerügt hatte, als sie in der Gasse lag?

Sie straffte die Schultern und ging zurück.

Sobald sie eintrat, hatte sie die volle Aufmerksamkeit der Brüder. Nikolai lehnte im Wohnzimmer am Kaminsims und Thoran lief vor dem Fenster auf und ab. Ein betörender Duft wehte ihr aus dem angrenzenden Zimmer entgegen.

»Ihr werdet von mir ablassen, wenn ich euch darum bitte? Diskretion wahren und nicht mit anderen über dieses einmalige Abenteuer reden?«

»Du kannst uns vertrauen«, antwortete Nikolai. »Ein Nein und wir hören auf, egal wie schwer es sein mag.«

Langsam kam Thoran auf sie zu und blieb dicht vor ihr stehen. »Wir schüren dein inneres Feuer, bis du verbrennst, und offenbaren dir eine Welt, die dir völlig fremd ist.«

Birgany starrte in Thorans erdbraune Augen und glaubte kaum, was sie hörte.

»Wir?« Birgany ärgerte sich über die Panik in ihrer Stimme. Sie wollten beide mit ihr das Lager teilen?

»Ruhig, kleine Feuerfee. Nikolai und ich werden dir zeigen, wie schön ausschweifende Liebe sein kann. Werden dich liebkosen und erregen.« Seine Fingerspitzen glitten über ihren Hals. »Wer von uns die Gunst erhält, deinen anbetungswürdigen Körper mit seinem zu vereinen, entscheidest du. Gib uns die Möglichkeit, dich auf sinnliche Weise zu umwerben.« Thoran ergriff ihre Hand und sie folgte ihm in den angrenzenden Raum.

»Oh.« Ein Kerzenmeer hüllte sein Schlafgemach in goldenes Licht. Auf dem Laken lagen getrocknete dunkelrote Rosenblüten verstreut. »Ich bin überwältigt, welche Mühe ihr euch gemacht habt.« Die Anspannung wich aus ihrem Leib und sie war sich sicher, die richtige Entscheidung getroffen zu haben. Thoran löste die Enden ihres Brusttuches, zog es ihr über die Schultern und strich mit dem Daumen am Ansatz ihres Dekolletés entlang.

Gänsehaut breitete sich aus und Birgany erschauerte unter der Berührung. Nikolai zog ihr Unterkleid weiter hinab, gleichzeitig spürte sie seine Zunge auf der Schulter. »Hast du Angst?«, fragte er.

»Ja.« Der Mann strahlte eine ebensolche Wärme aus wie sein Bruder.

»Sollen wir aufhören?«

»Nein.«

Zärtlich griff Nikolai in ihr Haar und schob es zur Seite. Warme Lippen pressten sich auf ihren Hals. »Unsere Feuerfee ist im Moment etwas wortkarg.«

»Ich bin nervös. Es ist neu. Ich weiß nicht, wie ich mich

verhalten soll.«

»Lass uns einfach machen. Wir werden für dich sorgen.« Thoran neigte den Kopf und strich mit der Zungenspitze über ihre Lippen. »Öffne dich für mich.« Seine Zunge strich über ihre untere Zahnreihe. Er schmeckte nach Minze und ein klein wenig nach Zimt. Zaghaft stupste sie seine Zunge an. Er stöhnte an ihrem Mund, sein spielerisches Drängen wurde leidenschaftlicher und Birgany versank in diesem sinnlichen Kuss.

»Nein«, protestierte sie, als er sich zurückzog. »Ich will mehr.«

»Nicht so ungeduldig, kleine Feuerfee.«

Der Kosename gefiel Birgany. Noch nie hatte man ihr einen Kosenamen gegeben.

Ein letztes Mal leckte Thoran über ihre vom Küssen pulsierenden Lippen. »Wir wollen deinen Körper erkunden. All die geheimen Stellen finden.« Seine Zunge fuhr seitlich an ihrem Hals entlang und sie stöhnte auf.

»Genau hier ist eine solche Stelle und es steigert dein Verlangen.« Gleichzeitig strich Nikolai mit dem Finger über ihren Spann. »Hier ist eine weitere Stelle. Heb den Fuß.«

Unfähig, klar zu denken, gehorchte sie und er zog ihr nacheinander die Schuhe aus. Strumpfbänder und Strümpfe folgten. Sie spürte, wie Nikolais Zungenspitze über ihre Kniekehle tanzte.

Es war unzüchtig. Verrucht. Und sie gierte nach mehr.

Beherzt raffte sie ihre Röcke, wurde aber von starken Händen aufgehalten. Irritiert starrte sie Thoran an. »Ich dachte, wir würden ... «

»Wir versprachen dir ein außergewöhnliches Erlebnis und wollen dich vorbereiten.«

»Ich bin bereit«, platzte sie heraus. Thoran schmunzelte, löste ihren Zopf und fächerte ihr Haar auf.

Er saugte ihren Daumen tief in seinen Mund. »So fühlt es sich für mich an, wenn ich von deiner köstlichen Grotte umschlossen werde.«

Birgany leckte sich über die Unterlippe. Seine Worte steigerten ihre Begierde. Sie fühlte sich leicht und frei.

Versiert schnürte Thoran ihr Mieder auf und schob es ihr samt Unterkleid vollends von den Schultern. »Hol mich der Teufel. Was ist denn das?«

»Kein Korsett, trotzdem ein Augenschmaus, welcher einem Mann die Sinne raubt.«

»Ein äußerst verruchtes Stück.« Thoran zupfte an ihrem Ubera.

»Selbst entworfen. Damit ich besser atmen kann. Hilft mir im Moment aber nicht.«

»Ich kann ihre harten Nippel durch den Stoff sehen.«

Beschämt presste sie beide Hände auf ihre Brüste.

»Nikolai, sie will uns ihren nackten Busen nicht zeigen.«

»Ihr wollt mich entblößen, dabei seid ihr noch vollständig bekleidet. Fast jedenfalls.«

»Wie Ihr wünscht, holde Maid«, erwiderte Nikolai, kam geschmeidig auf die Füße und zog sich sein Hemd über den Kopf. Thoran tat es ihm nach. Birgany fuhr seine Narbe mit der Fingerkuppe nach. Wieder zogen sich seine Bauchmuskeln zusammen. Neugierig erkundete sie weiter seinen Oberkörper und fand noch fünf kleine Narben.

Fest umklammerte Thoran ihre Handgelenke. »Genug. Du musst aufhören. Meine Beherrschung nimmt mehr und mehr ab, weil mich deine kleinen Hände ausgesprochen lüstern machen.«

»Nun bist du an der Reihe«, sagte Nikolai.

Birgany verstand, was er meinte, und nickte. Sie hatte Angst, aber die Wissbegierde überwog und sie sprang mutig in den ihr unbekannten Teich. Thoran löste die Bänder ihres Uberas und Augenblicke später war sie von der Taille aufwärts nackt.

»Auserlesen.« Thoran umkreiste ihre Brustspitze mit der Fingerkuppe.

Erschrocken hielt sie die Luft an und versteifte sich. Noch nie hatte ein Mann sie dort angefasst, geschweige denn liebkost.

»Soll ich aufhören?«

Birgany schüttelte den Kopf und wölbte sich ihm entgegen.

Die rauen Hände auf ihrer Haut erregten sie. Ihre Brüste schmerzten und ihre Brustwarzen waren so hart, als würde sie nackt in der Winterluft herumlaufen. Die Feuchtigkeit, die sie zwischen ihren Schenkeln spürte, war ebenfalls neu für sie. Von Fanny wusste sie um die Anzeichen weiblicher Begierde, erfahren hatte Birgany sie jedoch nie.

Es fiel ihr schwer, einen klaren Gedanken zu fassen. Nikolais leises Lachen vibrierte an ihrem Hals. »Unsere Feuerfee mag es, gestreichelt zu werden.« Thoran lächelte und Birgany sah die Lachfältchen um seine Augen, die sie bei ihrem ersten Kuss bereits fasziniert hatten.

»Meine Knie zittern.« Thoran hob sie hoch, trug sie die wenigen Schritte zum Bett und setzte sie sanft zwischen den Rosenblüten auf dem schneeweißen Laken ab.

Er setzte sich hinter sie und zog sie sachte an seinen Brustkorb.

So fühlt es sich also an, Haut an Haut mit einem Mann, dachte Birgany. Die Muskeln waren hart, seine Härchen kitzelten an ihrem Rücken und er strahlte wohlige Wärme aus.

Eine Hand legte er auf ihren Leib und sie fühlte sich durch diese Geste beschützt. Mit der anderen Hand reizte er ihre harten Brustspitzen. Rollte sie zwischen Daumen und Zeigefinger und zupfte daran.

Birgany drückte ihren Busen in seine Hände. Sie wollte mehr, denn sein verführerisches Spiel schoss kleine, heiße Pfeile in ihre Brüste, die von dort direkt in ihren Schoß flogen. Nikolai kniete sich vor das Bett und schob sanft, aber bestimmt ihre Schenkel auseinander. »Ich mag den betörenden Duft deiner Begierde. Ich werde deinen Nektar auflecken und dich vor Wonne schreien lassen.« Er zog Rock samt Unterkleid über ihre Beine und warf ihn achtlos auf den Boden. »Ein goldenes Vlies voller Geheimnisse, die erkundet werden wollen.« Nikolai strich mit einem Finger durch ihre Spalte. »Schön und nass.« Er hob den Finger, steckte ihn in den Mund und saugte daran.

»Ist das ... Ich meine ...«, stammelte sie und sah ihn bestürzt an.

»Sei versichert, nichts ist mit der Essenz der weiblichen Lust zu vergleichen.« Nikolai blickte sie aus diesen unglaublich blauen Augen an. »Ich werde aus deiner Quelle trinken und jeden Tropfen genießen. Wenn es dir nicht gefällt, sag es. Doch nicht aus falscher Scham.«

»Deine Begierde zu entfachen, ist für uns überaus erregend. Deine Haut glänzt rosig und feucht. Deine kleinen kurzen Atemstöße fachen unsere Lust weiter an. Wir lieben es und werden belohnt, indem du uns vertraust und dich fallen lässt.« Thorans Bariton wisperte über ihre Sinne und gab ihr ein wenig Halt. Nikolai senkte den Kopf und sie spürte seine Zungenspitze.

Ihre Schenkel begannen zu zittern und Birgany verlor gänzlich die Kontrolle über ihren Körper und stürzte sich mutig in diese ihr fremde Welt. Thoran lehnte sich weiter zurück, sodass sie auf ihm lag und sein Bruder freien Zugang zu ihrem Schoß hatte. Nikolai presste seinen Mund auf ihre Scham und sie schoss beinahe vom Bett.

Laut stöhnte er an ihrem nassen Eingang. »Exquisit. Exotisch wie dein Name.«

»Sag mir, wonach sie schmeckt.«

»Eine Mischung aus wildem Honig und Met, dazu eine Spur Muskatnuss. Nimm sie in die Zange.« Thoran griff von hinten unter ihre Kniekehlen und zog ihre weit gespreizten Beine hoch. Nikolais Zunge, die sie so sehr begehrte, kroch tief in ihre Höhle. Verblieb dort, leckte und vollführte Kunststücke, welche Birgany an den Rand des Wahnsinns trieben.

Sie konnte selbst ihre Erregung riechen. Ihr war völlig unbegreiflich, was mit ihr geschah. Thorans Hände und Nikolais Zunge jagten sie über ein wild wogendes Meer der Begierde. Ohne Boot trieb Birgany dahin. Etwas Wildes baute sich in ihrem Inneren auf.

Ihr Körper stand in Flammen. »Ich sterbe«, stöhnte sie laut und ruckte mit dem Becken.

Birgany schrie und klammerte sich an Thoran fest, der sie sicher hielt. Welle um Welle jagte durch ihren Leib und Nikolais Zunge trieb sie weiter. Eine neue Welle baute sich auf, höher und kraftvoller als die vorherige, und begrub sie unter sich. Eine siedend heiße Kugel schoss von ihren Brüsten in ihre Scham, dehnte sich aus, wurde heißer und Birgany zerbarst.

»Noch einmal.« Thorans Stimme erklang wie durch einen Nebel. Birganys Sinne stoben davon und schon wurde sie abermals in den Strudel gerissen. Heiß tobte die Lust in ihr und sie ergab sich voller Freude diesen unvorstellbar schönen Gefühlen. Sie flog, explodierte in tausend Sterne und schwebte zurück zur Erde.

»Nun kommt der Hauptgang.« Thoran leckte über ihren wild pochenden Puls am Hals, schob sie sanft zur Seite und sprang aus dem Bett.

Ermattet lag sie auf dem Laken und lächelte.

Ungeniert zogen sich die Brüder aus und standen nackt und erregt vor ihr.

Die Art, wie Thoran seinen Schaft umfasste und die Faust auf und ab gleiten ließ, raubte ihr den Atem.

Sein Schaft war lang und hart. Sie konnte die Adern und einen Tropfen auf der breiten Spitze sehen.

Noch nie hatte sie diesen Teil eines Mannes berührt. Den Anflug von Panik schob sie brüsk beiseite.

Hör auf, so ängstlich zu sein, du dumme Gans, schalt sie sich und kniete sich aufs Bett.

»Du hast die Wahl, kleine Feuerfee. Wen willst du zuerst? Oder uns beide gleichzeitig?« Thoran sah auf sie herab und die Begierde in seinem Blick machte sie trunken. So wie es Nikolai bei ihr getan hatte, strich sie mit der Fingerspitze über Thorans Männlichkeit und leckte den Tropfen von ihrem Finger. Es schmeckte salzig, aber erstaunlicherweise angenehm und seltsam erregend. Thoran sog zischend die Luft ein und seine Bauchmuskeln traten noch stärker hervor. Birgany wiederholte ihre Erkundung bei Nikolai, der neben seinen Bruder getreten war. Er schmeckte anders, eine Nuance herber.

»Wer?«, stieß Nikolai unbeherrscht aus.

Die Entscheidung fiel ihr leicht. Sie legte sich zurück aufs Bett und spreizte die Beine. »Thoran.« Thoran kniete sich zwischen ihre Schenkel und brachte sich in Position.

»Bei Thors Hammer, du bist so eng. Bitte lass mich ein. Entspanne dich. Lass dich fallen und vertraue darauf, dass ich dich auffangen werde.« Er beugte sich nach vorn, wodurch sich sein Schaft ein Stück weiter in sie schob. Thoran dehnte sie unglaublich. Es war unangenehm und gleichzeitig lechzte sie nach mehr. Sie hob ihr Becken. Wollte ihn endlich ganz in sich spüren.

»Du bist so eng wie eine Jungfrau.«

»Ich bin ...« Mehr brachte sie nicht über die Lippen. Nikolai kniete sich aufs Bett und liebkoste mit den Lippen ihre empfindlichen Brustspitzen.

Ihre Gedanken stoben davon wie Blätter im Wind.

Ein scharfer Schmerz durchfuhr sie. Alle Luft wich aus ihren Lungen.

»Eine Jungfrau.« Fest packte Thoran sie an den Hüften und verharrte tief in ihr. »Eine gottverdammte Jungfer!« Grob zog er sich aus ihr zurück.

Dem Schmerz folgte unsägliche Scham. Alles verschwamm vor ihren Augen. Thoran sprang aus dem Bett und stierte sie an, als ob sie die Pest in sein Haus gebracht hätte.

»Wie kann eine Witwe Jungfrau sein?«, warf Nikolai entsetzt ein und rappelte sich auf.

»Sieh dir meinen Schwanz an. Das Blut darauf bilde ich mir ebenso wenig ein wie die Barriere, die ich durchbrach. Dieses hinterhältige Luder versucht, uns in die Ehefalle zu locken.«

Sie krallte die Finger in die Decke unter sich und schüttelte wild den Kopf.

Gleich einem Henker beugte er sich über sie und griff ihr grob ins Haar. »Hör auf zu heulen. Keiner von uns wird dir die Ehe antragen. Wir haben unser Geld hart verdient und schmeißen es nicht einer jungfräulichen Dirne in den Rachen!«

»Ich muss hier raus, bevor ich mich vergesse.« Nikolai warf ihr einen letzten bösen Blick zu und stürmte aus dem Raum.

Sie kletterte aus dem Bett. Panisch schlüpfte sie in ihr Unterkleid.

Die Beine gespreizt, die Arme vor der Brust verschränkt, starrte Thoran sie an. Der Ekel und die Abscheu in seinem Blick taten ihr körperlich weh.

Sie konnte kaum atmen. Raffte ihre Kleidung zusammen. Warf sich ihren Umhang über die Schultern und rannte aus dem Haus.

Sie hastete über den Marktplatz, durch die Gassen, bis ihre Lungen brannten.

Ich muss es bis nach Hause schaffen, betete sie sich wie eine Litanei stumm vor.

Endlich kam ihr Häuschen in Sicht. Ihre Zuflucht. Birgany stürmte hinein und verriegelte die Tür. Im Dunkeln schlurfte sie in ihre Kammer, warf sich aufs Bett und heulte sich die Seele aus dem Leib.

***

Angespannt marschierte Thoran vor dem Schreibtisch hin und her. »Sollte ich mich wirklich so in ihr getäuscht haben?« Nikolai schnaubte, ohne den Blick von den Rechnungsbüchern abzuwenden. »Das Blut an ihren Schenkeln und auf deinem Schwanz haben wir uns nicht eingebildet, Bruder. Als Witwe kann sie schlecht auf ihre Jungfräulichkeit pochen und dich zur Ehe zwingen, weil du sie entehrt hast. Der Gedanke mit der Ehefalle greift nur, wenn sie dich bezichtigt, sie mit Gewalt genommen zu haben.« Er legte die Feder auf die Ablage neben dem Tintenfass und schaute auf. Thoran fuhr sich zum wiederholten Mal durch die Haare. Er brauchte einen Erben, doch noch nicht mit fünfundzwanzig. Ihm blieben noch einige Jahre. Der Gedanke an ein zänkisches Eheweib behagte ihm so wenig wie ein winterliches Eisbad in der Nister. Er würde sich sein Weib selbst aussuchen und sich nicht vermählen, weil es seine Ehre verlangte. »Ich muss mit ihr reden. Wenn sie schon beim Pfarrer war, will ich es wissen.«

Er ging die viertel Meile bis zu ihrem Haus zu Fuß. Die Menschen auf den Straßen grüßte er, ohne sie wirklich wahrzunehmen.

Sie saß nicht auf der Bank vor dem Haus. Energisch klopfte Thoran an die Tür.

Eine Schwarzhaarige öffnete einen Fensterflügel rechts vom Eingang. »Was wollt Ihr?« Die abweisende Art der Fremden sagte ihm eine Menge.

Formvollendet verneigte er sich. »Seid gegrüßt. Ich muss dringend mit Birgany reden.«

»Sie aber nicht mit Euch.« Ihre Stimme wurde hart.

Aha, sie wusste Bescheid. »Öffnet die verdammte Tür.« Thoran durchbohrte die Frau mit einem kalten Blick, der jeden Mann in die Knie gezwungen hätte.

Sie hob lediglich eine Augenbraue. »Ihr habt genug Schaden angerichtet. Habt eine ehrbare Witwe zur Hure gemacht und sie benutzt. Sie in ihrem Schmerz weggejagt. Allein. In der Nacht. Ohne Schutz. Ihr seid ein überheblicher, dämlicher Kerl, der im Schwanz mehr Blut hat als im Hirn«, warf sie ihm entgegen.

Wahre Worte, gestand er sich ein. Nachts waren die Straßen unsicher, besonders für ein Weib, welches halb nackt und verstört durch die Gassen hastete. Ihr hätte alles Mögliche zustoßen können. Den Anflug von Gewissensbissen schob Thoran beiseite. »Muss ich damit rechnen, dass Pfarrer Wynantz demnächst bei mir auftaucht?« Er musste wissen, was sie vorhatte.

»Glaubt Ihr wirklich, meine Freundin würde Euch zum Gemahl wollen?«

»Warum sonst hat sie ihre Jungfräulichkeit verschwiegen?«

»Das geht Euch nichts an«, brüllte Birgany von drinnen und die Frau knallte den Fensterladen zu.

Kapitel 3

Birganys Haus in der Perlgasse, zwölfter Mai anno 1712

Die erste Nacht, die ihr keine Albträume beschert hatte. Birgany sah aus dem Fenster. *Seit drei Tagen bin ich keine Jungfrau mehr,* dachte sie. Ob sie den Brüdern verzeihen sollte? Sich ihnen erklären? Nein. Sie hatte es so gewollt. Ein einmaliges Erlebnis und es war vorbei und vergessen.

Fanny rauschte mit ihrer gemeinsamen Freundin Julietta im Schlepptau herein, knallte die Tür hinter sich zu, schloss ab und stürmte in den Nebenraum. »Sind sie fertig?«, fragte sie und zerrte sich die Kleider vom Leib.

»Lieber Himmel, was machst du da?« Birgany schaute von einer Frau zur anderen und ihre Beine waren seltsam wackelig.

»Entschuldige den Überfall. Fanny sagte, es wäre in Ordnung«, begann Julietta zögerlich und spielte mit ihrem burgunderfarbenen Zopf. »Sie hat mir von deinem Ubera erzählt und ich hätte auch gern einen.«

»Muss ich weiter halb nackt hier vor euch stehen oder bekomme ich meinen Ubera?«, mischte sich Fanny ein.

Birgany plumpste auf einen Stuhl vor dem Fenster.

»Sag schon, muss ich unzüchtig durch die Stadt laufen oder hast du sie fertig?«

»Du bist schlimmer als eine Horde.« Sie brach ab und atmete tief durch. »Für dich fällt mir nicht mal ein passender Vergleich ein.«

Julietta lachte und setzte sich auf den anderen Stuhl. »Machst du mir auch einen? Fanny hat mir alles erzählt und ich kann es kaum erwarten. Sei versichert, ich werde mit niemanden darüber sprechen.«

»Natürlich mache ich dir auch einen Ubera, Julietta. Aber zuerst bekommt Fanny den ihren.« Birgany holte den Ubera aus einer Schachtel und reichte ihn ihrer Freundin.

Diese strich über den feinen Stoff und die samtbesetzten Bänder. »Zauberhaft. Der Samt fühlt sich an wie das Fell meiner Katze. Warm und weich.« Fanny presste den Stoff an ihre nackten Brüste.

Birgany trat hinter ihre Freundin, kreuzte die Schnüre im Rücken und band sie vorn zusammen. »Ich habe die Bänder bewusst länger gemacht, damit du nicht jeden Morgen Hilfe brauchst.«

»Oh.« Julietta sprang auf und umrundete Fanny. »Mamma mia.« Birgany ergriff die Hände ihrer Freundin. »Wie fühlst du dich?« Angespannt hielt sie den Atem an. Sie war sich sicher, dass Fanny ehrlich antworten würde, und genau davor fürchtete sich Birgany.

»Ich kann atmen.« Fanny hüpfte durch den Raum und lachte. »Mich bewegen, ohne dass mein Fleisch eingeschnitten wird. Meine Brüste hopsen auf und ab und werden trotzdem durch den Stoff gehalten. Ich liebe dich. Für deinen Mut und deinen Einfallsreichtum.« Fanny nahm sie in die Arme. »Daheim werde ich mein Korsett in klitzekleine Schnipsel schneiden und verbrennen. Ich danke dir. Du wirst steinreich werden, garantiert.« Noch einmal strich Fanny über die samtenen Bänder und den Leinenstoff, ehe sie ihr Hemd überzog. Tief holte sie Luft und atmete wieder aus. »Es ist einfach nur herrlich.« Die Arme ausgebreitet, tanzte Fanny um sie herum. Mitten in der Bewegung hielt sie inne und sah Birgany eindringlich an. »Du sagst ja nichts.«

»Deine Reaktion auf meinen Ubera ist ...« Wild fuchtelte sie mit der Hand durch die Luft. »Ich kann meine Gefühle nicht beschreiben. Es ist ein fürchterliches Wirrwarr in mir drin und ich liebe es.«

»Los, kommt.«

»Wohin?«

Fanny zerrte sie beide nach draußen. »Ich will wissen, wie es sich anfühlt.«

»Was wissen? Ich versteh kein Wort«, sagte Julietta.

»Im Haus, verborgen hinter Türen und Wänden ist es anders, verstehst du? Ich bin beinahe gestorben auf dem Weg hierher, in dem Wissen, nackt unter meinem Kleid zu sein.« Verstohlen sah sie sich um. Ging einige Schritte über den Weg, blieb wieder stehen.

»Wie fühlt es sich an?«

»Ich kann richtig tief durchatmen. Mir tut nichts weh und das Beste ...« – sie drehte sich im Kreis – »Ich bin frei. Glücklich. Viel aufregender als drinnen, weil ich ein Geheimnis trage.«

»Dann bestelle ich gleich zwei dieser Geheimnisse. Endlich kann ich meine Rosen beschneiden, ohne ständig unter Atemnot zu leiden«, sagte Julietta.

»Gern doch, das bekomme ich hin«, stimmte Birgany zu. »Dann hast du einen als Ersatz, wenn ich fort bin.«

»Fort? Wo willst du denn hin?«, wollte Julietta wissen.

»Noch sechs Monate und ich darf hier nicht mehr arbeiten.« Birgany trat gegen einen Kiesel, der mit einem leisen Plopp in eine Regenpfütze flog. »Entweder heirate ich einen Schneidergesellen oder ich muss alles hier aufgeben und nach Hamburg ziehen.«

»Wag es bloß nicht«, begehrte Fanny auf und ihr eindringlicher Blick aus den Bernsteinaugen glich dem eines Raubtieres. »Es muss eine Möglichkeit geben, dieses Zunftgesetz zu umgehen.«

»Wie denn? Ich habe keinen Sohn, für den ich das Geschäft weiterführen dürfte. Ohne Schneider als Ehemann ist es mir verboten und die Schonfrist, um einen Gatten zu finden, endet in sechs Monaten.«

Fanny schob Birgany und Julietta zurück ins Haus und knallte die Tür zu. »Setz dich.«

Birgany gehorchte und plumpste auf einen Stuhl. »Und?«

»Lass mich nachdenken.« Fanny umrundete den Arbeitstisch. Einmal. Zweimal. »David sprach die Tage von Mannheim. Dort ist durch den Krieg damals alles verwüstet worden und die Stadtväter haben die Zunftordnungen aufgehoben.«

»Ob nun Hamburg oder Mannheim, das ändert für mich nichts. Entweder ich gehe eine Ehe ein oder ich muss fort. Und ich will weder hier weg noch mich einem Mannsbild unterwerfen.«

Sie sprang auf und packte Fanny am Oberarm. »Du bist die Erste, der ich meinen Ubera gezeigt habe. Kannst du dir vorstellen, was passiert, wenn ich einen Schneidergesellen heirate und ihm sage, was ich anfertige?«

»Der würde dich wohl zum Priester schleifen und dich mit Stockschlägen läutern lassen«, warf Julietta ein.

»Ein Ausweg ist so mies wie der andere.«

***

»Wenn sie dich auch nicht der Schändung bezichtigt hat, bleibt die Frage ihrer Jungfräulichkeit.« Nikolais Worte holten Thoran aus seinen trüben Gedanken.

»Und genau darauf will ich eine Antwort.«

»Heute ist Markttag. Sie hat einen Stand dort. Will Birgany keinen Aufstand heraufbeschwören, muss sie mit uns reden.«

Es war ein sonniger Tag und in den Gassen tummelten sich viele Menschen, die ebenfalls auf dem Weg zum Markt waren. Hier und da wurden sie von Passanten angesprochen. Manche Leute glaubten, es wäre etwas Besonderes, mit den erfolgreichen Strogowzwillingen gesehen zu werden. Als Thoran Birgany sah, beschleunigte er seine Schritte. Die Augen fest auf sie gerichtet, bahnte er sich einen Weg durch die Menge.

»Seid gegrüßt, Witwe Krämer.« Die förmliche Anrede kam ihm kaum über die Lippen.

Birgany nickte ihm kurz zu. Nikolai, der seinem Bruder gefolgt war, starrte sie an. Birgany hielt dessen Blick nicht nur stand, sondern focht einen stummen Kampf mit ihm. »Es wäre mir lieb, Ihr würdet gehen, meine Herren.«

»Birgany, wir müssen reden«, versuchte es Thoran mit gedämpfter Stimme.

»Ihr habt Eure Meinung deutlich zum Ausdruck gebracht.« Sie ballte ihre Hände zu Fäusten.

»Habt Ihr unsere restliche Bestellung bereits fertig?«, fragte Thoran laut, um die Passanten von seinem eigentlichen Anliegen abzulenken.

»Ihr wollt die anderen Hemden noch bestickt haben?«

»Sicher.« Thoran beugte sich vor und sah ihr tief in dic Augen. »Der Auftrag steht. Du hast lediglich zwei Hemden gebracht. Ich erwarte pünktliche Lieferung, wie vereinbart von dir persönlich.«

»Ich schicke einen Boten.«

»Oh nein. Du kommst selbst. Nur dir werde ich die Taler übergeben.«

»Wie Ihr wünscht«, antwortete Birgany zwischen zusammengepressten Zähnen.

»Brauchst du Hilfe?« Ein dürrer Bursche mit Adlernase trat neben Thoran.

»Nein, Gustav, ich brauche keine Hilfe, um meine Kunden zu beraten«, erklärte Birgany kalt.

»Kunden?«, höhnte der Jungspund und lachte laut. »Wohl eher deine neuen Stecher, wie Mutter erzählte. Dabei könntest du mich haben und ich würde dich sogar ehelichen, obwohl du einen solch verdorbenen Charakter hast.«

»Ich sagte es bereits dem Müller, dem Gerber und dem Schneider. Für keinen von euch verdorbenen Kerle werde ich abends meine Tür öffnen. Für dich am allerwenigsten. Ich bin eine ehrbare Frau und bin es leid, ständig belästigt zu werden.«

»Ich bin ebenso gut wie der da.« Gustav zeigte mit dem Finger auf Thoran.

Blitzschnell packte Thoran den Burschen am Wams. Er brachte sein Gesicht dicht an das des anderen. »Du wirst dich sofort bei der Dame entschuldigen oder ich verpasse dir eine Tracht Prügel, wie du sie noch nie bekommen hast.« Thoran stieß ihn von sich und wischte sich die Hand an der Hose ab.

»Sie ist nicht Euer Weib, also kann sie auch andere Männer bedienen. Mein Geld ist ebenso gut wie das von Euch.«

»Wenn ich dir nicht den Wanst aufschlitzen soll, verschwindest du augenblicklich, du Missgeburt.« Die Schere in der geballten Faust, starrte Birgany den Wicht an. Ihre Wangen glühten und ihre Augen sprühten vor Wut.

»Lass uns den Abschaum hier wegschaffen«, raunte sein Bruder ihm zu.

»Ein einziger Ton von dir und ich schlage dir die Zähne ein.« Thoran stellte den Burschen auf die Füße und umklammerte dessen Oberarm. Nikolai flankierte die andere Seite. Schnell brachten sie ihn in die nächste Seitengasse, fort von Birgany.

Am Ende der Gasse drückte Thoran ihn gegen die Backsteinmauer. »Du hast nicht nur die Ehre der Witwe Krämer mit deinen Verleumdungen beschmutzt, sondern auch mich und meinen Bruder beleidigt.«

»Mutter hat Euch drei zusammen gesehen. Ich kann nichts beschmutzen, was bereits dreckig ist.« Er reckte kampflustig sein Kinn vor.

»Halt ihn fest. Dieses kleine Wiesel braucht eine Abreibung.«

Pfeilschnell nahm Nikolai den Jungen in den Schwitzkasten. So nach vorn gebeugt war er dem, was Thoran vorhatte, hilflos ausgeliefert.

In aller Ruhe zog Thoran die Reitgerte aus seinem Stiefel und holte aus.

Er sorgte dafür, dass jeder einzelne Hieb schmerzhaft war. »Du wirst die nächsten Tage nicht sitzen können und dich ständig an uns erinnern.« Abermals sauste die Gerte auf den Hintern des Jungen.

Stoisch hielt ihn Nikolai im Klammergriff. »Zeig wenigstens ein bisschen Mumm und nimm die Strafe an wie ein Mann, du sabberndes Muttersöhnchen.«

Nach zwölf Schlägen befand Thoran, dass es genug war, und schob die Gerte zurück in den Stiefelschaft. Mit Schwung stieß Nikolai den Burschen von sich, sodass der auf seinem malträtierten Hintern landete. Tränen liefen ihm übers Gesicht und seine Augen sprühten vor Zorn.

»Du bist ebenso verlogen wie deine Mutter.« Thoran marschierte durch die Gasse zurück zum Marktplatz.

»Da haben wir ja einen schönen Schlamassel angerichtet.«

»Hätte seine Mutter uns nicht mit Birgany bei dem Zusammenstoß gesehen, wäre ihr sicher etwas anderes eingefallen. Sie will ihren nichtsnutzigen Bengel mit ihr verheiraten.« Bei dem Gedanken, diese Missgeburt könnte mit Birgany verheiratet sein, kochte die Wut erneut in Thoran hoch.

Gemeinsam gingen die Brüder zurück zum Marktplatz.

Dort beäugte Birgany sie argwöhnisch.

»Wir haben dem Tölpel eine Abreibung verpasst und er wird fortan seine Klappe halten und dich nicht mehr belästigen«, erklärte Thoran leise.

»Geht. Ihr habt mir schon genug Scherereien gemacht.«

Abrupt drehte sich Thoran um. Er traute sich im Moment selbst nicht über den Weg und war versucht, sich Birgany über die Schulter zu werfen und zum Kontor zu schleppen.

»Wartet.«

Er sah zurück und zog eine Augenbraue hoch.

»Gustav stellt mir schon länger nach. Ich wäre allein mit ihm fertig geworden.«

»Ihr habt Gustav eine Abreibung verpasst? Was hat der Trottel nun schon wieder angestellt?« Thoran sah die Frau an, die ihm vor Tagen den Fensterladen vor der Nase zugeschlagen hatte.

»Nichts, Fanny. Er redet, ohne nachzudenken.«

»Er beleidigte die Witwe Krämer und erzählte Lügen«, korrigierte Thoran Birgany. »Wir machten ihm verständlich, dass es Folgen hat, sich mit uns anzulegen.«

Fanny klatschte vor Begeisterung in die Hände. »Da wäre ich zu gern dabei gewesen. Gibt es doch etwas, wozu Ihr taugt.«

Den verbalen Schlag ins Gesicht nahm Thoran gelassen hin.

»Wurde auch Zeit«, kam es vom Stand gegenüber.

»Der macht nur Ärger«, schimpfte der Korbmacher.

»Gut gemacht, Thoran. Mir juckt es schon länger in den Fingern, zu tun, was sein Vater hätte tun müssen. Der Nichtsnutz lungert nur herum, anstatt zu arbeiten.« Varun, der Schmied, schlug die Faust in seine offene Handfläche.

»Es war mir ein Vergnügen, Varun.« Thoran tippte sich an die Hutkrempe.

»Witwe Krämer, ich wünsche einen schönen Tag. Ich erwarte Eure Lieferung in drei Tagen.« Es war hinterhältig und unter seiner Würde, doch Thoran war im Moment fern jeder Vernunft und zog alle Register.

»Natürlich, Strogow. Ich. Stehe. Zu. Meinem. Wort.«

Sie würde kommen und die Hemden bringen. Ab da war sie auf seinem Territorium und gezwungen, ihm zu erklären, warum sie noch Jungfrau gewesen war. Vorher würde er sie nicht aus dem Haus lassen.

Kapitel 4

Birganys Haus in der Perlgasse, zwanzigster Mai anno 1712

»Ich kann es nicht länger aufschieben.« Birgany starrte die fertigen Hemden der Strogows an.

Die beiden wollten Antworten, doch sie war nicht bereit dazu. Es ging die Zwillinge nichts an. Sie wickelte die Hemden ein und schlug mit der Faust auf den Tisch. Missmutig machte sie sich auf den Weg zum Kontor.

Der wolkenverhangene Himmel kündigte ein Frühlingsgewitter an. Eilig schritt sie voran.

Die Tür des Kontors stand offen und Birgany trat ein.

»Seid gegrüßt, Heribert.«

Sogleich sprang der Schreiber auf und verneigte sich. Er war ein offener, höflicher Mensch und Birgany mochte ihn. Sein Lächeln erreichte immer seine blauen Augen. »Seid gegrüßt. Womit kann ich Euch heute dienen? Benötigt Ihr neue Stoffe oder Garn?«

»Ich habe eine Lieferung.« Sie holte tief Luft und reichte ihm die Päckchen. Heribert bewegte sich nicht von der Stelle und starrte sie nur an.

Resigniert legte Birgany ihr Bündel auf den Tisch. Ihre Hände hinterließen feuchte Abdrücke auf dem braunen Papier.

Sie musste hier raus, bevor einer der beiden auftauchte.

Drei Türen gingen von dem Raum ab. Drei mögliche Gefahren.

Endlich. Heribert griff nach der Lieferung. »Wartet bitte einen Augenblick, ich sehe nach, ob einer der Herren Strogow im Haus ist.«

»Nein!«

»Nicht nötig«, erklang eine tiefe Stimme hinter ihr. Thoran!

Ihr wurde schwindelig und sie presste eine Hand auf ihr hart klopfendes Herz.

»Bitte folgt mir, ich werde Euch sogleich entlohnen.«

»Zu freundlich. Ich möchte Eure Zeit nicht über Gebühr beanspruchen. Euer Schreiber kann mich bezahlen.« Sie rieb die feuchten Handflächen aneinander. »Wenn Ihr mir bitte drei Taler geben würdet, Heribert.«

»Wir müssen reden.« Thoran griff nach ihrem Arm und umklammerte ihn, ohne ihr wehzutun.

»Du aufgeblasener Frosch. Nimm deine Griffel von mir oder du wirst es bereuen.«

Heribert grinste und Thorans Miene verhärtete sich.

»Wie du willst.«

Bevor Birgany begriff, was er vorhatte, schwang er sie sich wie einen Sack Getreide über die Schulter.

»Du elender, stinkender Molch, lass mich sofort runter!« Sie biss ihm in die Seite, die einzige Stelle, die sie erreichte.

»Beiß mich noch mal und ich versohle dir den Hintern.«

Zu klug, um seine Drohung nicht ernst zu nehmen, fügte sich Birgany für den Moment.

»Warte nur, bis ich auf meinen eigenen Beinen stehe. Du weißt nicht, mit wem du dich anlegst.«

»Was ist hier los?«

Birgany konnte nichts sehen, erkannte aber Nikolais Stimme.

Einer allein war schon brandgefährlich. Nun musste sie es mit zwei Männern aufnehmen. Sie griff nach ihrer Wut und schob die Angst beiseite. »Dein missratener Zwilling belästigt mich.«

»Gut.«

Kaum stand sie auf ihren Füßen, wich sie zwei Schritte zurück. Nikolai stand vor der verschlossenen Tür.

Sie blickte zum Fenster. Zur Not würde sie springen.

»Versuchs ruhig. Ehe du den Flügel geöffnet hast, liegst du über meinen Knien.«

»Was willst du von mir, Thoran?«

»Antworten«, erklärte er ruhig.

Sie schnaubte und stemmte die Hände in die Hüften. »Du bist weder mein Vormund noch mein Vater und sicher nicht mein Gatte. Dir steht es nicht zu, etwas von mir zu fordern.«

»Kleine Feuerfee, ich gebe dir recht. Ich bin weder mit dir verwandt noch habe ich Interesse, dein Gatte zu sein. Der Umstand deiner Entjungferung verschafft mir allerdings gewisse Rechte.«

»Rechte? Du erbärmliche aufgeblasene Schweineblase!« Sie verpasste ihm einen Schlag auf den Brustkorb. Thoran starrte sie verdattert an und Birgany genoss diesen kleinen Sieg. Es hatte ihm die Sprache verschlagen. Der mächtige Thoran Strogow kuschte vor ihr.

Sie stürmte auf Nikolai zu. »Geh mir aus dem Weg.« Nikolai rührte sich nicht vom Fleck. Stattdessen fing er an zu lachen. »Willst du mich beißen?« Schnell trat sie an ihn heran, packte seine Hand und bog ihm den kleinen Finger nach hinten. Nikolai jaulte auf und krümmte sich.

»Mein Großvater war im Krieg und er hat mir eine Menge beigebracht, wie eine Frau sich wehren kann.« Sie ließ seine Hand los und trat einen Schritt zurück.

Sogleich richtete Nikolai sich auf und rieb über seinen Finger. »Wir wollen uns nur bei dir entschuldigen.«

»Abgelehnt, und nun mach den Weg frei.«

»Nein. Die Entschuldigung gilt unserem Benehmen danach. Dir obliegt es, deine Lüge und dein falsches Spiel zu erklären. Vorher kommst du hier nicht raus.«

»Geh mir aus dem Weg oder ich ramme dir dein Gemächt bis in den Hals.«

Reflexartig bedeckte Nikolai seinen Schritt mit den Händen, versperrte ihr aber stoisch den Weg.

Nein, sie würde nicht klein beigeben. »Habt ihr mich nicht genug gedemütigt? Wollt ihr auf meinen Gefühlen herumtrampeln? Weitere schlüpfrige Details wissen, um sie dann mit euren Kumpanen bei einem Humpen Bier zu teilen?«

Den Blick voller Bedauern, schüttelte Nikolai den Kopf.

»Bitte, rede mit uns. Lass es uns verstehen. Deine Worte tun uns Unrecht. Wir sind nicht so, wie die Leute uns darstellen.« Die Wärme und Zuneigung in Thorans Stimme zogen ihrer Wut den Stachel.

»Ich weiß.« Birganys Angriffslust verkroch sich in den hintersten Winkel ihres Seins.

»Es muss einen Grund geben, warum du unberührt warst. Weshalb du es uns verschwiegen hast.«

Wie sollte sie es in Worte fassen? Ihre Schmach aussprechen? Sie wollte nie mehr solchen Selbstekel verspüren. Zu lange hatte sie daran gearbeitet, diese schlechten Gefühle zu verdrängen. Stück für Stück war sie aus dem Sumpf gekrochen und hatte begonnen, ihr Leben zu genießen. Vor allem ihre Arbeit erfüllte Birgany und gab ihr ein Gefühl der Unabhängigkeit und der Freiheit.

»War dein Mann unfähig, die Ehe zu vollziehen? Lag es daran?« Thoran trat hinter sie und zog sie sacht an seinen harten Körper.

Lieber Gott, ich danke dir, betete sie inbrünstig.

»Genau so war es.« Sie löste sich von Thoran und drehte sich um.

»Ich kann kaum in Worte fassen, wie es für mich war, von einem Mann einfach nur liebevoll berührt zu werden. Mir war nicht bewusst, wie sehr ich mich nach zärtlichen Berührungen sehnte.«

»Birgany, warum hast du es nicht einfach gesagt? Wir wären viel vorsichtiger mit dir umgegangen.«

»Weil ich mich schämte, Thoran.« Sie knetete ihre Finger ineinander und wagte es nicht, ihm in die Augen zu sehen.

»Hat er es dir vorher nicht gesagt?«, wollte Nikolai wissen.

»Nein. Hätte ich es gewusst, wäre es nie zu einer Vermählung gekommen.«

Birgany schloss die Augen und hörte die Stimme ihres Großvaters, der sie Ehrlichkeit und Selbstachtung gelehrt hatte.

Sie konnte ihnen unmöglich die Wahrheit sagen. Nicht die Abscheu in ihrem Blick ertragen. Lieber landete sie in der Hölle für diese Lüge.

Sie taumelte und sah dreckig grüne Schleimklumpen vor ihrem Gesicht wabern. Thoran drückte sie auf einen Stuhl. »Kopf nach unten, dann wird es besser«, befahl er und sie gehorchte.

»Atme. Langsam. Ein und wieder aus.« Thorans ruhige Stimme half ihr. Sie folgte der Aufforderung, konzentrierte sich einzig darauf zu atmen. Ein. Aus. Ein. Aus.

»Weiter, nicht aufhören. Schön brav atmen.«

Nach mehreren Atemzügen war ihr Blick klar.

»Danke, es geht wieder.« Sofort verschwand die Hand von ihrem Rücken und Birgany richtete sich auf.

»Besser?« Besorgt musterte Thoran sie.

»Ja.« Sie konnte nicht still auf dem Stuhl sitzen, ihren eindringlichen Blicken ausgeliefert. Langsam stand sie auf. Der Schwindel blieb aus und Birgany entfernte sich einige Schritte von den beiden. Strich über eins der Regale. Nahm ein Buch in die Hand. Legte es wieder hin.

»Einmal in meinem Leben wollte ich wissen, wie es ist, eine Frau zu sein. Nur aus diesem Grund ließ ich mich auf euch ein«, bekannte sie leise.

Sie drückte ihr Kreuz durch und sah den beiden offen in die Augen. »Mehr werde ich euch nicht sagen. Ich gehe.«

»Du gehst nirgends hin.« Thoran strich mit dem Handrücken über ihre Wange. Sanft delegierte er sie zur Chaiselongue. »In diesem aufgelösten Zustand werde ich dich nicht alleinlassen. Dich damals rausgeworfen zu haben, war unverzeihlich, und diesen Fehler werde ich kein zweites Mal begehen.«

»Ich hol uns was zu trinken. Wein oder Schnaps?« Nikolai schaute sie fragend an.

»Was Starkes.« Birgany lächelte ihn an und war dankbar, bleiben zu dürfen. Sie wollte nicht allein sein, egal wie erbärmlich es sein mochte.

»Mir einen Met, bitte«, sagte Thoran. Nikolai verschwand aus dem Raum.

Vorsichtig, als sei sie ein wildes Tier, setzte sich Thoran neben sie.

Mit drei Bechern in der Hand kam Nikolai zurück reichte jedem einen davon. »Bitte verzeih unsere barschen Worte«, bat er, während er sich mit einem Wodka in der Hand ihr gegenüber in einem Ledersessel niederließ.

»Es gibt nichts zu verzeihen.« Sie trank einen Schluck, der ihr in der Kehle brannte. »Ich schämte mich. In dem Augenblick als Thoran sagte, ich wäre eng wie eine Jungfrau, versuchte ich es zu sagen. Aber ich war gefangen in dieser neu entdeckten Lust.«

»Keine Scham, kleine Feuerfee.« Nikolai sah ihr tief in die Augen. »Freunde?«

»Gern.« Erleichtert stieß sie mit ihnen an und leerte den Becher in einem Zug. »Was ist das? Es brennt wie Feuer in der Kehle, schmeckt jedoch trotzdem angenehm.«

»Wodka«, antwortete Thoran. »Willst du noch einen?«

»Nein, danke. Ich sollte gehen, es wird rasch dunkel.«

»Auf keinen Fall. Wir müssen reden und danach bringen wir dich heim«, wandte Thoran ein.

Birgany öffnete den Mund, doch Nikolai legte ihr einen Finger auf die Lippen. »Keine Widerrede.«

»Lieber Himmel, worüber wollt ihr noch reden?« Nein, sie musste fort, verstrickte sich mehr und mehr in Halbwahrheiten. Angst jagte durch ihren Leib und ihr Herz wummerte bis in ihre Schläfen.

»Wir haben uns in dir geirrt und ich möchte dir erklären, warum wir derart schroff reagiert haben. Seit Jahren stellen uns die Weiber nach in der Hoffnung, einen von uns vor den Altar zu schleifen, weil sie wissen, wie reich wir sind.«

»Nicht, Thoran. Ich bin euch nicht mehr böse.«

»Du hast tagelang kein Wort mit mir gesprochen. Mich angesehen, als sei ich der Leibhaftige persönlich.«

Sie zog die Beine unter ihren Rock und lehnte sich gegen die Lehne der Chaiselongue. Thoran streichelte ihre Wade. Eine unschuldige Berührung, die Birgany unglaublich guttat. Nikolai streckte die langen Beine aus. »Wirst du Thoran oder mir erlauben, dir noch einmal Genuss zu verschaffen? Dir weitere erregende Stellen an deinem herrlichen Körper zu zeigen, nun, wo es keinen Schmerz und keine Missverständnisse mehr zwischen uns gibt?«

Birgany schlug die Hände vors Gesicht und spürte, wie sie die Farbe ihres dunkelroten Brusttuches annahm. »Ihr habt einen sehr schlechten Einfluss auf mich.« Sie lugte zwischen den Fingern hindurch.

Lieber Himmel, durfte sie es wagen? Sie wollte wissen, wie es sich anfühlte.

Entschlossen zwang sie sich, die Hände von den brennenden Wangen zu nehmen. Die Gefühle, die Thoran und Nikolai ihr bereitet hatten, bevor sie ihre Jungfräulichkeit verlor, waren himmlisch gewesen. Weder Ekel noch Angst hatte sich ihrer bemächtigt und sie war geflogen, genauso, wie es Fanny prophezeit hatte.

Erstaunlich. Ich sitze hier zwischen zwei nahezu fremden Männern, habe liederliche Dinge mit mir machen lassen und trotzdem fühlt es sich anstatt verwerflich nur lustvoll an.

Sie fuhr mit den Fingerspitzen die Lachfältchen um Thorans Augen nach. Es war ihr ein Bedürfnis, seine warme Haut zu berühren. »Du bist der Erste, der mich je geküsst hat. Der Erste, der mich an meinen geheimsten Stellen berührt hat, und es war schön.«

Sie sah Nikolai an. »Du hast Gefühle in mir erweckt, die mir vollkommen unbekannt waren.« Thoran wickelte sich ihren Zopf um die Hand. »Dein Feuer sah ich in dem Augenblick, als ich dieses Schweinchenrosa für die Stickerei auswählte.«

Birgany lachte und fühlte sich rundum wohl und geborgen. Nur ungern löste sie sich von ihm. »Es wird Zeit, ich muss wirklich gehen.«

»Ich bringe dich heim«, entschied Thoran.

***

Drei Häuser vor ihrem eigenen blieben sie im Schatten einer Mauer stehen.

Unendlich sanft strich Thoran mit seinen Lippen über die ihren. »Darf ich dich morgen Abend besuchen?«

Es ging alles derart schnell und Birgany war hin und her gerissen. Sie wollte Thoran näher kennenlernen, scheute sich jedoch vor den Konsequenzen.

Nachdenklich kaute sie an ihrer Unterlippe. Ihre Zeit in dieser Stadt war begrenzt. Sie würde sich in ein paar Monaten entweder in Mannheim oder Hamburg ein neues Leben aufbauen müssen. Bis dahin musste sie es schaffen, sich nicht zu verraten.

»Keiner wird mich sehen«, unterbrach Thoran ihre Gedanken. »Bitte.«

Dieses eine Wort fegte all ihre Bedenken beiseite. Der mächtige Thoran Strogow bat sie um ein Wiedersehen.

»Ich lasse die Hintertür unverschlossen.«

»Bei Einbruch der Dunkelheit bin ich bei dir. Hab süße Träume, kleine Feuerfee.« Thoran küsste sie auf den Hals.

»Du auch«, hauchte sie, stahl sich einen letzten Kuss und huschte zu ihrem Häuschen.

***

Den ganzen Tag über war Birgany nervös und fahrig. Mehrere Arbeiten lagen unvollendet auf ihrem Arbeitstisch. Zum ersten Mal seit drei Jahren brachte ihr die Schneiderei keine Ruhe und Gelassenheit.

Ständig schaute sie aus dem Fenster. Seit einer halben Stunde war die Sonne hinter den Häusern verschwunden.

Es klopfte an der Vordertür. Thoran war da. Warum hatte er sich nicht an die Abmachung gehalten?

Aufgeregt eilte sie zur Tür, wäre beinahe über ihren Rocksaum gestolpert. Voller Freude riss sie die Tür auf und starrte auf einen riesigen Strauß wilden Flieders, der ihr die Tränen in die Augen trieb. Sie vertrug keinen Flieder. Was sich hinter dem Strauß verbarg, vertrug sie noch weniger.

»Was willst du, Gustav? Am Markttag sagte ich dir bereits, dass ich nicht käuflich bin.« Grimmig blickte sie ihn an.

»Dir den Hof machen, was sonst«, gab er mit einem breiten Grinsen von sich und wollte sich an ihr vorbeidrängen. Birgany versperrte ihm den Weg. »Geh nach Hause.«

»Ich bin sechzehn«, brauste er auf und straffte die mageren Schultern.

Sie hörte, wie sich die Hintertür knarzend öffnete. Du lieber Himmel, dachte sie panisch, hoffentlich bleibt er im Verborgenen.

Sie wagte es nicht, sich umzusehen. Sogleich hörte sie, wie die Tür wieder geschlossen wurde.

War er noch da? War er gegangen?

»Du weinst ja vor Rührung, geliebte Birgany.«

Sie riss Gustav den Strauß aus den Fingern und warf ihn wie Abfall vor seine Füße. »Ich weine nicht! Ich ertrage den Flieder genauso wenig wie dich! Troll dich heim und geh deiner Mutter auf die Nerven. Ich habe zu arbeiten, denn im Gegensatz zu dir muss ich mir meinen Lebensunterhalt verdienen. Mit ehrlicher Arbeit und nicht, indem ich die Röcke für ein mickriges Nichts wie dich hebe.«

»Ich werde für dich sorgen. Du kannst hier arbeiten und behältst deine Zulassung.«

Dieses Ekel wagte es, ihr zu drohen. Wut brodelte in ihr auf. Sie trat einen Schritt auf ihn zu, er wich zwei Schritte zurück und stampfte mit dem Fuß auf. »Überleg dir genau, was du antwortest. Nur mit mir darfst du weiter als Weißnäherin arbeiten.« Er reckte seinen dürren Hals. »Ich kann dir auch ein Kind machen. Vater hat mich eingewiesen. Ich weiß, wie es geht. Die Hure, bei der ich geübt habe, hat vor Gier geschrien.« Er griff sich in den Schritt und grinste. »Willst du meinen Prügel mal anfassen?«

Genug war genug! Birgany holte aus und verpasste ihm eine heftige Maulschelle. »Du stinkender Eiterpickel, verschwinde. Wagst du dich noch ein einziges Mal her, kastriere ich dich.« Mit Wucht knallte sie die Tür zu.

»Du machst einen Fehler. Ich sage es Mutter.«

Erleichtert hörte sie, wie der Schleimbolzen über den Kiesweg stapfte. Thoran trat aus dem Schatten. Mordlust stand in seinen Zügen und Birgany wich zurück.

»Weiche niemals vor mir zurück«, sagte er leise.

»Ich. Du. Dein Blick ...«, stammelte sie.

»Nie würde ich dir Unbill bereiten. Diese Knallerbse wollte ich mit meinen Händen zerquetschen. Mich ebenso. Meine unbedachte Handlung damals in der Gasse hat dafür gesorgt, dass die Kerle dich belästigen. Ich tat es als überzogen ab. Verzeih.«

Birgany atmete auf und ihr Herz machte einen holprigen Satz. »Lass gut sein. Keiner von uns kann die Taten und Worte der anderen ändern. Sie sind, wie sie sind.«

»Es erzürnte mich, hier im Dunkeln wie ein Dieb ausharren zu müssen. Nicht eingreifen zu können.«

Dieses Mannsbild wollte für sie einstehen.

Er verschränkte die Arme vor der Brust. »Ich muss sagen, du bist ein erstaunliches Weib. Wie du dich dem Früchtchen entgegengestellt hast – alle Achtung.«

Sie lächelte über sein Lob und deutete auf ihren Arbeitstisch. Dort stand eine Flasche Wein, daneben lag eine einzelne Rose. Thoran nahm beides vom Tisch, glitt geschmeidig auf sie zu und strich mit der Rosenblüte über ihre Wange, die Lippen und ihr Dekolleté. »Für dich, kleine Feuerfee.«

Sie nahm die Blume entgegen und senkte den Kopf. Sog den Duft ein und lächelte. »Danke, sie duftet himmlisch nach Sommer und lauschigen, geheimnisvollen Nächten.« Sie war süchtig nach der Wärme und Geborgenheit, die Thoran ausstrahlte.

»Hast du ein Behältnis für diese einsame Blume und zwei Gläser für den Wein?«

»Gläser besitze ich keine, du müsstest dich mit Bechern zufriedengeben«, gestand sie kleinlaut.

»Bestens. Hol sie und ich öffne indessen den Chardonnay, damit er atmen kann.«

Wein soll atmen? Nein, sie würde nicht fragen und ihm damit zeigen, welch ein Landei sie war, entschied sie und holte die gewünschten Dinge aus einem Regal.

Sie besaß weder Chaiselongue noch irgendwelche Sessel und zeigte auf die zwei Stühle vor dem Fenster. »Ich habe keine anderen Sitzgelegenheiten.«

»Perfekt.« Thoran schenkte ihnen ein.

»Darf ich mich setzen?«

»Verzeih, ich war selten dermaßen aufgeregt und unkonzentriert. Bitte nimm Platz.«

Sie setzten sich und Birgany nippte an dem vollmundigen Wein.

»Erzähl mir von euren Reisen. Nikolai und du habt sicher die ganze Welt bereist.« Gespant hörte sie Thoran zu. Er erzählte von Schiffsreisen, fremden Städten und exotischen Waren. Sie hätte ihm die ganze Nacht zuhören können.

»Genug erzählt. Es wird Zeit zu gehen.« Thoran schob den Stuhl zurück und stand auf.

Birgany sah aus dem Fenster. Die Morgendämmerung war bereits angebrochen.

Thoran zog sie in seine Arme. Seine Zunge drang in ihren Mund und Birgany wagte es, sein Spiel zu erwidern. Ihre Zungen trafen sich und ihr wurden die Beine weich.

»Ich muss gehen, sonst läufst du Gefahr, gleich hier von mir genommen zu werden.« Gier stand in seinen Augen und ein Blick auf seine Lenden bestätigte Birgany, wie erregt Thoran war.

Es war ein unglaubliches Gefühl, zu wissen, dass sie diese Reaktion in ihm auslöste. Macht pulsierte durch ihre Adern und Birgany genoss diese neue Erfahrung in vollen Zügen.

»Ich hätte nichts dagegen. Obwohl ich sagte nur ein einziges Mal, bin ich versucht, es zu wiederholen.« Sie war erfüllt von einem solch sinnlichen Hunger, dass sie kaum atmen konnte.

»Nicht in diesem Haus, wo du nie zuvor geliebt wurdest.

Ich kann dich aber auch nicht zu mir holen, ohne deinen

Ruf vollends zu ruinieren.« Thoran umfasste ihre Brüste und leckte sich über die Lippen. »Wir haben ein herrschaftliches Anwesen in der Gemarkung von Eichenberg erworben. Es liegt völlig abgelegen und wir wären für Stunden ungestört.«

Sie wollte wissen, ob der Beischlaf wirklich so berauschend war, wie es die Brüder sagten. »Wann und wo treffen wir uns?«

»Morgen um die Mittagszeit in dem Wäldchen hinter dem Südtor.«

Sie bekam einen letzten, gierigen Kuss.

Kapitel 5

Jesuitenkloster, Gemarkung Eichenberg, zweiundzwanzigster Mai anno 1712

In der Nacht hatte Birgany kaum geschlafen. Vor dem ersten Hahnenschrei war sie aufgestanden. Voller Aufregung und Ungeduld tat sie dies und das, aber nichts von dem nahm sie wirklich wahr. Alles rauschte an ihr vorüber. Bis auf die Zeit. Die kroch so langsam dahin, als wolle eine Schnecke die Welt umrunden.

Endlich, kurz bevor die Sonne den höchsten Punkt erreicht hatte, machte sie sich auf den Weg.

Das kecke Schirmchen, welches sonst vor der garstigen Sonne schützte, diente nun als Sichtschutz vor neugierigen Blicken.

Ein Ochsenkarren, ein Reiter, zwei Frauen mit Tragkörben auf dem Rücken passierten das Tor.

Ständig sah sie sich um. Kaum einer schenkte ihr Beachtung. Birgany kickte einen Stein weg. Verscheuchte die lüsternen wie auch die ängstlichen Gedanken.

In der gleißenden Sonne hastete sie die Felder entlang. Sie gab sich herrlich unanständigen Gedanken hin, die sich hinter ihrer Stirn verbargen, in ihr Herz krabbelten und sich in ihrem Bauch zu einer warmen festen Kugel manifestierten. Ihr harscher Schritt war sicher nicht der wahre Grund, warum ihr Herz so raste und ihr Atem sich überschlug.

Im Staube des Feldwegs hetzte sie auf das kleine Wäldchen zu, in dem sie sich verabredet hatten.

Im Schutze der Bäume angekommen, setzte sie sich auf einen kniehohen Stumpen. Zur Tarnung hatte sie das ockerfarbene Kleid und einen moosgrünen Umhang gewählt.

Mit einem Stöckchen malte sie Thorans und Nikolais Initialen in den Waldboden. Dann warf sie es weg, stand auf, lief hin und her. Hier und da zupfte sie Blätter von den Büschen.

Wäre es besser zu gehen? Thoran nie wiederzusehen? Die Sache einfach zu vergessen?

Birgany bückte sich und riss ein Gänseblümchen ab. »Ich gehe. Ich bleibe. Ich gehe. Ich bleibe.« Immer mehr Blütenblätter segelten auf den Waldboden. Das letzte Blatt.

»Ich gehe.«

Sollte sie auf dieses Omen hören?

Zu spät.

Obwohl sie vom Feldweg aus nichts entdecken konnte, hörte sie deutlich die Hufschläge von herangaloppierenden Pferden. Eilig versteckte sie sich hinter einem Holunderbusch und wartete.

Äste knackten unter den Hufen der Pferde, kurz darauf hörte sie Schritte. »Noch nichts in Sicht.«

Fest biss sich Birgany auf die Lippen. Nikolai.

»Was, wenn sie nicht kommt?« Thoran erwiderte etwas, das sie nicht verstehen konnte. Einer von beiden spazierte hin und her. Die Schritte kamen nun aus verschiedenen Richtungen.

»Sieh einer an, was ich gefunden habe. Ein liebliches Häschen. Es versteckt sich vor dem Wolf. Wollen wir es fressen?«

Erschrocken fuhr Birgany herum. Nikolai stand direkt hinter ihr.

Aus der entgegengesetzten Richtung kam ihr Thoran entgegen. Fluchtweg abgeschnitten. »Thoran.« Sie spürte, wie ihr die Röte vom Hals ins Gesicht bis hinauf zu den Haarwurzeln kroch. Thoran nahm sie in seine starken Arme und zog sie an sich. Seine Lippen berührten die ihren. Birgany öffnete willig ihren Mund und stupste scheu gegen seine Zunge. Er stöhnte und sein Griff wurde fester.

»Hört auf, ihr beiden.«

»Komm.« Thoran ergriff ihre Hand und führte sie zu seinem Hengst. »Nikolai hat recht, wenn ich mehr von dir koste, liegst du gleich hier auf dem Waldboden.« Er umfasste ihre Taille und hob sie in den Sattel. Nervös richtete sie ihren Rock. Er stieg hinter ihr auf und legte sogleich einen Arm um ihre Mitte.

Im Galopp überquerten sie eine Wiese, dann folgten sie einem kaum vorhandenen Weg im Schritt. Nach einiger Zeit kamen sie an ein großes Eichentor, durch das zwei Ochsengespanne nebeneinander gepasst hätten. Nikolai sprang von seinem Rappen und drückte das Tor auf. Mit einer Verbeugung zog er seinen Dreispitz. »Willkommen auf dem Anwesen Strogow.«

Galant half er ihr vom Pferd und Thoran sprang aus dem Sattel.

»Ein Kloster?« Birgany sah sich um und glaubte kaum, was sie sah. »Wollt ihr der Fleischeslust abschwören und enthaltsam leben?«

»Eher sterbe ich«, gab Thoran von sich.

Gemeinsam gingen sie durch die breite Allee auf ein zweistöckiges, recht gut erhaltenes Gebäude zu. Vom Hauptweg zweigten mit Unkraut überwucherte Wege in mehrere Richtungen ab.

»Wollen wir zuerst das Haus oder den weiträumigen Garten besichtigen, was meinst du?« Thoran zog sie in seine Arme.

»Nein! Wir sind nicht hergekommen, um eine botanische Besichtigung zu machen.« Sie warf ihm einen verführerischen Blick zu und hoffte, dass er verstand, was in ihr vorging. Ihre Handflächen waren feucht und ihr Herz wummerte gegen ihre Rippen.

»Oh, sie will nichts wissen von Blumen und Bienen und was die miteinander treiben? Also nicht den Garten. Lieber eins der beiden Häuser? Die Stallungen?«

»Nein, ich will kein Kloster besichtigen, Thoran. Wir ...« Sie rupfte eine Handvoll Blätter vom Busch, die sie achtlos fallen ließ. »Wir wollten ... Ich meine ...«

»Was ist nun, kommt ihr mit hinein?« Nikolai hantierte mit einem gewaltigen Schlüsselbund und versuchte, die Tür des Haupthauses zu öffnen.

Sie liefen zu ihm hinüber.

Sicher gab es in einem der vielen Räume ein Bett. Warum konnte sie seit gestern an nichts anderes mehr denken?

Mit der Schulter stieß Nikolai die Tür auf. Eine Ratte wetzte über seinen Stiefel und suchte das Weite.

»Da liegt eine tote Ratte. Warte, ich räume sie weg.« Nikolai leckte sich über die Lippen. »Für einen Kuss.«

Brüsk schob Birgany ihn beiseite, packte den Kadaver am Schwanz und warf ihn hinter sich. Die Ratte flog in hohem Bogen durch die Luft, knapp über Thorans Kopf und plumpste in ein Gebüsch.

Ein kleiner, lüsterner Kobold flüsterte ihr unanständige Dinge zu und sie lachte. »Fangt mich, wenn ihr einen Kuss wollt.« Sie rannte über einen schmalen Weg in Richtung Süden. Vor der kleinen schmiedeeisernen Tür blieb sie stehen.

»Schnappen wir uns die kleine Feuerfee, Nikolai.«

Birgany stieß einen Schrei aus, mehr aus Aufregung, weniger aus Angst, raffte ihre Röcke und rannte weiter.

Ein Blick über die Schulter zeigte ihr, dass Nikolai ihr folgte. Thoran war verschwunden.

Sie spurtete in den Garten hinein, vorbei an Blauem Eisenhut und Mohnblumen. Thoran kam ihr mit langen Schritten entgegen.

Wohin? Hilfe, wohin? Zu den Stallungen.

Sie kreischte und sah sich nach einem Fluchtweg um. Zu spät, er hatte sie erreicht.

»Hab ich dich, du süßes kleines Luder.« Thoran versenkte seine Zunge in kurzen harten Stößen in ihrem Mund. Kraftlos sackte Birgany gegen seinen harten Brustkorb.

Er öffnete die ersten drei Knöpfe ihres Kleides, schob eine Hand hinein und knetete ihre vollen Brüste.

Die Art, wie er sie berührte und küsste, stellte schon wieder komische Dinge mit ihrem Körper an.

Ein leichter Biss in ihre Unterlippe schoss sogleich als heißer Pfeil durch ihren Leib. »Ich bin nass.«

»Du verruchtes, kleines Ding. Also hier?«

Der Schalk packte sie. »Zieh die Hose runter. Bis zu den Knöcheln. Ich will dich ansehen.«

»Stets zu Euren Diensten, werte Dame.« Ungeniert öffnete er seine Hose, raffte sein Hemd und sein Schaft ragte aus dem Nest dunkler Locken.

»Lang und stark wie ein Maibaum.« Hauchzart strich sie über seinen Schaft. »Komm schon! Fang mich!« Flink flitzte sie auf eine dichte mannshohe Buchsbaumhecke zu.

Sie floh nach rechts und die Hecke endete wie eine Mauer. Birgany musste zurück und auch hier galt es, eine Richtung zu wählen, ohne vorher zu sehen, was sich dahinter verbarg.

»Unser Häschen ist im Irrgarten verschwunden. Verdammte Hose.« Thoran musste sich in ihrer Nähe befinden.

Hektisch sah sie sich um und rannte den mittleren Weg entlang. Offensichtlich der Ausgang. Hier standen verschiedene Obstbäume, die kühlen Schatten auf die bunte Blumenwiese warfen. Nikolai stürmte heran. Unter einem Apfelbaum bekam er sie zu packen.

Im Laufen zerrte Thoran seine rutschende Hose hoch, ohne sie zu schließen. »Maibaum, ja? Da fehlt nur noch der Kranz oben am Maibaum.«

»Ich weiß, wo der ist.« Langsam schob Nikolai Birganys

Röcke hoch und legte ihre Blöße völlig frei. Noch nie hatte sie so im Freien gestanden. Ihr Herz klopfte irgendwo zwischen Hals und Kniekehlen. Unsicher sah sie sich um und nestelte an den Röcken herum im Versuch, sich zu bedecken.

»Zier dich nicht. Eben warst du noch heiß auf wilde Spiele.«

»Was, wenn sich hier jemand versteckt hält und uns beobachtet oder über die Mauer schaut?«

»Sei versichert, hier ist niemand. Nur wir drei.« Wieder hob er ihre Röcke.

Sie ließ ihn gewähren.

»Küsst der Wind dein erhitztes Fleisch?« Er leckte ihr seitlich über den Hals und Birgany stöhnte laut auf.

»Der Sieg ist mein.« Nikolai presste sich von hinten an sie und entblößte ihre Brüste. Wog sie in den Händen und reizte die Spitzen mit Daumen und Zeigefinger.

Birgany reagierte ohne Scham auf seine Liebkosung. Sie drängte sich seinen Händen entgegen und ihre Brustspitzen baten hart und prall um weitere Aufmerksamkeit.

Ihr Herz hämmerte heftig. »Ihr seid sicher, hier kann uns niemand sehen?«

»Nur wir werden dich sehen, und zwar alles von dir. Und du von uns.«

Sehr unkeusche Gedanken schwirrten ihr durch den Kopf. Sie lechzte danach, die beiden nackt zu sehen. Die Zwillinge waren eine Augenweide und Birgany wollte alles von ihnen erkunden. Ob Thoran ihre harten Brustspitzen in den Mund nehmen würde? Nikolai streichelte ihren Bauch, glitt tiefer und fand ihre geheime Stelle zwischen den Beinen. »Sie ist nass und rutschig wie ein Aal, Bruder. Einer von uns sollte es ihr gleich besorgen. Wen von uns willst du zuerst?«

»Ich hatte sie bei den Stallungen schon gefangen«, begehrte Thoran auf, »sie hat geschummelt.«

»Dann wirst du mit uns beiden vorliebnehmen, du wildes Geschöpf.«

Genau diese Worte wollte Birgany hören. Thoran kniete sich vor sie und hauchte leichte Küsse auf ihre Scham. »Zeig mir deine Kostbarkeit.«

Es war ihr gleichgültig, wo sie sich befand und was die Männer hier mit ihr treiben würden. Nein, egal war es ihr nicht. Sie war bereit sich hinzugeben, warf den Kopf in den Nacken und klammerte sich an Nikolais Unterarm fest. Dieser griff mit einer Hand nach ihrem linken Bein und hob es an. Nun stand sie weit geöffnet vor Thoran.

»Besorg es ihr. Ich will sie schreien hören.«

»Ihr Tau benetzt sogar ihre seidenweichen Schenkel.«

Birgany sah nach unten, wo Thorans erdbraune Augen sie auf magische Weise fesselten. Ohne den Blick zu senken, leckte er über die Innenseite ihres Beines. Dann züngelte er über ihr erhitztes Fleisch und sie schrie vor Wonne.

»Mehr, gib mir mehr. Es ist unglaublich. Blitze sausen durch mich hindurch. Hör bloß nicht auf.« Schamgefühl und Angst stoben davon wie kleine weiße Wolken am Himmel. Ihre Worte jagten Thoran einen Schauer durch den Körper, der sich in seinem Unterleib sammelte und in seinem Schwanz ausbreitete. Während er aufstand und sich hinter Birgany stellte, kniete sich Nikolai breitbeinig vor sie ins Gras.

»Leg deine Hände auf meine Schultern. Wenn ich schon verloren habe, will ich wenigstens sehen, wie mein Bruder dich in den kleinen Tod treibt.«

Bestimmt legte Thoran ihr die Hand in den Nacken und beugte sie leicht nach vorn. »Ich werde dich hart rannehmen, nun, wo es keine Barriere mehr gibt. Ich will mich tief in deinen Schoß vergraben.« Mit einer Hand schob er ihr die Röcke hoch, mit der anderen führte er seinen harten Schaft an ihre klatschnasse Pforte. Langsam und genüsslich drang er in sie ein. Sie war verdammt eng.

Sanft strich er über ihre Hüften. »Sag mir, wenn es sich nicht gut anfühlt.« Noch nie war ihm die Erfüllung einer Frau so wichtig gewesen wie in diesem Moment. Ihr Mut und ihr Vertrauen beschämten ihn. Er schloss die Augen und versuchte sich vorzustellen, wie sie sich jahrelang gefühlt haben musste. Es war ihm nicht möglich. In diesem Augenblick schwor sich Thoran, alle schlechten Erinnerungen durch gute zu ersetzen. Hier und jetzt zählte nur Birgany und ihre Erfüllung.

Seine umfassenden Kenntnisse kamen ihm zugute. Er wusste um all die köstlichen und verborgenen Stellen, die ein Weib vor Lust erbeben und schreien ließen.

»Sie mag es ziemlich hart an ihren gierigen Nippeln«, meinte Thoran und sah Nikolai fest in die Augen. Sein Bruder verstand. Sie mussten Birgany mit Worten und Taten so scharfmachen, dass sie sich fallen lassen konnte.

Gekonnt zwirbelte Nikolai beide Nippel zwischen Zeigefinger und Daumen und ihr Schoß zuckte um Thorans Schaft.

»Oh ja, du süßes kleines Luder, du liebst es rau, nicht wahr?« Immer schneller tauchte Thoran in ihre Nässe ein.

»Ich sterbe. Oh, lieber Gott, hört auf«, schrie Birgany und presste sich den Liebkosungen entgegen. Nikolai schob eine Hand über ihren Bauch nach unten.

»Was machst du?« Birgany zuckte.

»Deine kleine Perle ärgern und kitzeln, so wie ich es beim ersten Mal mit der Zunge tat. Lass dich fallen. Ich kann es fühlen. Du bist nah dran. Wir fangen dich auf«, versprach Nikolai.

»Ich bekomme keine Luft mehr. Hört auf.«

Ihre Stimme bebte, und Thoran wusste, sie war in ihrer neu entdeckten Lust gefangen und brauchte mehr.

Hart und schnell nahm er sie und spürte, wie das wohlbekannte Ziehen den herannahenden Höhepunkt ankündigte. Ihre natürliche Wildheit machte ihn total verrückt.

Fest presste Thoran die Zähne aufeinander, um seine eigene Erfüllung hinauszuzögern. Birganys innere Muskeln zogen sich um seinen Schaft zusammen, als sie kam.

Sie trieben Birgany weiter. Eine zweite Welle erfasste sie und ihre Schreie feuerten ihn weiter an.

Er wartete bis zum letzten Moment. Zog sich zurück, umfasste seinen Schaft mit der Faust und ergoss sich auf den Boden.

In Nikolais Armen brach Birgany zusammen. Angelehnt an einen Baumstamm setzte er sich und drehte sie, sodass sie mit dem Kopf auf seinem Schoss lag.

Nie würde sich Thoran an diesen sinnlichen Kurven sattsehen. Die Nippel geschwollen und rot. Die blonden Locken ihrer Weiblichkeit nass. Die Haut gerötet.

»Mir platzt gleich der Schwanz. Thoran, halte du sie.« Thoran schloss seine Hose und tauschte mit seinem Bruder den Platz. Nikolai richtete sich auf, riss sich die Knöpfe auf und sein Schaft sprang heraus. Die ersten Tropfen glänzten auf der Spitze.

»Schau hin, Birgany. Schau dir an, wie lüstern mein Bruder ist, wegen deiner Hemmungslosigkeit.«

Sie wandte den Kopf und sah zu, wie Nikolai mit der Faust seinen Schaft umfasste.

»Was für eine geile Spalte.« Nikolais Faust wurde schneller.

»Hör auf.« Birgany kniete vor Nikolai und leckte über seinen Schwanz.

Der stöhnte laut und warf den Kopf in den Nacken.

Birgany schloss eine Faust um die Wurzel. Die andere knetete seine prallen Hoden. Sie lächelte und glitt mehrmals mit der Zungenspitze über die Eichel.

»Ich komme gleich in deinem süßen Mäulchen. Noch kannst du aufhören.«

Sie ignorierte Nikolais Warnung, erkundete ihn Stück für Stück und nahm ihn tiefer in den Mund. Sie saugte ihn förmlich in sich auf. Thoran kniete sich hinter sie, schob eine Hand über ihren Brustkorb nach unten und verharrte auf ihrem Venushügel.

»Ihr Saft tropft auf den Boden, so geil ist sie.«

»Ich will sehen, wie sie noch einmal kommt.« Nikolai zog sich zurück und umfasste mit der Faust seinen Schaft.

»Komm schon, zeig meinem Schwanz, was ihm entgangen ist.«

Birgany winkelte die Beine an und spreizte sie.

Gebannt starrte Nikolai zwischen ihre Schenkel. »Leg deine Perle frei und massiere sie.«

Birgany gehorchte und presste gleichzeitig ihre Brüste in Thorans Hände.

Sie gebärdete sich wie eine Wilde und Nikolai kam Schwall um Schwall. Thoran schob ihre Hand beiseite und liebkoste ihre süße Perle mit dem Daumen. Birgany kam ein weiteres Mal. Sie schrie und warf den Kopf wild hin und her. Seine Hand war nass von ihrer Essenz.

Ihre Schreie stoben direkt in Thorans Schaft. Noch nie war er einem Weib begegnet, welches so frei und offen seine Lüsternheit auslebte.

Erschlafft lag Birgany in Thorans Armen und ihre Atmung ging harsch.

»Es war unglaublich, in dir zu sein, und zum ersten Mal bedauere ich es, nicht in dir kommen zu können.« Für ihn war dies nie wichtig gewesen, denn er wollte keine Bastarde in die Welt setzen. Wollte er in einem Weib kommen, wechselte er zu ihrem Hintereingang, um sich dort zu ergießen. Bei ihr wollte er alles und freute sich bereits darauf, sie in die Fülle der sinnlichen Genüsse einzuführen.

»Danke.«

»Wofür?« Forschend sah Thoran ihr tief in die Augen.

Tränen sammelten sich darin und sie schluckte.

»Bitte nicht weinen.« Panisch blickte er zu Nikolai.

»Es sind Tränen der Freude und des Glücks.«

»Lass mich diese Kostbarkeiten von deinen Wangen küssen. Du bist die Erste, die solche Tränen vergießt, nachdem sie mir gehörte.« Sanft hob er ihr Kinn an und leckte die salzigen Tränen fort.

Dann zog er sie fest an sich und küsste sie. Verlor sich in dem köstlichen Geschmack dieser feurigen Frau.

Völlig frei von Scham antwortete sie ihm mit ihrer vorwitzigen Zunge, die sich ein lustvolles Duell mit seiner lieferte.

Sie drückte seine Hand und griff mit der anderen nach Nikolai. »Ihr habt mir Türen geöffnet zu einem Leben voller Sinnlichkeit. Mir war nicht bewusst, wie schön es sein kann zu fliegen. Zu explodieren und wie ein farbenfroher Funkenregen auf die Erde zu segeln. Ich fühle mich so frei wie noch nie im Leben.«

»Libertas!«

»Freiheit? Wofür?«, wollte Thoran wissen.

Geschmeidig kam Nikolai auf die Füße und schloss die Knöpfe seiner Hose. »Wir werden dieses Gemäuer zu einem Treffpunkt der Lust machen. Einen Treffpunkt für alle, die frei von Zwang ihren Begierden frönen wollen.«

»Du willst ein Bordell eröffnen und es als Herrenklub tarnen?« Thoran stand auf und schüttelte den Kopf.

»Kein Bordell, Bruder. Ich sagte für alle. Egal ob Mann oder Weib. Nichts wird verboten. Alles ist erlaubt.«

»Ihr beide seid völlig übergeschnappt.« Birgany sprang auf die Füße und stemmte die Hände in die Hüften. »Weil ich sagte, ich fühle mich frei, willst du ein …« Sie brach ab und wedelte mit der Hand durch die Luft. »Nikolai, du bist verrückt.« Sie tigerte vor ihnen hin und her. »Wenn es daran liegt, das du nicht mit mir …« Abermals stockte sie, stampfte mit dem Fuß auf. Entschlossen griff sie nach ihrem Rock, doch Nikolai stoppte sie.

»Du hast mich falsch verstanden.« Er nahm ihr Gesicht in seine Hände. »Dein Schicksal ist sicher kein Einzelfall. Uns wird beigebracht, unsere Eheweiber zu beschlafen, um einen Erben zu zeugen. Für die Lust sind Huren und Dienstmädchen geduldet. Öffentlich werden sie als Buhlen des Teufels betitelt. Hier könnten auch die Weiber die Schönheit des Beischlafs erfahren.« Thoran rieb sich über den Nacken. »Der Gedanke gefällt mir. Kein Mann soll ein Geheimnis in der Hose tragen, das seine Ehefrau nie zu sehen bekommt. Jeder Mann soll wissen, wie man eine Frau nicht nur begattet, sondern voller Genuss beglückt.«

»Es gibt Menschen, die es lieben, andere beim Akt zu beobachten. Manche finden es erregend, Gesellschaft zu haben. Jeder soll seinen Spaß haben und sich kleiden dürfen, wie er mag.« Sein Bruder stupste Birgany mit der Fingerkuppe gegen die Nasenspitze. »Verstehst du nun?«

Mit großen Augen starrte Birgany ihn an. »Freiheit«, sagte sie leise und ehrfürchtig. »Auch ich habe diese Freiheit gesucht und es war mir gleich, ob ich dafür aus der Stadt gejagt werde.« Sie presste eine Hand auf ihr Herz. »Lieber Himmel, ich krieg kaum Luft. Da ich praktisch der Auslöser für diese Eingebung bin, möchte ich von Anfang an dabei sein.«

»Sicher?«, fragte Nikolai.

»Ganz sicher! Ich möchte mehr von dieser Freiheit erleben. Jeden Tag, jede Stunde, zusammen mit euch.«

Dieses Anwesen lag völlig abgeschottet von Mauern und Wald umgeben und somit von keiner Stelle her einsehbar.

Links glitzerte ein wunderschöner See, der zum Baden einlud. Wenn er dort stehen konnte, würde er Birgany im Wasser nehmen und anschließend auf der Wiese noch einmal.

Die Einfälle schossen wie kleine Blitze durch Thorans Hirn. »Lass uns einen Tempel der Lust erschaffen.« Fest schlug er seinem Bruder auf die Schulter.

»Wir müssen vorsichtig sein.« Birgany streifte mit den Handflächen über die Grashalme. Sie riss ein Löwenzahnblatt ab, zerknüllte es in den Fingern und lächelte sanft. »Trotzdem, lasst uns den Faden weiterspinnen.«

»Unsere Feuerfee hat recht.« Nikolai zeigte auf ein zweites Gebäude. »Dieses Vierseithaus wäre perfekt. Dort stehen uns zahlreiche Zimmer zur Verfügung«, erklärte Nikolai. »Wir richten Separees für ausgefallene Spiele ein. Bei dem, was wir auf unseren Reisen alles gelernt haben, sollte es uns nicht schwerfallen, für jeden Geschmack etwas zu finden.«

»Ich verstehe nicht«, sagte Birgany.

»Es gibt viele Spielarten der Liebe. Wir werden Einzigartiges erschaffen. Freie Liebe, ohne Beschränkungen. Frei von Angst, entdeckt zu werden. Gleichgesinnte untereinander, die ihre Sehnsüchte ausleben.«

»Was ist mit den Separees?« Birgany boxte Thoran gegen den Arm.

»Lass mich kurz überlegen.«

»Gemach der Völlerei«, meinte Nikolai.

»Grrrr. Was hat Essen denn mit Separees zu tun?«

»Da liegt nicht nur Essen auf dem Tisch, kleine Feuerfee.« Nikolai zupfte an ihrem Haarband.

Ihr Gesichtsausdruck war eine einzige Frage. Es war erfrischend, wie unschuldig Birgany war.

»Ein Mann oder ein Weib, nackt. Der Körper geschmückt mit allen möglichen Leckereien, die die Gäste abschlecken können.«

Mit roten Wangen schaute sie ihn an. »Was noch?«

»Orient bei Nacht mit Haremsdamen und männlichen Sklaven.« In Gedanken sah sich Thoran auf dem Boden knien. Nackt. Erregt und auf seine Herrin wartend. Ihm wurde schwindelig vor Gier.

»Du meinst, in diesen Raum kann jeder hinein und die Person, die sich dort befindet, benutzen?«, fragte Birgany.

»Genau. Wie gesagt es gibt unzählige Spielarten der Liebe. Manche Menschen finden es erregend, sich freiwillig anderen zu unterwerfen, andere macht es total scharf, die Kontrolle über die Erfüllung des anderen zu haben. Solange es beide wollen, gibt es nichts Verwerfliches. Sei einfach offen für alles. Thoran und ich werden immer auf dich achten, egal was du ausprobieren magst.«

»Ich weiß, sonst wäre ich nicht hier. Ihr eröffnet mir eine völlig neue Welt und ich bin neugierig.« Birgany nahm Thorans Hand und er verschränkte seine Finger mit ihren. Bisher hatte er sich nie lange nach dem Akt mit seiner Geliebten beschäftigt. Bei Birgany war es anders. Sie kreischte oder kicherte nicht wie eine Debütantin. Nein, an Birgany war alles echt.

»Wir wollen die Fantasie nicht in ein Korsett zwängen. Hier gibt es kein Richtig und kein Falsch, solange alle Spaß dabei haben.

Es wäre auch denkbar, dass Männer und Frauen sich in der Kunst der Liebe ausbilden lassen, um im heimischen Ehebett Spaß zu haben«, sagte Nikolai.

»Ich weiß jemanden«, warf Birgany ein.

»Wen denn?«, fragte Thoran.

»Die Brockhoffs. Ihr habt Fanny bei meinem Stand kennengelernt. Sie ist sehr offen, was die körperliche Liebe betrifft. Ihr Mann David ebenso.«

»Wir werden sie fragen.« Thoran küsste Birgany leidenschaftlich und genoss ihre Hingabe und ihren Geschmack.

»Schau mal, dort drüben.« Nikolai deutete auf den verwilderten Irrgarten im Westen des Anwesens. »In der Mitte wartet ein Mann oder ein Weib und jeder, der den Weg findet, darf sich mit ihr oder ihm vergnügen.« Er zwinkerte Birgany zu. »Hättest du den Mut zu solch einem Spiel?«

»Kommt drauf an, wer mitspielt. Ich beginne gerade erst zu entdecken, wie schön die körperliche Liebe sein kann.« Nikolai strich mit der Fingerkuppe über ihre volle Unterlippe. »Wenn wir Libertas ausleben, kannst du dich sogar mit drei Männern gleichzeitig vergnügen. Dir scheint es gefallen zu haben, mir die Lust aus den Eiern zu saugen.«

»Wie soll das denn gehen?«

»Ein Schwanz in deinem süßen Mäulchen, an dem du nach Belieben lutschen kannst. Einer in deinem Arsch und der andere in deiner Grotte.«

Wild schüttelte Birgany den Kopf. »Nein, auf keinen Fall. Ich wäre eingeklemmt zwischen den Männern und würde mich benutzt fühlen.«

»Nicht eingeklemmt«, warf Thoran ein.

»Und nicht benutzt«, ergänzte Nikolai. »Einen Schwanz wirst du reiten. Der andere beglückt dich von hinten, natürlich ohne dich einzuengen. Den dritten kannst du in die Hand oder den Mund nehmen, ganz wie es dir gefällt. Du hast die Freiheit. Du hast die Wahl.«

Neugierde blitzte in Birganys Augen auf und Thoran war kurz davor, sie erneut ins Gras zu werfen und zu nehmen. Bei ihr war er unersättlich. Trotz Erfüllung war er bereits wieder hart. Einmal war nicht genug. Birgany wollte er jede Nacht.

»Es war ein seltenes Geschenk, dir die körperliche Liebe zeigen zu dürfen. Du bist eine wunderschöne und leidenschaftliche Frau, Birgany. Ich kann dich alles lehren. Es gibt so viele Spielarten, so viele Stellungen wie Garne in deinen Regalen.«

Birgany lachte. »So viele wie meine Garne? Thoran, ich habe mehrere Dutzend Garne daheim.«

Frech grinste Thoran und nickte. »Für mich war es kein einmaliges Erlebnis, Birgany. Ich will dich wiedersehen und näher kennenlernen.« Thoran strich sich mit der Hand über den Bart. »Dich so lange bespielen, bis du vor Wonne in Ohnmacht fällst. Werde meine Mätresse.«

»Wir werden sehen.« Birgany stellte sich auf die Zehenspitzen und küsste sein Kinn.

***

Die Hufe ihrer Pferde hallten auf dem Kopfsteinpflaster wider.

»Nikolai, was hältst du von einem Fest zur Einweihung unseres neuen Anwesens?« Mit leichtem Schenkeldruck dirigierte Thoran seinen Hengst nach rechts.

»Das könnten wir in wenigen Wochen auf die Beine stellen. Eine Feier im kleinen Kreis. Dann wissen wir gleich, ob meine Idee mit Libertas Anklang findet.«

»Perfekt. Sobald wir zu Hause sind, setze ich mich hin und stelle einen Plan auf.«

»Du willst eine Liste aufstellen, welche Spiele wir anbieten können?«, fragte Birgany.

»Nein. Bauarbeiten, Handwerker, Gärtner. Wir benötigen mehr Personal. Eine Liste von möglichen Mitgliedern, denn ohne brauchen wir keine Feier zu planen. Hier müssen wir besonders vorsichtig und umsichtig vorgehen.«

»Ich denke, du könntest recht haben mit den Eheleuten Brockhoff. Wenn wir mit Brockhoff über das Bauholz verhandeln, können wir schauen, ob er interessiert ist«, schlug Nikolai vor.

***

Widerwillig stieg Thoran von seinem Hengst und hob Birgany aus dem Sattel. »Du bist sicher wund und doch würde ich dich am liebsten mit zu mir nehmen und die ganze Nacht lieben.«

»Ja, ich bin wund und es fühlt sich herrlich an. Es bestätigt mir, eine begehrenswerte Frau zu sein.«

Fest zog er sie an den Haaren.

»Au! Was soll das?«

»Wag es nie, solch einen Unsinn von dir zu geben, sonst muss ich dich übers Knie legen. Du bist begehrenswert.«

Ihr feuriger Blick stob direkt in seinen Schaft. Birgany war stark und mutig, zudem offen und neugierig. Thoran versank in ihrem provozierenden Blick.

Er war sich sicher, sie würde ihn beherrschen und dabei unglaubliche Wonne empfinden. Er wiederum würde alles dafür tun, seine Herrin zu erfreuen, und sie ärgern, um sich dann die wohlverdiente Strafe abzuholen. Ja, er würde es wagen, und zwar bald.

»Kommt ihr noch mit rein? Es ist noch Wein übrig von gestern.«

»Ich nicht.« Nikolai gab ihr einen Kuss auf die Wange. »Ich schätze mich glücklich, dein Freund sein zu dürfen. Schlaf gut.«

»Du auch.«

»Nikolai, nimmst du bitte meinen Hengst mit?«

Sein Bruder winkte und verschwand mit den Pferden. Sie liefen zu Birganys Haus. Drinnen legte Birgany ihren Strohhut ab. Thoran holte zwei Keramikbecher vom Regal und füllte sie mit dem Chandoney.

»Worauf trinken wir?« Er reichte ihr einen Becher.

»Auf unsere Liaison«, sagte sie leise.

Wortlos stieß Thoran mit ihr an, trank einen Schluck und Birgany tat es ihm nach.

Ihr Abkommen war besiegelt.

Kapitel 6

Tischlerwerkstatt von Martin Drechsler, dritter Juni anno 1712

Wie verabredet traf sich Birgany vier Tage später mit Thoran in der Werkstatt von Martin Drechsler. Kaum hatte sie die Tür geschlossen, verschränkte er seine Finger mit ihren. »Wie geht es dir?«

»Bestens.« Verstohlen drückte sie seine Hand. »Kommst du heute Abend zu mir?«

»Nichts könnte mich davon abhalten.« Thoran drehte sich zu dem Tischler um. »Martin, darf ich dir Birgany vorstellen?«

Martin wischte sich die Hände an seiner Lederschürze ab und lächelte sie aus fast schwarzen Augen an. Ein interessanter Kontrast zu seinem aschblonden Haar, welches er im Nacken mit einem Lederband zusammenhielt. »Freut mich, dich kennenzulernen.« Martin ergriff ihre freie Hand und hauchte ihr einen Kuss auf den Handrücken.

»Gleichfalls.« Birgany mochte Martin sofort und sah die Akzeptanz in seinem Blick. Er wusste, wie ihr Verhältnis zu Thoran war, und verurteilte sie nicht. Thoran erzählte ihm von Libertas und Martin rieb sich den Nacken. »Ich danke dir für dein Vertrauen. Aber offen der Obrigkeit trotzen? Ich weiß nicht. Sollten sie Nikolai und dich aus der Stadt verbannen, könnt ihr euch überall niederlassen. Ich hingegen bin auf meine Kunden hier in Hachenburg angewiesen. Habe mir im Laufe der Jahre einen Namen gemacht und müsste bei null anfangen.«

»Aus diesem Grund wollen wir eine Versammlung abhalten. Wir treffen uns morgen Abend. Varun Ericsson, der Schmied, ist dabei. Ebenso Jacob Halvardsson, der Sattler aus der Unterstadt.«

Martin nickte nur.

»Dieses Kloster, welches wir erworben haben, verfügt über mehrere Gebäude. Das Haupthaus werden wir privat nutzen.« Thoran drückte Martin eine Liste in die Hand. »Hier steht alles drauf – Änderungen, Instandsetzung, Abriss.«

»Da werde ich eine Menge Holz brauchen.«

»Rede mit David Brockhoff. Dort kannst du alles ordern. Er ist mit seiner Frau Fanny ebenfalls morgen Abend anwesend.«

»Wird einiges kosten«, entgegnete Martin und Thoran winkte ab. »Wir wollen die besten Handwerker und vorzügliche Materialien.«

»Ich lass euch mal allein. Euer Gespräch dauert sicher noch geraume Zeit. Ich laufe zu Julietta.«

»Die junge hübsche Rosenzüchterin, deren Mann vor zwei Jahren von einem tollwütigen Hund angefallen und getötet wurde?«, wollte Thoran wissen.

»Genau die. Wir Weiber müssen ja sehen, dass wir zahlenmäßig an euch Kerle rankommen.« Sie konnte kaum glauben, wie sehr sie sich innerhalb von nur wenigen Wochen verändert hatte. Ihr Leben war perfekt. Sie runzelte die Stirn. Zu perfekt. Es machte ihr ein wenig Angst.

»Du bist dir sicher?«

Ärgerlich boxte sie ihn gegen den Arm. »Du vertraust mir nicht? Nur Mannsbilder sind integer, verschwiegen und wollen Freiheit in der körperlichen Liebe?« Sie redete sich immer mehr in Rage. »Oder gründet ihr nun doch einen Herrenklub?«

»Ruhig, kleine Feuerfee.« Thoran hielt sie auf Abstand und wagte es tatsächlich zu lachen. »Wie besprochen wollen wir etwas Außergewöhnliches gründen. Jeder ist gleichgestellt, egal ob Mann oder Weib. Im Libertas werden die üblichen gesellschaftlichen Gepflogenheiten aufgehoben. Was sollen wir mit einem Tempel der Lust ohne die holde Weiblichkeit?« Sanft umfasste er ihr Gesicht und küsste sie auf die Lippen. »Ich vertraue dir, doch bedenke, für euch Frauen ist die Gefahr um ein Vielfaches höher.«

»Martin vertraust du doch auch.«

»Er hat schon mehrere sehr pikante Spielzeuge für uns hergestellt. Bei ihm weiß ich, er wird schweigen. Kannst du das auch von deiner Freundin sagen? Weshalb denkst du, dass sie dich nicht bei den Ratsherren verraten wird?«

»Weil ich ihr nach dem Tod ihres Mannes beigestanden habe. Weil sie sich ebenso wenig wie ich gängeln lässt. Ihren Weg geht, auch ohne Mann. Und weil sie einen Ubera von mir hat und auch darüber kein Wort verlor.« Thoran hob die Hände. »Ich habs verstanden.«

***

Fröhlich vor sich hin summend schlenderte Birgany durch die Straßen von Hachenburg.

Der Wind trug Wortfetzen zu ihr herüber.

Schlampe, Hure, Bettgespielin, lässt sich aushalten. Eine Schande.

Gänsehaut lief ihr über den Rücken und sie sah sich aufmerksam um. Auf der gegenüberliegenden Straßenseite standen mehrere Frauen beisammen und tuschelten.

Birgany wurde gemieden, als hätte sie Lepra. Die ach so frommen Bürgerinnen fanden es unanständig, mit einer gefallenen Frau gesehen zu werden. In deren Augen war Birgany nicht mehr wert als eine Hure. Diese Zurückweisung war ihr schnuppe.

So frei wie mit Thoran hatte Birgany sich noch nie gefühlt und sie war dankbar für die Fügung des Schicksals, welches ihn zu ihr geführt hatte.

Sie lächelte und winkte den Frauen zu. »Seid gegrüßt. Ein wunderschöner Tag heute, nicht wahr?« Ohne auf eine Erwiderung zu warten, schlenderte sie weiter und freute sich diebisch über die entsetzten Mienen der Weiber.

Auf halbem Weg traf sie Julietta. Die warf mit einer anmutigen Geste ihr burgunderfarbenes Haar über die Schulter und kam auf sie zu. »Birgany. Schön, dich zu sehen. Was hast du angestellt, dass die Weiber dich so meiden?«

»Ich habe mir einen Liebhaber genommen.«

»Wen?« Julietta hakte sich bei Birgany unter.

»Thoran Strogow.«

»Eine gute Wahl, falls die Gerüchte stimmen.«

»Mehr als das.« Birgany spürte die verräterische Röte. »Er weiß mehr über die körperliche Liebe als ich über Stickmuster.«

Julietta presste eine Hand auf ihre Brust. »Ich freue mich für dich. Kommst du noch mit rein?«

»Gern. Ich war auf dem Weg zu dir, weil ich etwas Wichtiges mit dir besprechen möchte.« Gemeinsam betraten sie das gemütliche Heim.

Birgany erzählte ihr von Libertas. Sie griff nach Juliettas Händen. »Dort wird es für uns Freiheiten geben, die wir im Moment nicht mal annähernd erfassen können.«

Mit hochroten Wangen plumpste Julietta auf einen Küchenstuhl. »Ich ...« Sie räusperte sich. »Mamma mia. Seit mein Salvatore von mir ging ...« Sie stand auf und umrundete den Tisch. »Seit zwei Jahren hatte ich keinen Mann. Einen Liebhaber konnte ich mir nicht nehmen, zu sehr vermisse ich noch meinen Gatten. Aber auch die Zärtlichkeit und Lust des Aktes vermisse ich.«

»Im Libertas hättest du genau diese Möglichkeit. Mit einem Mann zu schlafen, ohne gleich längerfristig eine Bindung einzugehen.«

Julietta ergriff Birganys Hände und tanzte mit ihr durch die Küche. »Ich werde morgen Abend in Eichenberg sein. Anhören schadet ja nicht.«

Anwesen der Strogows, vierter Juni anno 1712

Leise säuselte der Wind durch die Bäume und gab den Blick auf einen vollen Mond frei. Neben dem Pförtnerhäuschen hatte Thoran eine kleine Feuerstelle errichtet, um den Ankömmlingen den Weg zu weisen.

Ein Glück, dass alles durch die mannshohe Mauer vor Blicken geschützt war.

Ein Wagen rumpelte heran und Thoran atmete erleichtert auf.

»Willkommen.« Er tippte sich an den Dreispitz und verneigte sich vor Fanny und Julietta. »Fahr den Wagen unter die Remise, David. Ich warte hier auf die anderen. Nikolai ist im Vierseithaus, dort hinten.« Thoran zeigte nach Süden.

David Brockhoff nickte und lenkte sein Gespann in den Innenhof.

Nervös schaute Thoran sich um und schalt sich einen Narren. Selbst die Schatten der Bäume machten ihn fahrig.

Als würden der Pfarrer und die Stadtwache gleich um die Ecke kommen. Wir haben lediglich Freunde eingeladen. Genau, redete sich Thoran stumm zu.

Ein Knacken schreckte ihn auf und Thoran wirbelte angriffsbereit herum. Langsam ging er rückwärts, bis er die Mauer hinter sich spürte. So war er vor Angreifern aus dem Hinterhalt sicher.

Ein kleiner Stein fiel ihm auf die Schulter und Thoran fluchte. Der Feind befand sich auf der Mauer, genau über ihm. Er hechtete nach vorn, zückte seinen Degen. »Komm runter, du Bastard.«

»Erst wenn du deine Waffe wegsteckst«, kam es leise von oben.

Gordian! Tief atmete Thoran durch und beugte sich nach vorn. »Du dämlicher Kerl hast mir gerade einige Jahre meines Lebens geraubt.« Er schob den Degen in die Scheide.

»Mir wurde gesagt, wir sollten vorsichtig sein.« Gordian sprang von der Mauer und trat in den Schein der Feuerstelle. »Ich habe einen anderen Weg als meine Freunde genommen.« Verlegen zuckte er die Schultern. »Im Dunkeln auf die Mauer zu klettern fand ich sicherer.« Thoran wischte sich den Schweiß von der Stirn. Sie hatten noch nicht einmal beschlossen, ihr Vorhaben in die Tat umzusetzen, und schon bauten sich die ersten Schwierigkeiten vor ihm auf. Die Mauer war kein Hindernis, wie er soeben erfahren hatte. War es das wirklich wert?

Zaudern und Zweifel waren noch nie meine Wegbegleiter und ich werde sie heute nicht dazu einladen, entschied Thoran.

»Hier ist zwar im Umkreis von zwei Meilen weder Dorf noch Haus, doch wir können nicht achtsam genug sein.«

»Du hast umsichtig gehandelt, Gordian. Mit deinem Auftritt hast du mir eine Schwachstelle aufgezeigt, wofür ich dir dankbar bin. Geh schon mal vor, ich warte noch auf die anderen.« Thoran wies zum Vierseithaus, Gordian nickte und verschwand über den Kiesweg.

Kaum war der Gerber aus Thorans Sichtfeld verschwunden, kam die zweite Gruppe. Martin, Jacob und Varun tauchten aus der Dunkelheit auf. Thoran spähte nach allen Seiten und schloss das Haupttor. Er zog die Fackel aus dem Boden und führte die zweite Gruppe zum Haus. Mehrmals drehte er die Schultern vor und zurück, um die Verspannung zu lockern. Was, wenn sie alles umsonst geplant hatten? Sein Bruder und er hatten sich die halbe Nacht um die Ohren gehauen. Geplant. Alles wieder verworfen. Sich gestritten und von vorn begonnen.

Notdürftig hatten sie im Erdgeschoss einen Raum von Spinnweben und Staub befreit. Einen Tisch aus dem Keller geholt und zehn Stühle aufgestellt.

Keiner der Anwesenden setzte sich. Die Nervosität war förmlich greifbar. Sie sprachen im Flüsterton miteinander. Mit Wucht knallte Thoran die Tür zu und alle Blicke flogen in seine Richtung. Martin hörte auf, rastlos durch den Raum zu laufen. Jacob, der am Fenster stand und in die Finsternis gestarrt hatte, fuhr erschrocken herum.

Julietta stieß einen spitzen Schrei aus und legte beide Hände auf den Mund.

»Wir sollten uns nicht aufführen, als ob wir dem Grafen von Sayn die Schatztruhen geklaut hätten«, sagte Thoran laut und schlug Gordian auf die Schulter. »Es reicht, wenn er mir einen Schrecken eingejagt hat, der mir noch in den Gliedern steckt.«

Birgany verteilte Punsch für die Damen und reichte den Männern volle Bierkrüge.

Fanny legte frisches Brot und Käse auf den Tisch.

»Setzt euch«, sagte Thoran und jeder kam seiner Bitte nach. Die Anspannung wich aus den Gesichtern.

»Freunde«, begann Nikolai, der als einziger stehen geblieben war.

»Hier soll ein Ort entstehen, um frei über Lust und Sinnlichkeit reden und sie auszuleben zu können.«

»Großartig.« David hob seinen Krug. »Er spricht aus, was ich insgeheim denke.«

»Was genau stellt ihr euch vor?«, wollte Varun wissen.

»Einen Aufstand gegen Beischlaf im Dunklen und fahriges Gefummel unter der Zudecke.« Provokant legte Nikolai eine Hand auf die Knopfleiste seiner Hose. »Macht euch frei von alten Denkmustern. Macht euch frei von Kleidung. Gebt euch euren Liebenden hin wie dargebotene Geschenke und schämt euch nicht, Geschenke anzunehmen. Redet miteinander und sagt euren Partnern, was euch gefällt, was ihr euch wünscht.

Frauen, verschließt nicht euren Leib vor dem Manne. Nicht vor seinen Blicken, seinen Fingern und seinem Schwanz.«

»Gute Rede, Bruder.« Thoran schlug Nikolai auf die Schulter. Heute Abend würden sie Geschichte schreiben.

»Derjenige oder diejenige, die unser Vorhaben anstößig oder für sich persönlich unakzeptabel findet, bitte ich darum, die Hand zu heben.« Thoran sah in leuchtende Augen und fröhliche Gesichter.

»Trotz allem müssen wir sehr vorsichtig sein. Die Gefahr der Ächtung und anderer unangenehmer Situationen ist allgegenwärtig.« Thoran zog Birgany an seine Seite.

»Keine Sorge, wir alle haben verstanden, um was es geht.« Martin sah in die Runde und die Anwesenden nickten.

»Vor allem die Frauen müssen geschützt werden, denn uns Männern wird so einiges erlaubt, solange wir uns nicht mit Jungfrauen oder Ehefrauen einlassen.« Varun lehnte sich mit der Hüfte an den Türstock. »Deshalb überlegt gut, ob ihr bleiben wollt.«

»Auf die Freiheit«, rief Julietta, hob ihr Punschglas und stieß mit Birgany und Fanny an. »Wir alle werden zusammenhalten und uns auf diesem Grund und Boden ein Stück Freiheit holen, die wir sonst nirgends haben könnten. Sollen die Pfaffen ruhig kommen.

Libertas ist Freiheit. Lasst sie uns ausleben. Es lebe Libertas!«

»Es lebe Libertas!«, riefen alle bis auf Gordian.

»Du bist nicht unserer Meinung?«, wollte Thoran wissen.

»Natürlich, aber meine Anwesenheit hier bringt euch allen noch mehr Ärger«, warf Gordian ein.

»Wovon redest du?« Julietta verschränkte die Arme vor der Brust.

»Ich bin Gerber.« Verlegen strich er sich durch das whiskyfarbene Haar.

»Und?«

»Julietta, dieser Beruf ist unrein. Die Leute machen einen Bogen um mich, weil sie Angst haben, sich mit Milzbrand anzustecken. Kannst du dir vorstellen, was es für mich bedeutet, hier mit euch in einem Raum zu sein? Mit euch zu sprechen und zu schmausen?«

Stille folgte Gordians Worten.

Daran hatte Thoran nicht gedacht. Gespannt wartete er, wie die Gründungsmitglieder reagierten.

Julietta fasste sich als Erste und umarmte ihn. »Freiheit ist ein gottgegebenes Gut und wir lassen uns nicht von der Obrigkeit oder Priestern, die nachts zu den Huren gehen und tags drauf Enthaltsamkeit predigen, aufhalten. Oder von Ratsherren, die festlegen, welches Handwerk anrüchig ist und welches nicht.«

»Genau!«, rief Jacob. »Keiner macht solch vortreffliches Leder wie du.«

»Es dürfen nur ausgewählte Personen ins Libertas«, sagte Thoran.

»Verzeiht. Ich werde augenblicklich gehen.«

»Nicht jeder ist hier willkommen. Nur Menschen, die einander akzeptieren, wie sie sind, die ihre Lust ausleben wollen und die Klappe halten können.« Kraftvoll schlug Thoran dem Gerber auf den Rücken. »Du bleibst.«

Bisher war ihm nicht bewusst gewesen, dass sie wirklich einen Aufstand anzettelten. Libertas entwickelte sich anders als ursprünglich gedacht. Es wurde zu einem Ort der Freiheit auf vielen Ebenen.

»Dein Beruf ist unerheblich für uns. Du bist unser Freund«, ergänzte Birgany.

Erleichterung zeichnete sich auf Gordians Gesicht ab. Seine grünen Augen schimmerten feucht.

***

»Hier haben wir den Grundriss des gesamten Geländes.« Thoran tippte mit dem Finger auf das vergilbte Papier auf dem Tisch.

»Durch die Außenmauer ringsherum und eine Hecke, die den vorderen vom hinteren Teil des Anwesens trennt, ist Libertas komplett abgeschottet.« Thoran sah zu Gordian. »Fast jedenfalls.«

Gordian nahm einen tiefen Schluck Bier. »Ich kümmere mich darum.« Thoran nickte und war erleichtert, ein Problem gelöst zu haben. Er konzentrierte sich wieder auf die Zeichnung. »Dieses Gebäude hat zwei Stockwerke mit insgesamt vierzehn Zimmern.

Zwei der unteren Räume wollen wir gern in Speisezimmer und Unterhaltungssalon umgestalten. Zur Sicherheit – falls wir unerwartet Besuch bekommen – wäre auch eine komplett eingerichtete Spinnstube sinnvoll.«

»Ihr könnt meinen Webstuhl haben«, sagte Birgany.

»Ich steuere Wolle und Spindeln bei«, kam von Fanny.

»In meiner Truhe liegt ein angefangener Überwurf. Den bringe ich mit und wir legen Stickgarn und Nadeln dazu. Wäre ja gelacht, wenn wir die Obrigkeit nicht überlisten könnten.« Julietta rieb sich die Hände und lächelte.

»Zwei Räume haben wir für Pärchen vorgesehen, die gern Zuschauer haben«, spann Thoran den Faden weiter.

»Wir lassen vier Liebespavillons bauen, für alle, die nicht direkt im Freien sein wollen, aber Sonne und Wind auf ihrer nackten Haut lieben«, ergänzte Nikolai.

»Varun, du solltest dir den Keller anschauen. Dort soll das Gewölbe der Qualen entstehen. Fesselvorrichtungen an den

Wänden. Tische, um willige Opfer festzuschnallen.«

»Bitte lang genug, um diesen baumlangen Kerl zu fesseln.« Birgany zeigte mit dem Finger auf Nikolai.

Formvollendete verneigte sich Varun. »Wir werden Eure Wünsche in unsere Planung aufnehmen, gnädige Frau.«

»Vergiss es, kleine Feuerfee. Nie im Leben. Ich bin sicher kein williges Opfer.«

»Nein, Nikolai, willig bist du nicht.« Frech grinste Birgany ihn an und prostete ihm zu.

Varun ignorierte Nikolais Einwurf und ging zu Jacob. »Lass es uns gemeinsam angehen. Du machst die ledernen Handfesseln und ich die Ketten.«

Jacob nickte. »Einverstanden.«

Es ist seltsam, überlegte Thoran. Die meisten in diesem Raum kennen sich bisher nur flüchtig. Hier jedoch sind sie offen, foppen einander und haben eine Menge Spaß. Er lernte eine völlig neue Seite seiner Freunde kennen.

»Im Obergeschoss befinden sich acht Gemächer, teils mit Fensterflügel auf einen Rundumbalkon und Blick auf den innen liegenden Garten, der im Untergeschoss an die Fassade grenzt.« Thoran sah vor seinem inneren Auge bereits die Pärchen, frei von Scham und Kleidung.

Selbst von ihrem Privatgebäude war dieser Teil uneinsehbar.

»Möglichkeiten, um anderen zuzusehen, ohne Ende«, warf David ein und drückte Fanny einen Kuss auf die Wange.

»Ja, und du wirst noch mehr Chancen haben, denn vom Balkon aus kannst du in jedes Spielzimmer schauen. Wir werden schwere Vorhänge anbringen lassen. Die Pärchen können entscheiden, ob sie Zuschauer wollen oder nicht.«

»Spielzimmer?«, unterbrach ihn Gordian.

»Mit Spielen meinte ich die ausgefeilte körperliche Liebe. Nicht einfach nur Beischlaf, sondern etwas Ausgefallenes. Darum gedenken wir, die Räume entsprechend einzurichten. Vier Varianten haben wir schon. Zum einen ein Spiegelzimmer.«

»Du meinst, überall an den Wänden werden Spiegel angebracht?«, wollte Julietta wissen.

»An den Wänden und an der Decke, hübsche Frau. Du kannst im Bett liegen und dich selbst betrachten oder nach oben sehen, wenn du auf den Lenden deines Liebhabers sitzt.« Sogleich fluteten erotische Bilder sein Hirn. Er, gefesselt und Birgany ausgeliefert. Thoran biss sich fest auf die Innenseite seiner Wange, um die lüsternen Gedanken zu vertreiben. Im Moment war es absolut der falsche Zeitpunkt.

»Orient bei Nacht. Baldachin über den Diwanen, Sitzkissen auf dem Boden.« Nikolai wedelte mit der Hand durch die Luft. »Die Atmosphäre dieser fremdländischen Kultur einfangen.«

»Verstanden. Dürfen wir auch ...« – Gordian rieb sich über die Nasenwurzel – »... Wünsche äußern?«

»Nur zu gern. Jeder kann und soll sich einbringen. Seine Wünsche und Vorlieben mit den anderen teilen.« Thoran schmunzelte. Erstaunlicherweise waren die Männer weitaus schamhafter, ihre Wünsche auszusprechen, als die Weiber. »Es geht nicht darum, was Nikolai und ich wollen. Wir alle entscheiden gemeinsam. Lasst uns an euren frivolen Gedanken teilhaben.«

»Ein Kartenzimmer«, rief Birgany.

»Ein Kartenzimmer?« David zog die Stirn kraus und schüttelte den Kopf.

»Pffff«, machte Birgany und verschränkte die Arme vor der Brust. »Bist wohl zu feige, den Einsatz zu zahlen?«

»Willst du andeuten, ich wäre geizig?« David baute sich vor ihr auf. Er überragte Birgany um gut zwei Fuß. »Wir wollen einen Tempel der Lust erschaffen und nicht Karten spielen.«

»Der Einsatz sind keine Kreuzer oder Taler, sondern Kleidungsstücke. Lustvoll genug?« Sie drehte ihm den Rücken zu und tippte mit dem Fuß auf den Boden. »Fanny, dein Mann hält uns für verblödet.«

»Nicht verblödet, eher für Weiber, die schön brav die Schenkel spreizen, weil es den Kerlen zwischen den Beinen juckt.« Julietta sah demonstrativ jedem Mann auf den Schritt, was nicht ohne Wirkung blieb.

Ihr rassiges Temperament zeigte sich vor allem in den ausdrucksstarken Augen, dunkel wie Bitterschokolade. Nikolai wirbelte Birgany herum. »Magst du eine Runde Karten mit uns spielen?«

Die Wangen rosig überhaucht, sah sie ihm in die Augen. »Von mir aus. Du wirst schneller nackt sein, als du glaubst.«

»Sie hat dir den Fehdehandschuh zugeworfen, Nikolai. Ich melde mich freiwillig als dein Sekundant. Wann starten wir diese pikante Partie?« Jacob postierte sich neben Nikolai.

Dieser strich mit der Fingerkuppe über Birganys Unterlippe. »Sobald der erste Raum im Erdgeschoss fertig ist.«

»Kommt mal alle mit.« Thoran ergriff Birganys Hand, führte sie über den Flur und öffnete die letzte Tür auf der rechten Seite. »Dieser hier bietet sich an, war wohl eine Bibliothek der Mönche. Sessel und Tische sind vorhanden.« Überall an den Wänden waren Bücherregale und im Raum verteilt mehrere Sitzgelegenheiten. »Womit wir eine weitere Möglichkeit hätten. Wir haben in unserer Privatbibliothek einige sehr pikante Bücher.«

Hier könnten sie schon am nächsten Abend Karten spielen. Thoran freute sich bereits darauf, Birgany Stück für Stück zu entblättern.

»Igitt. Wer weiß, was alles in den Polstern haust.« Birgany rümpfte angeekelt die Nase.

Schwungvoll riss Nikolai die Schutzdecke vom ersten Sessel. »Die sind hervorragend erhalten und sicher keine Herberge für Flöhe.«

»Ha, ist ja dein nackter Po, der gebissen wird, sobald du dich setzt«, konterte Birgany und schwebte an ihm vorbei.

Gordian wackelte mit den Augenbrauen. »Wo sie recht hat.«

»Ach was. Schwingt den Staubwedel, holde Damen, und wir können unser Kartenduell gleich morgen austragen«, sagte Varun.

»Was meint ihr?« Julietta sah Birgany und Fanny an. »Wir binden den Kerlen die Staubwedel zwischen die Beine, damit können sie rumwedeln.«

Fanny presste sich die Hände in die Seiten und bekam vor Lachen kaum noch Luft. Birgany krallte sich an Thorans Hemd fest und prustete.

Würde jeder Abend so sein? Würde Libertas außer Lust und Erfüllung auch Lachen und Freundschaften bringen? Thoran rieb sich die Hände. Er konnte es kaum erwarten, dieses alte Haus mit Leben zu füllen. Mit Lachen und ekstatischem Stöhnen. Nikolai schüttelte den Kopf. »Was machen wir, wenn noch mehr solcher Amazonen Mitglied werden?«

»Unseren Mann stehen«, gab Martin trocken zurück und griff sich in den Schritt.

»Bevor es soweit ist, lasst uns die restlichen Räume besichtigen.« Thoran ging voran. Fackeln an den Wänden wiesen ihnen den Weg.

Martin klopfte die Mauern ab. »Alles von guter Beschaffenheit. Solide Bausubstanz.«

Gordian stellte sich neben Martin. »Anpacken kann ich allemal. Lasst mich auch einen Beitrag leisten.«

»Abgemacht. Morgen fangen wir an. Wenn es deine Zeit erlaubt, komm einfach dazu.« Die Männer besiegelten die Abmachung per Handschlag. Nikolai sah zu David. »Sprich dich mit Martin ab. Du lieferst das Holz und Martin wird die Pavillons bauen. Einverstanden?«

Beide Männer nickten.

»Ich will tanzen! Habt ihr keinen Ballsaal?« Julietta sah enttäuscht in die Runde.

»Der Kreuzgang verbindet die Kapelle mit dem Vierseithaus. Perfekt für alle, die spärlich bekleidet von einem Ort zum anderen gelangen wollen.« Nikolai zupfte spielerisch an ihrem Zopf. »Sobald alles instand gesetzt ist, werden wir Libertas mit einem Fest einweihen. Jeder, der ein Instrument spielen kann, bringt es mit und du kannst tanzen.«

Julietta presste die Hände auf die Wangen. »Ihr wollt in einer Kapelle ...? Mit Altar?«

»Ausgezeichneter Gedanke«, unterbrach sie Thoran. »Ein Weib auf dem Altar vernaschen? Eine überaus reizvolle Vorstellung.« Thoran zog Birgany dicht an seine Seite und küsste ihren Hals.

Bis zum Morgengrauen saßen sie beisammen und planten. Der Einfallsreichtum der Frauen überwog den der Männer. Müde verabschiedeten sie sich voneinander und Thoran war rundum zufrieden. Nikolais Einfall war bei allen auf positive Resonanz gestoßen. Nun war er froh, dieses alte Gemäuer zu besitzen.

Kapitel 7

Birganys Haus, zehnter Juli anno 1712

Seit über vier Wochen war Thoran ihr Liebhaber und Birgany schwebte wie auf Wolken. Anfangs hatte sie Fanny für verrückt gehalten, als sie ihr von Leidenschaft und Erfüllung erzählt hatte. Nun kannte sie die Wonnen der Begierde und war schier süchtig danach.

Hätte sie gewusst, wie viele verschiedene Stellungen es gab! Nein. Birgany schüttelte den Kopf. Selbst mit diesem Wissen hätte sie sich keinem anderen Mann anvertraut.

Nur Thoran vermochte sie derart in Fahrt zu bringen, alles zu vergessen und die anerzogenen Hemmungen fallen zu lassen. Sobald sie ihn sah, richteten sich ihre Knospen auf und ihr Schoß wurde feucht. Manchmal glaubte sie, ihr Herz würde ihr aus der Brust springen. Mit jedem Tag, der verstrich, verfing sie sich mehr in ihren Gefühlen für ihn. Es gab keinen Ausweg, weil ihr Herz ihr keinen Ausweg ließ.

Versonnen betrachtete sie die Rosen in dem Beet vor ihrem Fenster. Hin und wieder verspürte sie den Wunsch, seinen Höhepunkt auf der Zunge zu schmecken. Freiwillig die Essenz eines Mannes zu schlucken, war weder eklig noch abstoßend.

Wenn Thoran in ihrem Mund kam, sah er sie aus seinen erdbraunen Augen ehrfürchtig an und sie fühlte sich frei und stark wie der Milan, der seine Kreise am Himmel zog.

Wie sehr hatte sich ihr Leben verändert.

Bei jedem Besuch brachte er ihr ein Geschenk mit. Mal ein fremdes Duftöl. Mal ein ihr unbekanntes Gewürz. Gestern schenkte er ihr eine Muskatnuss. Sie hatte Kartoffeln und Blumenkohl gekocht und ein wenig von der Nuss über die Röschen gerieben. Der Geschmack war fremdartig, mundete aber vorzüglich. Thoran hatte zwei Teller mit Genuss geleert.

Sie liebte es, ihn auf diese Weise zu verwöhnen. Oft lagen sie stundenlang eng umschlungen in der Dunkelheit und Thoran erzählte von seinen Reisen und den exotischen Waren, mit denen er handelte.

Wie gern würde sie an seinem Arm durch die Stadt schlendern und allen zeigen, dass dieses stattliche Mannsbild ihr Liebhaber war.

Sie lachte und sah auf ihre neuste Kreation. Die würde sie heute Abend tragen.

Es klopfte und Birgany öffnete.

»Von den Herren Strogow.« Ein Bursche reichte ihr ein versiegeltes Schreiben.

Verdutzt drehte sie es um und brach das Siegel.

Wir bitten um ein geschäftliches Gespräch, heute, achtzehn Uhr im Kontor Hachenburg, las sie.

»Ich soll auf Eure Antwort warten.«

»Sag ihnen, ich bin einverstanden«, Hastig schloss sie die Tür.

Seit dem Nachmittag auf der Wiese des Klosters war sie mit Thoran immer allein gewesen.

Wollten die beiden gemeinsam mit ihr ins Bett? Ihre Fantasie wahr machen, zu zweit in sie einzudringen?

Ärgerlich schüttelte Birgany den Kopf. In diesem Fall hätten sie keine förmliche Einladung geschickt.

Hatten sie es herausgefunden? Kannten ihr Geheimnis?

Nein, auch dann sähe die Nachricht anders aus.

Es waren noch knapp zwei Stunden bis zu ihrem Treffen. Birgany beschloss, die Zeit zu nutzen und weitere Bestellungen fertigzustellen.

***

Pünktlich zur verabredeten Zeit klopfte Birgany an die Tür des Kontors.

Schwungvoll öffnete Nikolai und bat sie herein. »Danke, dass Ihr es einrichten konntet.« Formvollendet verneigte er sich.

Was spielen die für ein Spiel, überlegte Birgany und trat unsicher ein.

Er ging voraus, jedoch nicht wie erwartet in die privaten Wohnräume über dem Kontor, sondern in ein Speisezimmer im Erdgeschoss. Thoran erhob sich, verneigte sich ebenfalls und rückte ihr einen Stuhl zurecht. Nikolai nahm ihr gegenüber Platz, Thoran setzte sich neben sie.

»Wir haben Euch ein geschäftliches Angebot zu unterbreiten, doch vorher genehmigen wir uns ein opulentes Mahl.« Thoran wackelte mit den Augenbrauen.

Es klopfte und eine ältere Frau kam herein. Birgany schätzte sie auf ungefähr fünfzig.

»Soll ich anrichten?«

»Gern, Hanna«, antwortete Thoran.

»Sehr wohl.« Die Frau verschwand und kam wenig später mit einem silbernen Tablett zurück, das sie auf den Tisch stellte.

Argwöhnisch betrachtete Birgany den Inhalt. Ausgehöhlte graue Steine, in denen sich eine glibberige Flüssigkeit befand, lagen auf zerbrochenen Eisstückchen.

»Schaut nicht so pikiert.« Nikolai lachte.

»Austern«, kam Thoran ihr zu Hilfe.

Damit wusste Birgany nichts anzufangen. Ihr Blick schweifte zu den edlen Gläsern und dem Silberbesteck. Sie kam sich linkisch und fehl am Platze vor bei all dem Reichtum. Erpressung hatten die Brüder wahrlich nicht nötig. Also was wollten sie von ihr?

»So schweigsam?«, unterbrach Thoran ihre Gedanken und

sah ihr in die Augen.

»Ich bin überwältigt.« Birgany fuhr mit dem Finger über den Rand des weißen Porzellantellers.

»Nur keine Scheu, Kindchen.« Hanna legte ihr drei Austern auf den Teller.

»Genießt die Vorspeise. Sie mundet hervorragend mit einem trockenen Weißwein.« Nikolai schenkte ihr ein, griff sich eine dieser Schalen, hielt sie an den Mund und schlürfte.

»Exquisit.«

Argwöhnisch beäugte Birgany das Glitschige in den Schalen. Sie schob ihren Teller von sich. »Nein, danke.« Thoran lachte, griff sich eine Auster und tat es seinem Bruder gleich. »Ihr enttäuscht mich. Wir haben große Mühe auf uns genommen, diese Kostbarkeit aus Frankreich liefern zu lassen. Es war eine riesige Menge Eis nötig, um die Austern frisch zu halten.« Er griff eine weitere Auster und hielt sie ihr an den Mund. »Probiert.«

Willenlos öffnete Birgany den Mund.

»Den Kopf zurück und einfach nur schlürfen«, sagte Thoran leise.

Sie gehorchte und das Glibberzeug glitt auf ihre Zunge. Es schmeckte komisch und schnell schluckte sie.

»Nun?«, wollte Nikolai wissen.

Hastig trank sie einen Schluck Weißwein. »Exotisch. Nussig, leicht salzig.«

»Noch eine?« Erwartungsvoll sah Thoran sie an.

Langsam schüttelte Birgany den Kopf. Sie hatte Mühe, dieses Ding bei sich zu behalten. Seit sie die Nachricht erhalten hatte, rebellierte ihr Magen. Sie hatte einen solch bitteren Geschmack im Mund, als ob sie Salbei gekaut hätte.

»Hanna, trag bitte den Hauptgang auf.«

»Sehr wohl.« Die Köchin verschwand aus dem Raum.

»Den Austern sagt man eine aphrodisierende Wirkung nach.

Aus eigener Erfahrung weiß ich, dass dies bei dir nicht nötig ist.«

Sogleich schoss die Röte in Birganys Wangen und sie war versucht, Thoran unter dem Tisch zu treten. Fest presste sie die Füße auf den Boden, um ihrem Drang nicht nachzugeben.

»Was spielt ihr hier für ein Spiel?« Es machte sie verrückt, nicht zu wissen, welche Rolle ihr zugedacht war.

»Kein Spiel, werte Dame. Wir pflegen stets mit unseren zukünftigen Partnern zu speisen, ehe wir uns dem Geschäft widmen. Thoran und ich trennen kategorisch den Genuss einer guten Mahlzeit von unserer Arbeit.« Nikolai griff nach seinem Glas und trank einen Schluck Wein.

Hanna brachte dampfende Schüsseln herein.

Endlich ein Gericht, das Birgany kannte. Lammbraten auf Wirsing und Süßkartoffeln.

Drei Bissen brachte sie hinunter. Den Rest schob sie mit der Gabel auf dem Teller hin und her und hörte auf das Ticken der Standuhr. Tick, tick. Ich halte es nicht mehr aus.

»Schmeckt es nicht, Kindchen?«

»Nein. Ja. Es war köstlich, nur wusste ich nichts von einem Essen.« Sie legte der Köchin eine Hand auf den Arm und zwang sich zu einem Lächeln. »Ich hatte vorher eine ausgiebige Mahlzeit.«

Ein weiteres Mal rieb Birgany ihre feuchten Hände über ihren Rock. Es half nichts.

»Wie es aussieht, möchte unser Gast zum geschäftlichen Teil übergehen.« Thoran erhob sich. »Danke, Hanna, das wäre alles.«

Geschäftig räumte die Frau den Tisch ab und ging aus dem Speisezimmer. Thoran trat hinter Birgany und zog galant den Stuhl zurück. »Darf ich bitten?«

Birgany knirschte mit den Zähnen. »Was soll dieses Theater? Wieso prahlt ihr mit eurem Reichtum?« Thoran griff nach ihrem Arm und wirbelte sie zu sich herum. »Wir haben es nicht nötig, zu prahlen, wie du es nennst, denn wir haben hart dafür gearbeitet. Ja, Nikolai und ich schwimmen in Geld und haben mehrere Schuldscheine von verarmten Adeligen im Tresor liegen.

Über zwanzig Angestellte stehen auf der Lohnliste und wir sind im Besitz von Verträgen mit namhaften Handelshäusern im Norden, ebenso in Frankreich und Italien. Jeder Kreuzer, den wir besitzen, haben wir mit unserer Hände Arbeit und unserem Verstand erworben.«

Seine Antwort kam einer Ohrfeige gleich. Sie legte ihm eine Hand an die Wange. »Verzeih. Ich wollte weder dich noch Nikolai beleidigen. Doch ihr behandelt mich wie eine Fremde. Schickt mir Nachrichten, die ich nicht verstehe.«

Die Spannung wich aus Thoran und er lächelte sie an. »Dann wollen wir deine Wissbegierde schnellstens stillen.« Nikolai beugte sich zu ihr hinunter. »Zarin der Lust.«

»Erklärt Euch bitte.« Was die zwei konnten, konnte sie schon lange. Die beiden spielten mit ihr, ihre schlimmsten Ängste schienen jedoch unbegründet.

Hoheitsvoll sah sie die Brüder an. Nikolai hielt ihr die Tür auf. Sie dankte ihm mit einem knappen Nicken und rauschte an ihm vorbei.

»Ich liebe unsere kleine Feuerfee, wenn sie sich derart herrisch aufführt.« Galant reichte Thoran ihr den Arm und führte sie durch den Flur ins Arbeitszimmer.

Ihre Schritte wurden von einem braunrot gemusterten Teppich gedämpft. Den meisten Platz nahm ein Schreibtisch ein, dessen Oberfläche rötlich glänzte. Birgany ließ ihren Blick über die Regale an der Wand hin zu einem Sekretär schweifen. Darauf stand ein Segelschiff.

»Die Brigitta. Wir haben sie nach unserer Mutter benannt«, erklärte Thoran und setzte sich auf einen der drei Stühle, die in loser Anordnung vor dem Schreibtisch standen. »Unser Schiff hat die Austern bis zum Koblenzer Hafen transportiert. Der Weg über Land war kurz genug, dass das Eis bis hierher nicht schmolz.«

»Brigitta? Woher stammt eure Mutter?«

»Aus Schweden. Mein Vater, gebürtig aus Sankt Petersburg, lernte sie auf einer seiner Reisen kennen.«

Birgany nahm ihm gegenüber Platz. »Daher eure Vornamen.«

»Genau«, sagte Thoran.

Kaum war die Tür geschlossen, veränderte sich das Verhalten der Brüder.

»Es war Theater, um unser Personal nicht auf falsche Gedanken zu bringen. Wir achten auf deinen Ruf, Birgany, und wollen dir wirklich ein geschäftliches Angebot unterbreiten.« Nikolai lehnte mit dem Schenkel am Schreibtisch.

»Ich bin des Lesens mächtig und eure Nachricht war eindeutig.«

»Lass sie endlich vom Haken.« Thoran lachte und lehnte sich entspannt zurück. Nikolai öffnete eine Schublade im Schreibtisch und holte ein Stück Stoff heraus.

Sie erkannte ihren Ubera, den sie damals bei ihrer überstürzten Flucht vergessen hatte. Birgany wurde übel.

In ihrer Panik, die beiden hätten ihr Geheimnis erraten, hatte sie den Ubera vollkommen vergessen. Thoran und Nikolai waren die ersten und einzigen Männer, die ihre Kreation gesehen hatten.

»Ihr hinterlistigen Hirschkäfer!«, brauste sie auf und sprang vom Stuhl. Nikolai kicherte und Thoran schüttelte belustigt den Kopf.

»Meine Liebe«, begann Thoran und schon schaltete Birganys Gehirn auf Angriff. Sie versetzte Thoran einen solch festen Schubs, dass er samt Stuhl nach hinten umkippte.

»Ich habe dich gewarnt, Strogow.« All ihre Angst und Unsicherheit entluden sich in diesem Augenblick. Sie starrte auf ihn hinunter und es war die reinste Genugtuung, wie er hilflos auf dem Rücken lag und sie verwirrt anstarrte.

»Warum, verdammt noch mal, wirst du so wütend, wenn ich ... diese zwei Worte sage?«, wollte Thoran wissen und stand auf.

»Mein Gatte nannte mich so.« Birgany winkte ab und zeigte den Brüdern deutlich: Damit war das Thema beendet.

»Wir wollen dir ein seriöses Geschäft anbieten.« Thoran fuhr sich mit beiden Händen durch die Haare.

»Ihr wollt was?«

»Deine Erfindung verkaufen. Wir haben erkannt, dass es eine Sensation ist, was du da angefertigt hast.

Die Mode wird in der Regel von den Aristokraten diktiert, aber durch dich haben wir einen entscheidenden Vorteil. In nicht ferner Zukunft, da bin ich mir sicher, werden deine Kreationen auf dem gesamten Kontinent getragen. Deshalb wollen wir die ersten Kaufleute sein, die deine Wäschestücke im ganzen Land feilbieten.«

Die Erkenntnis sickerte nicht langsam in ihr Bewusstsein, sondern krachte mit voller Wucht hinein. Keine öffentliche Demütigung. Keine Läuterung durch den Priester oder Schlimmeres.

War es möglich?

»Ich wusste, wie gefährlich es war, doch ich konnte nicht anders. Ein Kleidungsstück zu kreieren, das mich freier macht, war stärker als meine Angst.«

»Angst wovor?«

Sie sah Thoran in die Augen und erkannte seine Verwirrung. Nach einigen tiefen Atemzügen verschränkte sie die Hände ineinander.

»Bei jedem Ubera, den ich verkaufe, stehe ich mit einem

Bein im Kerker.«

»Du meinst, die Obrigkeit fände keinen Gefallen an Frauen mit diesen lüsternen Kleidungsstücken?« Erst wackelte Thoran mit den Augenbrauen, dann sah er sie ernst an.

»Ein solches Kleidungsstück trägt keine ehrbare Frau.«

»Du kannst auf unsere Diskretion vertrauen, denn wenn du richtigliegst, was ich nicht infrage stelle, sind wir mit dran. Als Kaufleute wären wir erledigt. Unsere Namen mit Sünde behaftet. Auch deine Kundinnen gehen ein enormes Risiko ein. Deshalb bin ich mir ziemlich sicher, dass alle schweigen werden.«

Ein wirkliches Angebot. Keine Erpressung. Keine Fragen. Birgany wurde schwindelig vor Erleichterung. Thoran stellte den Stuhl auf und setzte sich. Er lehnte sich nach vorn und legte die Unterarme lässig auf die Schenkel. »Du machst verschiedene Musterstücke aus unterschiedlichen Stoffen und Farben.«

»Sollte eine Frau ein solches Ding –«, fuhr Nikolai fort.

»Einen Ubera«, unterbrach ihn Birgany, tastete nach ihrem Stuhl und plumpste auf den Sitz. Ihre Beine waren total wabbelig, genau wie das Zeug, welches sie heute Abend gegessen hatte.

Ergeben hob Nikolai die Hände. »Sollte eine Kundin einen Ubera haben wollen, kann sie den Stoff aussuchen und die Maße aufschreiben. Du fertigst die Bestellung an. Wir liefern sie aus und den Gewinn teilen wir.«

»Es dürfte wohl machbar sein, die Größe der Brüste zu messen«, redete Thoran weiter. »Was brauchst du sonst noch?«

»Den Abstand zwischen Schulter und Unterbrust.« In Gedanken berechnete sie bereits die Arbeitsschritte und Preise, suchte Stoffe aus und hatte schnell ein vollständiges Sortiment im Kopf.

»Bist du wieder bei uns, kleine Feuerfee?«

»Äh, ja.« Birgany straffte die Schultern und sah Thoran an. »Ich habe nur überlegt, ob und wie es gehen könnte, und ich denke, es wäre tatsächlich machbar.«

Sie setzte sich aufrecht hin und kam zur Ruhe. Holte mehrmals tief Atem und sah Thoran an. »Ich bin einverstanden.«

»Sehr schön.« Thoran erhob sich und holte ein Schriftstück vom Schreibtisch.

»Für eine begrenzte Zeit, da meine Zulassung hier in sechs Monaten endet.«

»Darüber machen wir uns Gedanken, wenn es soweit ist.« Thoran legte die Hand unter ihr Kinn, hob es an und sah ihr fest in die Augen.

Wie Seide wisperte seine Berührung in ihr Inneres und sein entschlossener Blick gab ihr Halt. »Ja.«

»Gut.« Thoran trat zurück und überreichte ihr den Vertrag.

Birgany überflog die Vereinbarung, die Gewinnaufteilung und die Kosten.

»Ihr wart euch sehr sicher, dass ich euer Angebot annehme.«

»Wir wussten, wie geschäftstüchtig du bist.«

»Noch habe ich nicht zugestimmt. Über die Gewinnaufteilung muss ich noch nachdenken. Sobald ich eine Entscheidung getroffen habe, teile ich sie euch mit.«

»Einverstanden, aber die Partnerschaft steht?«, wollte Thoran wissen.

»Wenn wir uns in diesem einen Punkt einigen können, ja.« Birgany unterdrückte ein Grinsen. Die beiden hatten das höhere Risiko, aber sie wollte wissen, inwieweit die Brüder bereit waren, ihr entgegenzukommen. »Ihr stellt mir kostenlos die Materialien zur Verfügung.«

»Einverstanden«, sagte Nikolai. »Aber dann müssen wir über die Gewinnaufteilung neu verhandeln.«

Kleine Kobolde schwirrten durch sie hindurch und sie wusste genau, wie sie die Brüder überzeugen würde, ihre Vorstellungen zu akzeptieren.

»Lasst uns auf den Handel anstoßen«, sagte Nikolai.

»Bitte keinen Wodka, Nikolai«, antwortete Birgany.

»Zur Feier des Tages habe ich eine Flasche Champagner aus dem Keller geholt.« Thoran öffnete die Flasche, schenkte allen ein und reichte ihr ein Glas mit goldener Flüssigkeit, in der kleine Luftblasen tanzten.

Vorsichtig nahm Birgany den Kelch in die Hand und nippte an dem Getränk. »Oh.« Sofort trank sie noch einen Schluck Champagner und prostete den Männern zu.

***

»Wie weit sind die Umbauten?«, erkundigte sich Birgany nach dem zweiten Glas Champagner, den sie in vollen Zügen genoss.

»Unsere privaten Flügel im Osten und Westen des Haupthauses sind fast fertig. Wir werden wohl innerhalb der nächsten Woche umziehen können. Wir sagen allen, die mehr wissen wollen, das Vierseithaus sei unser privates Reich.«

»Ein hervorragender Einfall. Keiner wird es euch übel nehmen, wenn ihr auf eurer Privatsphäre besteht. Ist Libertas auch fertig?«

»Orient bei Nacht ist atemberaubend geworden.« Nikolai prostete ihr zu. »Deine Kreativität hat sich in diesem Raum voll entfaltet. Du hast dich selbst übertroffen.«

»Es hat mir Spaß gemacht, die Kissenbezüge zu nähen. Ich muss mir unbedingt ansehen, wie es im Gesamten wirkt.«

»Jederzeit. Ich weihe gern jedes Zimmer mit dir ein«, sagte Thoran mit seiner unglaublich sinnlichen Stimme.

»Welche Räume sind noch fertig?«, wollte Birgany wissen und verbannte ihre lüsternen Gedanken.

»Gewölbe der Qualen. Wie besprochen, haben wir einen

Großteil des alten Gewölbekellers speziell für diese Vorlieben hergerichtet.

Die Kapelle ist ebenfalls saniert. Als alle Bänke entfernt waren, tat sich ein faszinierender Anblick auf. Die Sonne fiel durch die Buntglasfenster und verwandelte das Innere in ein Kaleidoskop von Farben. Purpur, Königsblau, Sonnengelb«, schwärmte Thoran. »Dort haben mehr als hundert Leute Platz. Dann wäre da noch das Dampfbad nahe dem Teich.«

Birgany rollte mit den Augen. Noch nie hatte sie sich so linkisch und ungebildet gefühlt. Was war ein Dampfbad?

»Ich denke unsere Mitglieder werden dieses Angebot mit Begeisterung annehmen.« Nikolai schilderte ihr, wozu dieses Gebäude diente.

»Wir zwei nackt und erhitzt. Durch die verglaste Wand, die wir einbauen ließen, kann jeder reinsehen. Willst du die Erste sein, die mit mir ein Dampfbad nimmt?« Thoran streckte die Beine aus und strich sich über den Schritt.

»Oh, nein«, konterte Birgany und sah demonstrativ zu Nikolai. »Welches Separee ist noch eingerichtet?«

»Das Gemach der Völlerei. In dem ehemaligen Refektorium des Klosters steht lediglich ein riesiger Tisch. Das Besondere an diesem Raum ist allerdings die Lage. Es ist einer der Eckräume. Von dort gehen drei Türen ab. Die eine führt in den Garten, die zweite über den Kreuzgang zur Kapelle und die dritte über den Flur zum Foyer. Damit gewährleisten wir ein geschäftiges Treiben und unsere Mitglieder können auf dem Weg von der Kapelle zum Garten Leckereien naschen. Es fehlt uns nur noch ein Bäckermeister, der die süßen Sünden herstellt. Bis zur Einweihungsfeier ist es nicht mehr lange.«

»Wie wäre es mit Nima?«, fragte Birgany.

»Wer?«, wollten Thoran und Nikolai zeitgleich wissen.

»Die Tochter des Bäckermeisters Mandolf.«

»Der Mann hat ein unglaubliches Talent für Torten und anderes Gebäck.«

Birgany schnaufte. »Was für ein Schwachsinn, Thoran. Der Kerl hat zwei linke Hände und könnte nicht mal ein Ei aufschlagen. Seine Tochter ist die Meisterin. Es sind ihre Kreationen, die ihn bekannt gemacht haben.«

»Ein solches Talent bliebe nicht unentdeckt«, warf Nikolai ein.

»Keiner weiß, dass Nima in den Hinterzimmern von Sonnenaufgang bis Sonnenuntergang schuftet und die Bestellungen herstellt, die ihr Vater verkauft und dafür Lob, Anerkennung und Taler einsackt.«

Nima war eine lebensfrohe junge Frau. Gern würde sie ihr einen Ubera nähen, doch Birgany wagte es nicht. Käme ihr Vater dahinter, würde er sie wahrscheinlich erst verprügeln und danach noch stärker bewachen.

»Der Körper, den ihr schmücken wollt, wird in den Hintergrund treten, wenn unsere Gäste die erste Leckerei genascht haben.«

»Lass das bloß nicht Fanny hören.« Thoran wackelte mit den Augenbrauen.

»Du meinst ...? Fanny ist ...? Ich glaube es nicht.«

»Oh ja, meine ich. Fanny ist unser Tischschmuck. Du kannst es ruhig glauben. Als sie hörte, dass wir ein lebendes Buffet suchen, warf sie einen Blick auf den Schritt von David und schon hatten wir unseren Tischschmuck. David lachte und meinte nur, es mache ihn total an, sich vorzustellen, dass Fanny sprichwörtlich vernascht wird.«

Birgany stand auf und stellte ihr Glas auf den Tisch. »Ich muss heim. Vorher möchte ich euch etwas zeigen. Eine neue Kreation, ausschließlich für Libertas.« Sie nahm ihr Brusttuch ab und schnürte ihr Mieder auf. Auf ein Unterkleid hatte sie bewusst verzichtet und präsentierte gleich ihren neusten Ubera.

Leicht strich sie über den Stoff aus schwarzer Seide. Es fühlte sich unglaublich verrucht an. Weich, glatt und kühl. Nikolai fing beinahe an zu sabbern und zupfte an seiner Hose, die sichtlich zu eng war.

Dies war ursprünglich ihre Absicht gewesen. Die Brüder zu schockieren, um flüchten zu können, falls es nötig wäre. Nun genoss sie die offene Begierde der zwei.

Mit der Fingerspitze fuhr sie die Konturen der Stickerei auf der linken Seite nach, ein rotes L. »Als Zeichen, dass ich Libertas angehöre.«

»Komm her«, verlangte Thoran mit heiserer Stimme.

»Nähe ich solch ausgefallene Stücke mit teuren Materialien, die mehr Zeit bei der Herstellung benötigen, verlange ich mindestens zehn Prozent mehr vom Gewinn.«

»Alles, was du willst, solange du endlich zu mir kommst.«

Birgany lachte und schlenderte mit wiegenden Hüften auf Thoran zu. »Zurzeit stehen wir bei sechzig zu vierzig. Ich will mehr, da der Großteil der Arbeit auf meiner Seite liegt.« Thoran leckte über ihre freiliegende Brustspitze. Kleine Blitze sausten von dort in ihren Schoß.

»Du liederliches Weibsbild weißt, wie du einen Mann in den Wahnsinn treibst. Allein die Vorstellung, dass du unter dem Mieder ein Stück Stoff trägst, in dessen Mitte Löcher sind, die deine geilen Nippel freilegen, macht mich schon verrückt.« Er schloss die Lippen um ihre rechte Spitze und saugte hart daran.

Birgany warf den Kopf in den Nacken und stöhnte ungehemmt.

»Geiler Anblick. Komm her, ich will auch kosten. Wenn es so ist, wie ich denke, bekommst du von uns achtzig Prozent.«

»Heute nicht, Nikolai.« Eilig schnürte sie ihr Mieder, schlüpfte aus dem Raum und rannte heim.

***

»Solch eine unersättliche Mätresse will ich auch haben.« Nikolai stand auf. »Komm, lass uns die Verhandlungen bei der kleinen Feuerfee fortsetzen.«

»Auf keinen Fall.« Thoran sah auf seine Stiefelspitzen. Es fühlte sich falsch an. Ein unbekanntes Gefühl stieg in ihm auf und er ballte die Hände zu Fäusten.

»Du verweigerst mir den Genuss, den diese geile Braut uns in Aussicht gestellt hat? Bisher haben wir uns die Weiber immer geteilt und oft auch gemeinsam genommen.«

»Nikolai.« Langsam drehte er sich um und sah seinen Bruder an. »Nicht Birgany. Niemals sie.« Nikolai sprang auf und warf sein Glas in den Kamin. »Noch nie sind wir beide in Streit geraten wegen einer Frau und so sollte es auch bleiben. Du gehst besser.«

Schmerz nahm Thoran den Atem. Seine Schultern sackten nach vorn und er fühlte sich wie ein alter Mann. Zum ersten Mal seit ihrer Kindheit waren sie uneins. Es war ein furchtbares Gefühl und doch konnte Thoran nicht anders.

***

Wie ein Dieb in der Nacht huschte Thoran durch die Gassen von Hachenburg. Er hasste diese Heimlichkeiten. Es wurde Zeit, dass Birgany zu ihm zog. Mit ihm im Libertas lebte. Dann brauchte er sich nicht mehr durch den Garten in ihr Häuschen zu schleichen.

»Du dämlicher Trottel.« Zuerst musste er sie um ihre Hand bitten und sie heiraten. Vorher war an ein Zusammenleben nicht zu denken, ohne ihren Ruf zu ruinieren.

Unsicher blieb er in der Webergasse stehen. In all der Zeit hatten sie der Begierde gefrönt, doch nie war Birgany ein Wort der Liebe über die Lippen gekommen. Dir ja auch nicht, tadelte er sich.

Wie vereinbart brannte eine Kerze im Fenster neben der Hintertür und Thorans Schaft stellte sich bereits voller Vorfreude auf. Ging es um Birgany, war er unersättlich. Manchmal nahm er sie mehrmals in der Nacht und bekam dennoch nicht genug. Die dunklen Gedanken an seinen Streit mit Nikolai schob er rigoros beiseite. Er war erleichtert, seine Gefühle ausgesprochen zu haben. Birgany würde er nie teilen, auch nicht mit Nikolai.

Leise öffnete er die Tür und trat ein.

»Du hast lange gebraucht.« Ihr leises Lachen vibrierte durch seinen Leib. Er musste sich zügeln, sie nicht gleich zu nehmen. Auf ihrem Arbeitstisch lagen mehrere Dreiecke aus verschiedenen Stoffen und Mustern. Manche mit Häkelborten, andere mit Samt eingefasst.

»Zeig es mir noch einmal.«

Sie legte ihre Arbeit beiseite und stand auf. Langsam knotete sie ihr Brusttuch auf und ließ es von den Schultern gleiten.

Selbst im fahlen Licht der Kerze konnte er ihre aufgerichteten Brustspitzen sehen. Keck lugten sie hervor, umgeben von nachtschwarzer Seide.

Er entledigte sich seines Rockes und hängte ihn über den Stuhl. »Bist du feucht, meine kleine Feuerfee? Benetzt die Lust deine alabasterfarbenen Schenkel?« Er zog Halstuch und Hemd aus.

»Sobald du bei mir bist, verwandle ich mich in ein gieriges Luder. Ich bin schon feucht, seit du an meinen Brustspitzen gesaugt hast.«

Ihre Worte jagten nicht mit Wucht in seinen Schwanz.

Nein, sie sickerten wie ein leichter Nieselregen durch seinen Körper und sammelten sich in seinen Lenden. Ungeduldig zerrte Thoran an seinen Stiefeln und kickte sie achtlos von sich. Der Rest seiner Kleidung folgte. Nackt und erregt musterte er Birgany, die noch teilweise bekleidet war.

Es machte ihn total an.

Sie fasste nach den Bändern ihres Rockes, doch Thoran hielt ihre Hände fest. »Nein. Ich will dich genauso. Leg dich mit dem Oberkörper auf den Arbeitstisch und spreize die Schenkel.«

Birgany gehorchte und ihr Leib bebte. Thoran schlug ihre Röcke hoch, achtete aber darauf, ihr Gesicht nicht zu bedecken. Er holte eine Phiole aus seiner Rocktasche und stellte sie in Reichweite auf den Tisch.

»Als du damals unsere Initialen gezeichnet hast, habe ich mir bereits vorgestellt, wie es sein würde, dich auf diesem Tisch zu nehmen. Die Wirklichkeit ist noch viel erregender.« Er küsste ihre Pobacken und streichelte über ihre Seiten. »Doch zuvor muss ich aus deiner Quelle kosten. Den Tau von deinen Schenkeln lecken.« Thoran ging zwischen ihren gespreizten Schenkeln auf die Knie und sog tief ihren Duft ein. Er leckte über die Innenseiten ihrer Schenkel. Arbeitete sich weiter bis zu ihrem glänzend nassen Eingang.

»Du schmeckst exquisit. Ich bin süchtig nach dir und deiner Essenz.« Er liebte die dunkelroten Lippen, die ihren geheimen Eingang schützten.

Tief schob er zwei Finger in ihre köstliche Hitze und imitierte den Akt.

Birgany richtete sich auf und ritt seine Hand. Er spürte die ersten Zuckungen an den Fingerspitzen.

Noch bevor sie ihren ersten Höhepunkt erreichte, entzog Thoran ihr die Stimulation, stellte sich hin und drückte sie wieder auf den Tisch.

Langsam drang er in sie ein, füllte sie vollkommen aus. Sie war zierlich und doch steckte er bis zur Wurzel seines nicht gerade kleinen Schwanzes tief in ihr.

»Heute möchte ich deinen herrlichen Arsch erobern. Zu wissen, dass ich der Erste bin, bringt mich fast um vor Lust.«

Birgany verspannte sich und schüttelte den Kopf.

»Ruhig, kleine Feuerfee. Wir werden es langsam angehen. Ich hab alles dabei, um dich richtig vorzubereiten. Lehne es nicht ab, ohne es ausprobiert zu haben. Es ist unglaublich erregend und selbst auf diese Weise wirst du fliegen und vor Wonne explodieren. Vertraust du mir?«

»Bitte, Thoran. Mach es jetzt, bevor ich vor Angst flüchte.«

»Noch nicht. Erst sollst du fliegen. Der erste von vielen Flügen in dieser Nacht.« Die Vorstellung, in ihr zu kommen, brachte ihn an den Rand seiner Beherrschung. »Lass mich dich genießen und deine Lust weiter schüren. Ich will in deinem Arsch kommen. Meinen Samen in deinen Körper spritzen.«

»Verdammt noch mal, gib mir mehr. Fester.«

Ihr Befehl zog ihm fast die Beine weg und er hielt tief in ihr vergraben inne. Seine Eier brannten, doch Thoran drängte seine Begierde zurück. Zuerst würde er Birgany zeigen, dass Liebe wertvoller als Diamanten war. Diese kleine Frau zu befriedigen und über die Klippe zu jagen, war seine Belohnung.

Ohne auf ihre Forderung einzugehen, nahm er ein gemächliches Tempo auf. Mit den Händen spreizte er ihre Pobacken und strich mit dem Daumen über ihre Rosette. »So lange schon freue ich mich darauf, mich mit diesem Teil von dir zu beschäftigen.« Er griff nach der Phiole, öffnete sie und ließ mehrere Tropfen zwischen ihre prallen Backen tropfen. Er massierte das Öl in ihre Haut. Umkreiste ihren Hintereingang mit dem Finger und drang leicht in sie ein.

Sie verkrampfte sich und Thoran küsste ihren Rücken. »Locker. Versuch locker zu bleiben. Ich versichere dir, es wird nicht wehtun.«

Ein undefinierbarer Laut kam aus ihrem Mund.

»Ich will dich richtig vorbereiten. Spreiz die Backen, damit ich noch mehr Öl einmassieren kann.«

Ihr Kopf ruhte seitlich auf dem Tisch. Sie gehorchte, aber ihre Züge waren angespannt und Thoran war kurz davor, es hier und jetzt zu beenden. »Es ist weder eklig noch anrüchig, wie es dir beigebracht wurde. Wie ich dir schon sagte, gibt es unzählige Stellungen und diese ist eine davon. Wenn es dich nicht erregt, sag es und ich höre auf.«

»Mach.«

Er kippte die Phiole noch einmal über ihre Öffnung. Führte einen Finger ein, dehnte sie vorsichtig und nahm den gleichen Rhythmus auf wie sein Schwanz in ihrer Grotte. »Sprich mit mir«, bat er leise.

»Nein. Ah.« Birgany war vollkommen verkrampft.

Er zog sich zurück und richtete Birgany auf. »Reite mich.« Schwungvoll sprang er auf den Tisch. Gewissenhaft ölte er seinen Schaft ein und legte sich auf den Rücken.

»Du meinst …? Geht das denn?« Als er ermutigend nickte, zerrte sie sich den Rock über die Hüften und kletterte auf den Tisch.

»Komm über mein Gesicht, ich will mit meiner süßen Perle spielen.« Er musste ihr die Angst nehmen und ihre Lust in die Höhe treiben, damit Gedanken an Scham keinen Raum mehr hatten.

Sie kicherte und krabbelte nach oben, bis ihre Schenkel neben seinem Kopf lagen. »Deine Perle?«

»Hm.« Mehr brachte Thoran nicht heraus, lag doch sein persönliches Paradies direkt über ihm.

»Oh. Mehr.« Sie senkte ihr Becken und Thoran vergrub sein Gesicht in ihrer Mitte. Streichelte mit den Händen ihre festen Schenkel.

Er spürte die ersten Zuckungen auf seiner Zunge und schob sie von sich. »Jetzt.«

Sie rutschte an seinem Körper nach unten und positionierte sich mit ihrem Hintereingang über seinen Lenden. Er sah die

Entschlossenheit in ihren ausdrucksstarken Augen.

Langsam, Stück für Stück, gab ihr Körper nach und nahm seinen Schaft auf.

Ihre Augen waren dunkel, ihre Haut glänzend von Schweiß.

Langsam hob Birgany ihr Becken und senkte sich wieder auf seine Mitte.

Laut stöhnte Thoran auf, hielt aber den Blickkontakt. »Genauso, mach weiter.«

Sie hob ihr Becken wieder an, sank hinab und saß auf seinen prallen Eiern. Der Druck war unglaublich und Thoran genoss es in vollen Zügen.

Sie sah atemberaubend aus. Den Kopf in den Nacken gelegt, die Augen geschlossen, kreiste sie die Hüften und rang ihm alles ab, langsam und gemächlich.

Unter ihr zu liegen und von ihr geritten zu werden, machte ihn verrückt vor Begierde. »Ja, benutz mich.«

Abrupt stellte sie ihre Bewegungen ein. Sie stemmte die Hände auf seinen Brustkorb und ihr Blick war ein einziges Fragezeichen.

»Es macht mich unheimlich geil, unter dir zu liegen und in dieser Enge gefangen zu sein.« Thoran hob sein Becken und stieß in sie hinein.

Ein laszives Lächeln erhellte ihre Züge. Birgany leckte sich über die Lippen und setzte ihre sinnliche Folter fort. »Es tut nicht weh.« Bei jeder Abwärtsbewegung drückten ihre prallen Arschbacken auf seine Hoden.

»Sag mir, was du willst. Was du brauchst, sonst fliege ich gleich ohne dich.«

»Meine Brüste«, brachte sie heraus und steigerte ihr Tempo.

Jetzt störte ihn der Stoff und er machte kurzen Prozess damit. Er riss ihren Ubera entzwei und kam nun besser an ihre harten Brustspitzen heran. Thoran rollte ihre Nippel zwischen

Daumen und Zeigefinger. Zog sie in die Länge und schnippte mit den Fingerkuppen gegen ihr empfindliches Fleisch.

»Ich komme gleich. Oh, bei allen Heiligen«, schrie sie und presste ihre Brüste fester in seine Hände.

Sie kam lautstark und Thoran folgte ihr. Sein Erguss schien kein Ende zu nehmen. Sterne tanzten vor seinen Augen und er war restlos erschöpft.

Birgany brach auf ihm zusammen und sein Schaft glitt aus ihr heraus.

Sie barg ihren Kopf an seiner Schulter.

Unzählige Male hatte er im Hintern einer Geliebten Erfüllung gefunden, doch noch nie war er derart explodiert. Mit der Essenz der Liebe war der Akt noch berauschender. »Keiner Frau vor dir habe ich die Zügel in die Hand gegeben und habe mich von ihr reiten lassen.«

»Es hat mir gefallen. Nein, gefallen ist zu wenig für die Empfindungen, die du mir soeben geschenkt hast.« Als sie leicht den Kopf schüttelte, fächerte ihr offenes Haar über seine Haut. Sie küsste ihn auf den Hals. Thoran spürte ihr Lächeln. Wann konnte der Zeitpunkt passender sein?

»Du hast mein Leben verändert. Mich süchtig gemacht. Ich will keinen Tag und keine Nacht mehr ohne dich sein. Ich liebe dich. Willst du meine Frau werden?«

Birgany wurde in seinen Armen vollkommen steif. Hektisch kletterte sie von ihm herunter und stürzte in den Nebenraum. Völlig verdattert starrte er an die Decke.

Was hatte er falsch gemacht? Hätte er ihr Blumen mitbringen sollen? Vor ihr auf die Knie gehen? Den Ritter in weißer Rüstung mimen?

Er hörte, wie Birgany sich erbrach, und rannte ihr nach.

Sie kniete auf dem Boden neben dem Bett und würgte über dem Nachttopf.

»Birgany?« Er trat einen Schritt näher und streckte ihr vorsichtig die Hand entgegen.

»Verschwinde!« Ein Wort mit solcher Verachtung gesprochen, dass es ihm für einen Moment die Luft raubte.

Ihr Kopf ruckte hoch und die Abscheu in ihrem Blick war schlimmer als dieses Wort.

Er wirbelte herum, zog sich an und knallte die Tür mit Wucht hinter sich zu. Der Zorn fraß sich wie ein bösartiges Geschwür durch seinen Leib. Thoran sah nur noch schwarze Flecken vor seinen Augen. Blind hastete er durch die Gassen. Fort von ihr.

Zum ersten Mal in seinem Leben liebte er und sie kotzte sich die Seele aus dem Leib. Wie hatte er nur dermaßen dämlich sein können? Als Liebhaber war er ihr gut genug, jedoch nicht für mehr.

Mit der rechten Faust drosch er wieder und wieder gegen die Fassade eines Hauses. Der Schweiß rann ihm in die Augen. Erst als er Blut roch, hörte er auf. Der Schmerz in seiner blutenden Hand dämpfte den in seinem Herzen kein Quäntchen.

Kapitel 8

Hachenburg, dreizehnter Juli anno 1712

Sein Kopf dröhnte und alles um ihn herum war neblig. Irritiert schaute sich Thoran um und langsam erkannte er, wo er sich befand.

»Na, wieder unter den Lebenden, mein braunäugiger Hüne?«

»Desiree.«

»Oh, er ist nüchtern und erinnert sich an meinen Namen. Welch ein Fortschritt im Vergleich zu der Nacht vor drei Tagen.«

Drei Tage? Er war seit drei Tagen hier? Ruckartig setzte er sich auf und fasste sich mit der Hand an die Schläfe. Es fühlte sich an, als würden ihm jeden Moment vor Schmerz die Augen aus dem Kopf fallen.

»Trink, mein Hausmittel gegen Kater.«

Dankbar nahm er den Becher an und leerte ihn in einem Zug.

»Nun werden wir reden.« Desiree setzte sich auf die Bettkante.

»Worüber?« Lieber Himmel, er wusste kaum seinen Namen, geschweige denn, warum er hier war.

»Es ist sehr unangenehm, wenn mein Geliebter ständig Birgany sagt, während er in mir steckt.«

Er hatte nicht nur gesoffen bis zur Besinnungslosigkeit, sondern drei Nächte herumgehurt, ohne sich daran zu erinnern. Angeekelt von sich selbst kniff er die Augen zu.

»Nun?«, drängte Desiree.

Lange betrachtete er die kaum verheilten Schrammen auf seinen Knöcheln. »Ich habe ihr meine Liebe gestanden und sie hat ihren Nachttopf vollgekotzt«, brach es aus ihm heraus. Die

Ablehnung und den Ekel in ihren Augen würde er sein Lebtag nicht mehr vergessen. Aus dem Himmelblau war ein Eisblau geworden. So kalt wie die gefrorene Wolga im tiefsten Winter hatte dieser Blick ihm sämtliche Wärme aus dem Leib gesaugt.

»Glaub mir, die meisten Männer sagen diese drei Worte, ohne es ernst zu meinen. Für sie sind es nur Worte, gesprochen auf dem Höhepunkt der Begierde. Leer und ohne Belang.«

Erschöpft sank er zurück in die Laken und starrte an die Decke. »Ich meinte es weder leer noch war es für mich ohne Belang.« Thoran rieb sich mit der Hand über die nackte Brust. Tief drinnen tat es einfach nur schrecklich weh. Jeder Atemzug war eine Qual.

Mitleidig sah Desiree auf ihn herab. »Ich kenne Birgany und kannte auch ihren Mann. Eins kann ich dir versichern, der hat diese Worte bestimmt nie ehrlich gemeint, falls er sie ihr gesagt hat.«

Die Stirn in Falten gelegt, holte er sich sein letztes Zusammentreffen mit Birgany ins Gedächtnis.

Galt ihre Reaktion etwa seinen Worten und nicht dem Mann, der sie ausgesprochen hatte?

War ihr Gemahl ein solches Schwein gewesen und hatte diese kostbaren Worte missbraucht, um sie zu strafen, zu verhöhnen?

Im Laufe ihres Zusammenseins hatte Thoran Birganys Ehe vollkommen vergessen. Nun stoben die Fragmente auf ihn ein. Nie wurde ich in den Arm genommen. Kannte keinen Respekt. Keine Zärtlichkeit.

»Ich muss mit ihr reden.«

»Gute Entscheidung. Leb wohl und alles Glück der Welt.« Desiree küsste ihn auf die Stirn und verließ den Raum.

Vollkommen klar im Kopf, sprang Thoran aus dem Bett und schlüpfte in Hose und Stiefel. Im Hinausgehen zerrte er sich sein Hemd über den Kopf. Ohne es in die Hose zu stecken, hastete er die Treppe hinunter. Thoran rannte nach Hause und stürmte an einem verdattert dreinblickenden Heribert vorbei in seine Privaträume.

»Tschort!«, rief Nikolai.

»Ja, Teufel noch mal trifft es ausgezeichnet«, erwiderte Thoran.

»Du siehst scheiße aus, Bruder. Würdest du mich liebenswürdigerweise darüber aufklären, was zwischen dir und der Feuerfee vorgefallen ist?« Nikolai lehnte lässig am Türrahmen und verschränkte die Arme vor der Brust.

»Woher weißt du davon?« Thoran riss sich die Klamotten vom Leib. Goss Wasser in die Waschschüssel und wusch sich grob den Schweiß vom Körper.

»Glaubst du, ich habe dich nicht gesucht, sondern volle drei Tage gewartet, ob du lebst oder tot in irgendeinem Graben liegst? Ich bin dein Bruder und stehe zu dir, egal was auch passiert. Ja, ich bin mehr als irritiert, dass wir getrennte Wege gehen, aber das ändert nichts daran, wie ich zu dir stehe.« Nikolai hatte sich nicht von ihm abgewandt. Thoran hätte weinen können vor Glück.

»Zum ersten Mal in meinem Leben habe ich den Wunsch, mein Leben nur noch mit einer Frau zu teilen.« Thoran marschierte auf und ab. Es war ihm unmöglich, stillzustehen. »Ich will sie jede Nacht in meinem Bett haben, um morgens neben ihr aufzuwachen.« Er fuhr sich mit beiden Händen durch die Haare. »Ich kann meine Finger nicht von ihr lassen.«

»Ist mir aufgefallen.«

»Nicht so. Ihre Hand zu halten beruhigt mich. Selbst wenn sie nur im gleichen Raum mit mir ist, fühle ich mich ausgeglichen. Mit ihr zu schlafen ist völlig anders. Selbst wenn ich nicht zum Zuge komme, reicht es mir, ihr Erfüllung zu verschaffen.« Seine Feuerfee erdete ihn wie nichts anderes.

Thorans Herz machte einen Satz und er rieb sich über den Brustkorb. »Verdammt, ich denke sogar an Heirat und Kinder.«

Er hoffte inständig, dass Desiree recht hatte und Birganys Reaktion nicht ihm, Thoran, persönlich galt.

»Eine Geliebte hättest du nie für dich allein haben wollen. Die Frau, mit der du den Rest deines Lebens verbringen willst, schon«, begann Nikolai.

Fest sah Thoran seinem Bruder in die Augen. »Ich liebe sie.«

»Was sonst.«

»Als ob du wüsstest, wie das ist.«

»Nein, weiß ich nicht. Aber ich sehe die Veränderungen bei dir und nur deshalb bin ich nicht sauer, dass du mich ausschließt.« Nikolai hob den Daumen. »Du verbringst mehr Zeit mit Birgany als in unserem Kontor.« Der Zeigefinger gesellte sich dazu. »Du sitzt ständig da und träumst vor dich hin.« Der Mittelfinger folgte. »Du hast ein völlig bescheuertes Lächeln im Gesicht. Deinen Trakt in unserem neuen Haus hast du nicht nur nach deinen Vorstellungen gestaltet. Du hast ihr einen eigenen Raum einrichten lassen.« Nikolai sah ihn eindringlich an. »Vor allem hast du nicht einmal, seit wir im Kloster waren, einem anderen Weib hinterhergesehen oder einen anerkennenden Pfiff ausgestoßen.«

»Mich interessiert keine andere. Jedes Weib verblasst im Vergleich mit Birgany.«

»Sie passt perfekt zu dir. Und ich freue mich für euch beide. Obwohl ich zu gern in diesem geilen Arsch gekommen wäre. Und nun verschwinde und kläre, was zu klären ist.«

»Gudolf soll meinen Hengst satteln.« Nikolai salutierte. »Jawoll, Euer Hochwohlgeboren.«

Eilig zerrte Thoran frische Sachen aus seinem Schrank. Zog sich an. Hastete die Treppe hinunter und riss die Tür auf. Sein Pferd stand gesattelt auf dem Platz. Nikolai hielt ihm die Zügel hin.

»Danke, Bruder. Du hast was gut bei mir.« Thoran schwang sich in den Sattel und preschte los.

***

Schlag auf Schlag krachte seine Faust auf die Eingangstür, doch Birgany öffnete nicht. Er sah durch jedes Fenster, rüttelte an der Hintertür. Nichts.

»Nein, bitte. Du darfst nicht fort sein.« Thoran holte Anlauf und rammte mit der Schulter mit solcher Wucht gegen die Hintertür, dass diese aus den Angeln flog.

Alles duftete nach Birgany. Tief atmete er ein und lehnte den Kopf gegen eins der Regale. Am Rande seiner Verzweiflung bemerkte er die vielen Stoffe, Garnspulen und Borden.

Die Erkenntnis sickerte nur langsam in seinen Verstand. Sie hatte ihn nicht verlassen! »Wo bist du? Geht es dir gut?«

Fanny! Sie war sicher bei ihrer Freundin. Thoran sprang auf, hastete nach draußen, schwang sich auf seinen Hengst und galoppierte zum Haus der Brockhoffs.

»Birgany haben wir seit Tagen nicht gesehen.« David strich sich sein dunkelbraunes Haar aus der Stirn. »Vielleicht ist sie zum Kloster.«

»Danke, David.« Thoran klopfte dem Hengst leicht auf den Hals und galoppierte in Richtung Eichenberg.

Auf halbem Wege sah er eine Person, die er auf jede Entfernung erkannt hätte.

Sie schaute über die Schulter und krallte die Hände in die Falten ihres Rockes. Alle Farbe wich aus ihrem Gesicht.

Brüsk zügelte Thoran sein Pferd und sprang aus dem Sattel.

Lange standen sie voreinander und sahen sich an.

Die unterschiedlichsten Emotionen huschten über ihr Antlitz. Schmerz, Scham, Angst.

»Es tut mir leid. Bitte verzeih mir, Thoran.« Sie machte einen zögerlichen Schritt auf ihn zu.

»Genauso verhasste Worte wie die anderen beiden?«, fragte er leise.

Tränen sammelten sich in ihren himmelblauen Augen. Ihre Lippen bebten.

Mit drei Schritten war er bei ihr, riss sie in seine Arme und atmete tief ihren Duft ein.

Sie schluchzte hemmungslos, klammerte sich an ihn und stammelte unverständliche Worte.

»Schsch.« Sanft wiegte er sie in seinen Armen.

Es tat unendlich gut, ihren Leib zu spüren.

Endlich verschwand der beißende Schmerz in seinem Herzen.

»Nie zuvor habe ich einer Frau diese Worte gesagt und glaube mir, sie waren ehrlich gemeint.«

»Es tut mir so leid. Ich war in einem Loch gefangen.« Unablässig strich sie mit den Händen über seinen Rücken. »Ich dachte, ich hätte dich vertrieben. Bitte verzeih mir.«

»Es gibt nichts zu verzeihen. Ich muss Abbitte leisten für meinen dämlichen Abgang. Ich weiß kaum etwas von den letzten drei Tagen und dachte, ich wäre in der Hölle gelandet. Dorthin will ich nie mehr zurück.« Tief vergrub er sein Gesicht in ihrem Haar.

Dankbarkeit, Freude und unendliche Erleichterung durchdrangen ihn.

Er hauchte Küsse auf ihren Hals, ihre Wangen und ihre Lider. »Du bist angespannt wie ein Jagdhund, der die Fuchsfährte in der Nase hat. Lass uns ein Stück gehen.« Thoran verschränkte seine Finger mit ihren und nahm die Zügel in die andere Hand.

»Warum hast du es mir nicht gesagt?«

»Weil ich nicht erwartet hatte, etwas anderes als körperliche Befriedigung mit dir zu erleben.« Sie hob ihr tränennasses Gesicht und sah ihn endlich an. »Ich wollte dich nicht verletzen. Mein Herz wollte es glauben, aber ich hörte nur seine Stimme.« Sie blieb stehen und wandte den Blick ab. Thoran umfasst ihr Kinn und zwang sie, ihn anzusehen. »Anfangs ging es mir nur ums Vergnügen. Dann wurde mir klar, wie tief meine Gefühle für dich sind. Mit dir ist es nicht pure Begierde, die ich stillen möchte. Dein Lachen, deine offene Art verzaubern mich. Dir bei der Arbeit zuzuschauen beruhigt mich und lässt mich an eine gemeinsame Zukunft glauben. Ich sagte, mir läge nichts daran, dein Gatte zu werden. Damals entsprach es der Wahrheit, heute nicht mehr. Bei dir will ich alles. Ja tebja ljublju.« Es kam aus seines Vaters Land. Es kam aus seinem Herzen und seiner Seele.

Sie legte den Kopf schief. »Ja tebja lu?«

»Ljublju.«

»Was bedeutet das?«

»Gefällt es dir?«, fragte er vorsichtig.

»Sehr.«

Er legte seine Stirn an ihre. »Dann werde ich dir meine Liebe nur noch auf Russisch gestehen.«

»Oh.« Thoran ergriff ihre Hand und knabberte an den Fingerspitzen. »Dir gehört mein Herz, Feuerfee.«

Ein süßes, kleines Lächeln erschien auf ihrem Gesicht. Thoran glaubte, nie Schöneres gesehen zu haben.

Sie legte ihre Hand auf seine Brust. »Da ist aber eins drin. Ich kann fühlen, wie es schlägt.«

Sie presste die Lippen auf die Stelle, unter der sein Herz wie wild schlug. »Wird dann wohl meins sein. Du darfst es für den Rest deines Lebens behalten.«

Eine solche Liebeserklärung hatte er nicht erwartet. Thoran lachte, bis ihm die Tränen kamen.

Er umfasste ihr Gesicht und küsste sie. Birgany war wie edler Champagner, der auf der Zunge kribbelte und langsam ins Blut sickerte, um es zu erwärmen.

»Ja tebja ljublju«, hauchte sie an seinen Lippen. Die Worte umschlangen sein Herz und seine Seele. Eine nie gekannte Ruhe senkte sich über ihn und er fühlte sich vollkommen anders, neu, aber auf eine wunderbare Weise.

Mit dem Handrücken strich er über ihre Wange und sie keuchte auf.

»Deine Hand! Was ist passiert?«

Zerknirscht gestand er, wie er seiner Wut Luft gemacht hatte.

Auf jeden aufgeschrammten Knöchel hauchte sie Küsse. »Es tut mir leid. Direkt am nächsten Morgen wollte ich mit dir reden. Es dir erklären.«

»Sobald ich wieder klar denken konnte, habe ich begriffen, dass deine Reaktion nicht mir galt, und bin sofort zu dir geritten. Dein Haus war leer, deshalb wollte ich es im Libertas versuchen.«

»Mein Weg führte aus dem gleichen Grund dorthin.«

»Lass uns sehen, wie weit die Umbauten vorangeschritten sind.« Er hob sie in den Sattel, stieg hinter ihr auf und zog sie an sich. Mit den Schenkeln lenkte er den Hengst und ließ die Zügel lang. Endlich konnte er wieder richtig atmen. Sie war bei ihm und liebte ihn ebenso wie er sie.

***

Thoran zollte den damaligen Erbauern Respekt, denn die Planung des Wohnhauses war wohl durchdacht. Küche und weitere Gesindehäuser waren abseits errichtet und durch Bogengänge mit dem eigentlichen Kloster verbunden worden.

Selbst der Weg zu den Stallungen war überdacht.

Langsam wurde aus dem kalten Kloster ein Heim. Nicht Kloster, korrigierte sich Thoran. Libertas!

Hand in Hand schlenderten sie zuerst durch die Räume, die Thoran und Nikolai gemeinsam nutzen würden.

Ein großzügig gestaltetes Esszimmer verband die beiden privaten Trakte im Obergeschoss.

»Komm weiter.« Thoran lächelte über Birganys Reaktion. Sie sagte kein Wort, bestaunte lediglich alles mit großen Augen.

»Nikolai bewohnt den Westtrakt. Ich habe den Osttrakt gewählt. Wir haben ein Ankleidezimmer, ein Arbeitszimmer sowie einen kleinen Salon. Mittelpunkt ist dies.« Thoran öffnete die Tür und trat zur Seite.

Die Handwerker hatten zwei Wände herausgerissen, um aus drei kleinen Kammern einen großen Raum zu schaffen. Zwei mächtige Säulen mussten integriert werden, um die Decke zu halten. Sie fügten sich wunderbar ins Gesamtbild ein. An der Wand hinter dem Bett hatte er bordeauxrote chinesische Seidentapeten anbringen lassen. Zusammen mit dem Bett aus Eiche war der Kontrast atemberaubend.

Im Schlafgemach gelangte man durch bodentiefe Fensterflügel auf einen Balkon. Durch die Glastüren fielen die Strahlen der Sonne auf drei persische Teppiche.

»Martin hat erstklassige Arbeit geleistet.« Thoran strich mit den Fingerspitzen über die Schnitzereien im Kopfteil des Bettes.

Verschiedene Szenen des Beischlafes hatte Martin im Holz verewigt. Ein Schäferstündchen unter einer Linde sowie zwei Liebende, wobei die Frau ihren Geliebten ritt.

Seine Hose wurde unangenehm eng, als er über die breiten Sprossen fuhr, die ins Kopfteil integriert waren. Die hatte er extra anfertigen lassen, falls Birgany seinen Wunsch erfüllte. So könnte sie ihn auf dem Bett fesseln und er ihr mit seinem Körper dienen.

Aus dem gleichen Grund waren im Fußteil drei breite Quersprossen eingearbeitet.

Den riesigen Spiegel, der an der Decke über dem Bett angebracht war, würde sie bald entdecken.

Schweigend sah sie sich alles an. Glitt mit den Fingern über die rosenroten Vorhänge. Strich über den Hocker vor ihrem weiß lackierten Frisiertisch.

»Warum sagst du nichts? Was geht in deinem Kopf vor, kleine Feuerfee? Gefällt es dir nicht?« Angespannt lehnte sich Thoran an den Kaminsims aus dunkelgrünem Malachit.

»Dieses Gemach ist größer als mein Haus.« Sie plumpste auf die dunkelgrüne Chaiselongue neben dem Fenster.

»Du wirst dich daran gewöhnen. Als mein Weib wird alles, was ich besitze, gleichermaßen dir gehören.«

Sie öffnete den Mund, doch Thoran kam ihr zuvor und legte einen Finger auf ihre Lippen.

Nur ja nichts vermasseln. Er musste die richtigen Worte finden. Verstand endlich, worauf es ankam. An ihrer Liebe zweifelte er nicht. Durch ihre schlechte Erfahrung sah sie die Ehe als Gefängnis an.

Er kniete vor ihr nieder und ergriff ihre Hand.

»Willst du den Rest deines Lebens mit mir teilen?«

»Ja.«

»Als meine Gattin?«

Sie versteifte sich und wollte ihm die Hand entziehen.

»Nicht.« Er legte ihre Hand auf seine Brust. »Du wirst gleichberechtigt sein.«

»Aber laut Gesetz.«

»Vergiss die Gesetze. Wir beide treffen unsere eigenen Entscheidungen. Ich stehe zu dem, was ich gerade sagte.« Er hauchte einen Kuss auf ihre klammen Fingerspitzen. »Wenn es dich beruhigt und mein Wort dir nicht genügt, lasse ich bei unserem Advokaten ein entsprechendes Schriftstück aufsetzen.«

Sie legte ihre freie Hand an seine Wange und Thoran schmiegte sich hinein.

»Ich vertraue dir. Mehr als ich je einem Menschen vertraut

habe.«

Er musste sich bewegen, sonst würde er wie ein kleiner Balg in Tränen ausbrechen. Also stand er auf und ging zu dem kleinen Tisch an der Wand gegenüber des Bettes.

Birgany lächelte ihn an. »An dem Tag, an dem du die Hemden bestellt hast, wurde mein Leben völlig auf den Kopf gestellt. Ich lernte, wie erfüllend der Beischlaf für ein Weib sein kann. Lernte Verständnis und Anerkennung von dir und Nikolai kennen. Purzelte praktisch in eine mir völlig unbekannte Welt voller wunderschöner Dinge. Alles in wenigen Wochen.« Sie kam zu ihm und schlang die Arme um seine Taille. »Ich wünsche mir schon so lange, aller Welt zeigen zu können, dass du zu mir gehörst.« Die Sehnsucht in ihrer Stimme war nicht zu überhören.

»Ich werde bis zu meinem letzten Atemzug zu dir gehören.« Er kannte Birgany mittlerweile gut genug und wusste, dass sie noch Zeit brauchte, um über seinen Antrag nachzudenken. Sie hatte es nicht kategorisch abgelehnt, sein Weib zu werden. Damit gab er sich für den Moment zufrieden.

»Du hast noch nicht alles gesehen.« Er nahm ihre Hand, zog sie in den Flur und öffnete eine weitere Tür.

Kaum lugte Birgany um die Ecke, zerriss ein Freudenschrei die Stille. Thoran hielt sich die Ohren zu. Wie ein Wiesel sauste Birgany von den Regalen zu dem riesigen Arbeitstisch. »Für mich? Lieber Himmel, eine komplett eingerichtete Werkstatt.«

Sie sah ihn ungläubig an und ihre Augen glitzerten wie lupenreine blaue Saphire.

Stolz durchdrang ihn wie ein edler Wein. »Für wen sonst?«

Mit großen Augen sah sie ihn an. »Du ... Du hast das hier machen lassen, bevor ...«

»Ja, bevor ich dir mein Herz anvertraute«, beendete er ihr Gestammel. »Mein Herz wusste es, bevor es mein Dickschädel begriff. Wenn ich ehrlich bin, hat es mich schon bei unserem ersten Treffen erwischt. Dieser scheue Kuss von dir hat alles verändert. Nur war es mir nicht klar.«

Sie packte die Schöße seines Rockes und zog ihn zu sich hinunter. »Ja tebja ljublju. Nicht wegen dieses Raumes, sondern weil du ein besonderer Mann bist.«

***

Wie zwei Kinder liefen sie durch das Libertas und schauten sich die Räumlichkeiten an.

Birgany war hellauf begeistert. »Hinab ins Gewölbe der Qualen«, frotzelte sie, entzündete ein Talglicht und zerrte ihn die Steintreppe hinunter in den Keller. »Hier ist es finster wie in einem Grab.«

»Lass mich mal vorbei, du Hasenfuß.« Thoran schob sie sanft zur Seite, griff sich ein Talglicht und entzündete die Fackeln an den Wänden. Sogleich wurde alles in ein diffuses Licht getaucht.

Wie erwartet, sah Birgany sich alles genau an. Strich über die unterschiedlichen Stöcke und Reitgerten, die an einer Wand hingen. »Ich kann mir nicht vorstellen, dass Menschen sich freiwillig Schmerzen zufügen lassen.«

»Diese Art von Schmerz kann für beide sehr lustvoll sein. Keine Angst, mir steht nicht der Sinn danach, dich zu züchtigen oder selbst geschlagen zu werden.«

Er stellte sich mit dem Rücken an die Wand.

»Hast du den Mumm, mich zu fesseln?«

»Pah.« Sie warf ihren Zopf über die Schulter. »Hast du genug Mumm, dich fesseln zu lassen?«, konterte sie frech.

»Euer ergebener Diener, Madame«, antwortete Thoran und hob den rechten Arm.

Entschlossen griff sie nach seinem Handgelenk und schloss die Lederfessel. »Heb die andere Hand«, befahl sie und Thoran gehorchte. Bewegungsunfähig stand er mit dem Rücken an der kalten Wand und schaute auf Birgany hinab.

Unschlüssig stand sie vor ihm.

Demonstrativ sah er auf seine Beine.

Birgany kniete sich zwischen seine gespreizten Schenkel und fesselte seine Knöchel ebenso geschickt wie zuvor seine Handgelenke. Thoran fühlte seine Hilflosigkeit. Und die Gier, die ihn bei dem Gedanken durchdrang, Birgany ausgeliefert zu sein.

Ihre vorwitzige Zunge schnellte vor. »Oh, es scheint dich tatsächlich anzumachen.« Fest presste sie den Handballen auf seinen Schritt.

»Ich gehöre Euch, Madame.« Thoran schob sein Becken vor und erhöhte den Druck ihrer kleinen Hand auf seinen schmerzenden Schaft.

Sie nahm sein Spiel auf und musterte ihn wie eine Königin ihren Untertan. »Mal sehen, ob du es wert bist, einen Blick zu riskieren.« Knopf für Knopf öffnete sie seine Kniebundhose.

»Nett«, kommentierte sie und tippte mit der Fingerkuppe auf seine breite Spitze.

»Nett?«, fragte er fassungslos.

Ihr Blick durchbohrte ihn. Fachte seine Gier weiter an. Thoran schloss die Augen.

»Verzeiht, Madame. Darf ich Euch mit meinem netten Anhängsel Lust verschaffen?« Er biss sich auf die Innenseite der Wange, um nicht zu grinsen. Dieses Spiel machte mehr und mehr Spaß. Die Wirklichkeit war weitaus erregender als seine Fantasien.

»Wo warst du die letzten drei Tage?«

Ah, Madame will ablenken.

»Bei einer ehemaligen Geliebten«, gestand er leise.

»Ich hab mir die Seele aus dem Leib gekotzt und du rennst zur nächsten Hure, um sie zu besteigen?«

Verdattert starrte er die Furie an, die sich vor ihm aufbaute. Ihre Augen schossen Blitze, ihr Gesicht war gerötet und ihr Brustkorb hob und senkte sich hektisch. Sie war atemberaubend schön. Sie würde eine vortreffliche Herrin abgeben, nur wusste sie es noch nicht.

»Ich war im Vollrausch, meine Liebe.« Er reizte sie bewusst und grinste sie frech an.

»Du grinst mich an? Ich glaube es nicht.« Ihre Stimme stieg um eine Oktave und hallte durchs Gewölbe. »Ich könnte ... Ich könnte ...«

»Soll ich dir helfen oder büßt du für die drei Tage in Desirees Bett?« Nikolai stand auf der letzten Treppenstufe und feixte.

»Verschwinde, sonst bist du der Nächste in Ketten.« Birgany schaute zu Nikolai. Der lachte laut und schlenderte lässig in den Raum.

»Ich habe sie ›Meine Liebe‹ genannt.«

Birgany packte seinen Schwanz und drückte zu. Thoran jaulte auf und sog scharf die Luft ein.

»Nimm diese Worte noch einmal in den Mund und ich reiß dir den Schwanz ab.«

Der Druck dieser kleinen Faust war unglaublich fest. Er konnte ein Stöhnen nicht unterdrücken. Noch nie war er auf diese Weise kurz vor den Höhepunkt gelangt. Es war wie ein Rausch. Thoran spürte, wie die Erlösung nahte. Er schlug den Kopf gegen die rohen Steine. Der Schmerz dämpfte seine Gier.

Von all dem bekam Birgany nichts mit. Wie konnte sie auch ahnen, welche Gelüste sie ihm gerade bereitete. Gelüste, von denen er träumte, wenn er schlaflos und allein in seinem Bett lag.

»Diese Furie willst du wirklich heiraten? Die ist brandgefährlich und du bist saudämlich, wenn du sie so nennst.«

Birgany löste ihren Griff und wirbelte zu Nikolai herum. »Du nennst mich Furie?«, fragte sie mit honigsüßer Stimme und ging einen Schritt auf Nikolai zu. Mit dem Zeigefinger fuhr sie von seinem Hals bis zu seinen Lenden herunter und strich über die Knopfleiste. »Soll ich dir einen Knoten in den Schwanz machen?« Nikolai verzog das Gesicht und schlich sich rückwärts in Richtung Treppe, die Hände schützend über seinem Gemächt.

Nun konnte sich Thoran nicht mehr beherrschen. Er lachte, bis ihm die Tränen kamen. Zwei gestandene Mannsbilder wurden von einer kleinen Frau in Schach gehalten.

»Ich bin ja nicht schwachsinnig«, kommentierte Nikolai ihre erste Frage. »Und nein, ich mag meinen Schwanz, so wie er ist.«

»Ihr werdet euch hüten, diese Worte noch einmal in meiner Gegenwart zu äußern.«

»Versprochen«, sagten Thoran und Nikolai gleichzeitig.

Birgany löste die Verschlüsse und befreite Thoran.

»Bist du mir noch böse?« Zärtlich strich er mit der Hand über ihre Wange.

»Nein.« Sie stellte sich auf die Zehenspitzen und hauchte einen Kuss auf sein Kinn.

»Mann, pack deinen Schwanz ein oder nimm sie dir endlich«, schimpfte Nikolai und stapfte die Treppe hinauf.

Birgany kicherte und umfasste seinen Schaft. »Nun?«

»Einpacken, zum See laufen, auspacken und dich im Wasser lieben.«

***

Gesättigt von ihrem Liebesspiel lagen sie nackt auf der Wiese und genossen die Sonne auf ihrer Haut. Thoran drehte sich auf die Seite und fuhr mit der Fingerkuppe über Birganys Schlüsselbein. »Wie hat dir unser Spiel im Gewölbe der Qualen gefallen?«

Gespannt wartete er auf ihre Antwort und hoffte so sehr, noch einen Schritt weitergehen zu können. Er forschte in ihrem Gesicht, achtete auf ihre Körperhaltung.

Birgany lächelte, wich seinem Blick aus und wurde wieder ernst. »Bis zu dem Moment, wo du die verbotenen Worte ausgesprochen hast, war es nett.«

»Du verstehst es meisterhaft, einen Mann mit Worten zu entmannen.« Er wollte ihr alles offenbaren, bevor sie einwilligte, sein Weib zu werden.

»Gewährst du mir einen Wunsch?« Sein Herz pochte ihm bis zum Hals.

»Jeden«, antwortete sie prompt und strahlte ihn an.

Er holte tief Luft. »Bitte steh auf.« Sie folgte seiner Bitte und er kniete sich vor sie. »Stille mein Begehren und erlaube mir, dein Lustsklave zu werden.«

»Du willst was?« Sie wich vor ihm zurück.

Verdammt, verdammt, verdammt. Denk nach. Denk nach.

»Weißt du noch, was ich dir sagte, als du mich geritten hast?«

»Nicht wirklich.« Zumindest rannte sie nicht schreiend davon. Dankbar schloss Thoran die Augen und klaubte die Reste seines Mutes zusammen. Er war schon so weit gegangen, ein Rückzug war unmöglich.

»Ich sagte dir, es mache mich total scharf, und genau so war es. Dich über mir, mit dem Wissen, du benutzt mich für deine verruchten Fantasien, hat mich so geil gemacht, dass ich fast augenblicklich gekommen wäre.«

»Nein, vergiss es. Niemals.« Sie drehte sich weg und zerrte sich ihr Hemd über den Kopf.

Was sollte er jetzt tun? Aufgeben? Auf keinen Fall.

Hastig sprang er auf die Füße und legte ihr die Hände auf die Wangen. »Ich träume schon lange davon und du sollst meine geheimsten Fantasien kennen. Ich will nichts vor dir geheim halten. Birgany, es ist ein Spiel.«

Sie kaute an ihrer Unterlippe und er konnte förmlich sehen, wie die Gedanken durch ihren Kopf schossen.

»Hattest du schon immer diese Fantasien?« Thoran setzte alles auf eine Karte. »Ja und nein. Ich spürte recht schnell, dass mich Gedanken und Fantasien, die mit Unterwerfung zu tun haben, total scharfmachten. Die Vorstellung, von einer Frau beherrscht zu werden, ist sehr berauschend. Ihr zu dienen und am Ende mit der eigenen Erlösung belohnt zu werden.«

Angespannt wartete er darauf, von ihr verdammt zu werden. Ihre Achtung und ihren Respekt verloren zu haben.

»Wie waren die Frauen, denen du dich unterworfen hast?«, fragte sie und zog sich nebenbei weiter an. Thoran schlüpfte in seine Hose und setzte sich dann ins Gras, um seine Strümpfe und Stiefel anzuziehen.

Er riss einen Grashalm aus der Erde und zwirbelte ihn zwischen den Fingern. »Die Gefahr war mir zu groß, es mit einer der Mätressen zu probieren.« Er schluckte und zupfte weiter an den Gräsern. »Sie hätten es nicht verstanden und mich abgeurteilt. Auf mich herabgesehen. Für schwach gehalten.« Thoran wischte seine feuchten Handflächen an der Hose ab.

Birgany kniete sich neben ihn. Er vergrub die Nase in ihren Haaren und sog ihren Duft in sich auf. »Dir vertraue ich vollkommen, sonst hätte ich es nicht angesprochen. Ausgelebt habe ich es nur ein Mal.«

»Erzähl mir davon.«

»Es war in Frankreich, bei Madame Antónia. Nikolai und ich haben mehrere Wochen in ihrem Etablissement verbracht. Dort haben wir viel gelernt.«

»Was genau?«

»Wo wir ein Weib küssen müssen, um ihre Lust zu schüren. Welche Stellungen es gibt. Mir war nicht wirklich bewusst, auf wie viele Arten die körperliche Liebe ausgelebt werden kann. Ihr Frauen seid so anders als wir. Könnt im Gegensatz zu uns Männern mehrmals nacheinander die Gipfel der Lust erklimmen.«

Sie boxte ihn. »Ich weiß, dass du ein hervorragender Liebhaber bist. Aber was ist mit deiner Fantasie?«

»Willst du es wirklich wissen?« Thoran war unsicher, was er sagen sollte. Aber er hatte den Stein ins Rollen gebracht. Wollte ihr alles offenbaren. Vergiss nicht, wie wenig Erfahrung sie in Liebesdingen hat, dachte er.

»Ich will es verstehen können, aber wenn du nicht darüber sprechen willst, akzeptiere ich es.«

»Antónia war eine Herrin par excellence.

Sie bot mir an, mich als Sklaven auszubilden. Ich lernte, wie überaus lustvoll und befriedigend es sein kann, alle Verantwortung abzugeben. Mich in die Hände der Frau zu begeben. Nicht stark sein zu müssen. Keine Entscheidungen treffen zu müssen. Einfach nur noch zu fühlen.«

Es war befreiend, offen mit Birgany über seine geheimsten Gedanken zu sprechen, und der Druck auf seiner Brust ließ nach. »Anfangs schämte ich mich. Fühlte mich als minderwertig. Haderte mit mir und dachte, ich sei abgrundtief schlecht. Antónia versicherte mir, es sei mein Recht, meine Fantasien auszuleben. Sie wolle für nichts auf der Welt die Macht missen, die durch ihre Adern rausche, wenn sie das Sagen habe. Jeder Befehl, den ich befolgte, habe ihre Begierde gesteigert.« Er drehte sich auf den Rücken und starrte in den Himmel. »Auch bei dieser Art Spiel gibt es unzählige Varianten. Schläge mit der Hand oder Peitsche machten mich wütend. Meine Lust in die Hände meiner Herrin zu geben, war dagegen unbeschreiblich erfüllend. Nie wusste ich, ob und wann ich Erlösung gewährt bekam. Manchmal ließ sie mich tagelang schmoren und ich konnte kaum laufen, weil ich hart war wie ein Basaltbrocken. Antónia hielt mich ständig am Rande der Erfüllung, um sie mir dann zu versagen. Es war Strafe und Belohnung zugleich.« Er wagte einen Blick in Birganys Gesicht, doch ihre Miene gab ihm keinen Hinweis auf ihre Gedanken.

»Sie brachte mich in Situationen, in denen ich versagen musste.«

»Warum?«

Ihre knappe Frage verunsicherte ihn, aber er wollte es ihr erklären.

»Antónia holte sich ihre Lusterfüllung, indem sie Strafen androhte. Sie manövrierte mich gezielt an den Punkt, wo mein Versagen unausweichlich war. So bekamen wir beide, was uns glücklich machte. Sie bestrafte mich und ich sog ihre Zuwendung auf und versuchte alles, um in ihren Augen würdig zu sein. Wenn sie mir verboten hatte, mich selbst befriedigen, und ich es trotzdem tat, ging ich am nächsten Tag mit Freude und Angst zu ihr, um mein Verfehlen zu beichten.«

»Wie lange ist das her?« Thoran holte tief Luft. Mit keiner ihrer Fragen gab sie ihm einen Hinweis. »Sechs Jahre. Und seitdem unterdrücke ich diesen Drang, lebe ihn nur in Gedanken aus.«

»Ich verstehe nicht.«

»Wenn ich eine meiner Gespielinnen verwöhnte, stellte ich mir vor, sie hätte es mir befohlen und ich würde leer ausgehen, sollte ich es nicht richtig machen.«

»Als du mich verwöhnt hast, mit deiner Zunge, deinen herrlich kundigen Fingern und deinem Schwanz, hast du dir vorgestellt, ich hätte es dir befohlen?«

Unverhohlen sah er ihr in die Augen. »Ja.«

»Wann fing das an?«

Wieso löcherte sie ihn weiter mit Fragen? Er war so nervös wie noch nie in seinem Leben. »Als ich dich zum ersten Mal sah. Von diesem Augenblick an hatte ich nur noch einen Gedanken. Dir die Macht über mich in die Hand zu geben und es gemeinsam mit dir auszuleben. Meine Fantasien kamen nicht annähernd an die Wirklichkeit heran. Als du im Keller meinen Schwanz gepackt hast, wäre ich beinahe gekommen. Es war überwältigend schön. Ich wusste nicht, wie stark solche Gefühle sein können. Diese Zeit mit Antónia war wie ein leichter Sommerregen. Die Erfahrung mit dir wie ein sehr heftiges Gewitter.«

»Würde unsere Beziehung nur noch aus Unterwerfung und Herrschen bestehen?« Argwöhnisch sah sie ihn an.

»Nein, Birgany. Es wäre ein fester Bestandteil unserer körperlichen Liebe. Wie du weißt, bin ich durchaus in der Lage, uns in den Himmel zu jagen, wenn wir normal miteinander schlafen. Mit dir ist alles ein Hochgenuss. Ich liebe den Geschmack von Walderdbeeren, muss sie aber nicht täglich essen.«

Verstehen flammte in ihren Augen auf. »Dir ist es wichtig. Deshalb sage ich Ja. Für dich werde ich es versuchen.«

»Nein, meine süße Feuerfee. Der Rausch der Macht muss dich so gefangen nehmen, dass für nichts anderes mehr Raum ist, als mich zu benutzen. Es muss deine kleine Quelle zum Sprudeln bringen, sobald du mich unterwirfst. Im Gegenzug werde ich vor Begierde verrückt, wenn du mir Anweisungen gibst, über den Gebrauch meines Schwanzes bestimmst. Mich fesselst, um mir deine Macht zu demonstrieren. Herrin über meine Begierde wirst.« Er legte Birganys Hand auf seine Lenden. »Du wirst die Herrschaft über meine Erlösung haben. Allein die Vorstellung und darüber zu reden macht mich hart.«

»Wie unten im Gewölbe der Qualen?«

»Ja. Es hat dich erregt, solche Macht über mich zu haben, oder nicht?«

»Gib mir Zeit. Ich muss darüber nachdenken.«

Tief atmete er durch und sein Herz machte einen holprigen Satz. Sie lehnte es nicht kategorisch ab, reagierte mit Neugierde. Er würde Birgany alle Zeit der Welt geben.

»Dein Sklave zu sein ist ein Traum oder ein Wunsch, den ich gern ab und an gemeinsam mit dir ausleben möchte. Egal wie deine Antwort ausfällt, es ändert nichts an meinen Gefühlen für dich.«

Ihre Augen funkelten und er sah die tiefe Liebe, die sie für ihn empfand.

»Ich würde unser Erlebnis gern noch mal wiederholen. Mit euch beiden, meine ich.« Thoran lachte über ihren unbeholfenen Ablenkungsversuch und strich mit der freien Hand über den Ansatz ihres Busens.

»Ich will ehrlich zu dir sein.« Er räusperte sich und sah sie ernst an. »Ob ich dich noch mal mit meinem Bruder teilen kann, ohne vor Eifersucht zu ersticken, weiß ich nicht.«

Glockenhell schallte ihr Lachen durch den Wald.

Kapitel 9

Hachenburg, neunzehnter Juli anno 1712

Fast eine Woche hatte Thoran Birgany nicht mehr gesehen. Wichtige Geschäfte hatten ihn in Frankfurt aufgehalten. Er war es gewohnt, seiner Lust regelmäßig zu frönen, doch mit Birgany war es anders. Sie war wie eine Obsession. Je öfter er sich in ihr verlor, desto mehr wollte er. Die Begierde nahm nicht ab und er konnte kaum reiten, so hart war er.

In Anwesenheit anderer leuchteten Birganys Wangen wie überreife Kirschen. Diese Schamhaftigkeit hielt sie aber nicht davon ab, ihre neu entdeckte Sinnlichkeit auszuleben.

Als er an ihr letztes gemeinsames Abendessen dachte, lachte Thoran laut auf. Während Hanna die Speisen auftrug, hatte sich Birganys Hand in seinen Schritt verirrt. Nach außen wirkte sie völlig unbefangen und plauderte mit Hanna, während er vor Erregung kaum noch Luft bekam.

Am See hatte er Birgany erklärt, er brauche dieses Spiel der Unterwerfung nicht ständig. Er war zu sich selbst ehrlich genug, um diese Aussage zu revidieren. Er wünschte sich, Birgany tagtäglich dienen zu dürfen. Lechzte danach, vor ihr knien zu dürfen und ihre Befehle entgegenzunehmen. »Ob sie mir heute endlich eine Antwort gibt?« Versonnen strich er über den muskulösen Hals seines Hengstes. Sie hatte sich Zeit erbeten und die würde er ihr geben, so schwer es ihm auch fiel.

Brandgeruch stieg ihm in die Nase. Er trieb seinen Hengst zum Galopp und preschte über die Straßen. Vor Birganys Haus brachte er den Rappen zum Stehen.

Erleichtert atmete Thoran auf. Birganys Haus stand nicht in Flammen.

In ihrem Garten schwelte ein Feuer. Der Gestank nach verbrannten Lumpen hing schwer in der Luft. Hier und da wirbelte der Wind kleine Stofffetzen auf und trug sie davon.

Mitten in diesem Chaos stand Birgany. Die Haare gelöst, das Gesicht rußgeschwärzt. Auf den ersten Blick schien sie unversehrt zu sein.

Er hatte schon ein Bein über den Pferderücken geschwungen, als ihr Befehl kam.

»Bleib, wo du bist! Mit denen werde ich allein fertig.« Ihre Augen sprühten feurige Blitze.

Widerstrebend nickte er und glitt zurück in den Sattel.

»Diesmal kommen wahre Worte aus dem Mund eines Weibes. Wir haben ernste zunftinterne Angelegenheiten zu klären. Entfernt Euch, Strogow. Das geht Euch nichts an«, meinte der Zunftmeister abfällig.

»Zunftinterne Angelegenheiten?«, höhnte Thoran, blieb aber im Sattel sitzen. Mordlust brodelte in seinen Eingeweiden, doch er beherrschte sich. Er verstand, wie wichtig es für Birgany war, sich gegenüber diesen Kerlen zu behaupten.

Die Hand am Griff seines Degens wartete er, bereit einzugreifen.

Schnell hatte sich eine Menschentraube gebildet. Angelockt von den Rauchschwaden waren die Gaffer herbeigeeilt.

»Was ist hier los?« Varun und Jacob stellten sich neben ihn. Ihre Mienen drückten die gleiche Fassungslosigkeit aus, die auch Thoran empfand.

»Ich weiß es noch nicht.«

Varuns Griff um seinen Schmiedehammer wurde fester.

»Du willst nicht eingreifen?«, fragte Jacob.

»Noch nicht. Dies ist ihre Schlacht.«

Stolz hob Birgany den Kopf. Ihre Stimme war hart. »Dieses Haus ist mein Besitz. Noch habe ich das Recht, als Witwe über mein Leben zu bestimmen. Ihr habt mir die Möglichkeit geraubt, als Weißnäherin zu arbeiten, indem Ihr mir die Zulassung entzogen habt. Ihr habt meine Arbeiten vernichtet. Schmort alle in der Hölle!« Sie trat gegen die Lumpenfetzen und es entstand ein Funkenregen, von dem Thoran nicht sicher war, ob er von den Stoffballen herrührte oder von Birgany selbst.

Nun kannte er den Grund für diese Schweinerei. Birgany war nicht länger geduldet. Ein Dorn im Fleisch der anderen Schneider, weil sie erfolgreich war und hervorragende Arbeit leistete. Thoran biss sich auf die Lippe, um zu schweigen und ruhig abzuwarten. Er hatte es Birgany versprochen und würde nicht eingreifen, obwohl alles in ihm danach schrie, sie in Sicherheit zu bringen.

»Du irrst, Weib«, sagte Meister Köhler und rückte seine Perücke zurecht. »Dieses Haus und alle Gerätschaften gehören der Zunft. So war es mit Meister Krämer vereinbart, lange bevor er dich ehelichte. Alles, was sich darinnen befindet, gehört der Zunft. Wir haben jedes Recht, mit unserem Besitz zu verfahren, wie wir es für richtig erachten. Selbst wenn dem nicht so wäre, stünde dir ab heute nichts mehr zu.«

Birganys Augen weiteten sich.

Meister Scheffer faltete die Hände vor seinem fetten Wanst. »Ich denke, mein Sohn Gustav sollte diese heruntergekommene Heimstatt übernehmen. Seit mein armer Vetter das Zeitliche segnete, wurde ja nichts in Ordnung gehalten.«

Hart lachte Birgany auf. »Dir ist nur daran gelegen, deinen nichtsnutzigen Sohn aus dem Haus zu bekommen.« Sie machte auf dem Absatz kehrt und marschierte ins Haus. Thoran sprang aus dem Sattel und hechtete über den Gartenzaun. Kaum berührten seine Füße den Boden, kam sie mit einem Bündel unter dem Arm wieder heraus.

»Dies ist mein persönliches Eigentum und ich kann Euch nur raten, meinen Worten zu glauben.« Mit vorgestrecktem Kinn trat sie so dicht an den Zunftmeister heran, dass dieser einen Schritt zurückweichen musste. »Mögen Eure Finger knotig werden vor Gicht, damit Ihr nicht mehr die Nadel halten könnt. Ich hoffe, Ihr erstickt alle an Eurer Gier.«

»Du wagst es, uns zu drohen, Weib?«, brüllte Meister Köhler.

Nun konnte Thoran nicht mehr an sich halten. »Ihr habt meine Verlobte angegriffen und ihren Besitz vernichtet.

Ich werde dafür sorgen, dass Ihr im Umkreis von tausend Meilen keinen Ballen Tuch kaufen könnt. Morgen erwarte ich einen Boten, der Birganys Waren bezahlt, die Ihr vernichtet habt.«

»Ihr seid verrückt, Strogow. Ich sagte, dies alles gehört der Zunft!«, schrie Köhler.

»Dieses Haus vielleicht, keineswegs die Waren und Stoffballen, die ihr verbrannt habt. Die hat meine Verlobte von ihrem Geld gekauft und mit ihrer Hände Arbeit wahre Kunstwerke hergestellt. Erstattet den Schaden oder ich werde Euch alle in den Ruin treiben.«

»Werter Herr Strogow«, mischte sich der Stadtschreiber ein. »Dieses Weib wurde verurteilt, unsere ehrbaren Frauen verführt zu haben, verruchte Kleidungsstücke zu tragen.

Sie wurde für fünf Jahre aus der Stadt verbannt. Daran lässt sich auch nichts ändern, wenn Ihr sie als Eure Verlobte ausgebt. Im Gegenteil, guter Mann. Lasst ab von dem lasterhaften Weib. In drei Stunden muss sie die Stadttore passiert haben. Bei Zuwiderhandlung wird sie in Kerkerhaft genommen.« Thoran war wie vor den Kopf geschlagen. Im ersten Augenblick war er sprachlos. Diese Schweine hatten ihr alles genommen. Er grub die Fingernägel in die Handflächen und zitterte am ganzen Leib. Einen solchen Zorn kannte er nicht.

Er brodelte in ihm wie Wasser im Kessel. Die Adern an Hals und Schläfen pochten im Takt seiner Wut, die er kaum noch im Zaum halten konnte.

Birgany schüttelte den Kopf. »Wie ich den Schöffen bereits sagte, war es nie meine Absicht, mit meiner Wäsche die Frauen zu verführen. Trug Maria ein Korsett?«

»Wag es nicht, die heilige Mutter Gottes ...« Der Mann sah aus wie ein frisch gekochter Hummer.

»Mein Bestreben war Nächstenliebe«, unterbrach Birgany ihn ruhig. »Mit einem Ubera können Frauen sich freier bewegen, besser atmen und somit ihren Pflichten als Mutter, Hausfrau und Gattin leichter nachkommen. Sicher hat Gott es nicht gewollt, dass die Frauen Schmerzen leiden, nur weil die Mode ihnen diese Folterinstrumente auferlegt. Euch ist nur daran gelegen, die Frauen zu quälen.«

»Schweig, dein Urteil wurde vor einer Stunde ausgesprochen und bis zur Abenddämmerung hast du die Stadt zu verlassen. In fünf Jahren wird es dir erlaubt sein, zurückzukehren.«

»Gewiss werde ich keinen Fuß mehr auf diesen Boden setzen.« Birgany schob ihr Kinn vor und starrte den Mann an. Der Stadtschreiber drehte sich um und ging.

Die Menschenmenge löste sich nach und nach auf. Es gab nichts mehr zu gaffen.

Sanft küsste Thoran Birgany auf den Scheitel. »Komm.«

»Die wollt Ihr wahrhaftig ehelichen, Strogow?« Scheffer zeigte mit dem Finger auf Birgany. Thoran zog Birgany an seine Seite. Er musste ihren warmen Leib spüren, sonst würde er hier ein Blutbad anrichten. »Überleg dir gut, was du sagst, Scheffer. Sie. Ist. Meine. Verlobte.«

Varun und Jacob stellen sich rechts und links von ihm auf.

Birgany wollte sich von ihm lösen, doch Thoran packte fester zu. Sie würde nirgends hingehen ohne ihn.

Scheffer lachte schrill. »Habt Ihr nie überlegt, warum mein Vetter kinderlos starb? Nie seinen Erben von diesem Weib bekam?«

Birgany stürmte auf den Schneider los wie ein wild gewordener Luchs. Sie holte aus und schlug dem fetten Kerl mit solcher Wucht ins Gesicht, dass er einige Schritte zurücktaumelte.

»Du willst die Wahrheit sagen? Erklären, warum ich kinderlos bin?«

»Ich bin ein ehrbares Mitglied der Zunft und der Gemeinde. Es ist meine Pflicht.« Weiter kam Scheffer nicht. Birgany hatte ihre Schneiderschere aus dem Beutel gezerrt und ihm in die Weichteile gepresst. »Wage es noch mit einem Wort, Lügen über mich zu verbreiten, und ich schneid dir dein Ding ab. Dann bist du genau das, was dein geliebter Vetter bevorzugte.« Thoran wurde schlecht. Hier stimmte etwas nicht und er wusste nicht, ob er hören wollte, was Birgany zu sagen hatte.

»Du verlogene, verschrumpelte Jungfer!«

»Mein Leben wurde an dem Tag zerstört, als ich deinen nichtsnutzigen Vetter ehelichte. Du willst die Wahrheit sagen?« Thoran glaubte, in einen winterlichen Blizzard geraten zu sein. »Lass uns gehen, Kleines.« Er griff nach ihrem Arm, doch sie schüttelte seine Hand ab.

»Nein! Ich lasse nicht zu, dass du dich mit einer wie mir einlässt, ohne jedes noch so schmutzige Detail meiner Vergangenheit zu kennen.« Sie umfing ihren Oberkörper mit den Armen.

»Es interessiert mich nicht. Lass uns endlich gehen.« Sie stand keine drei Schritte von ihm weg, doch es klaffte ein riesiges Loch zwischen ihnen. Er spürte, wie sie sich Stück für Stück von ihm entfernte.

»Mein Gatte hat sein Ding mit Fett eingeschmiert und mir befohlen mich mit dem Oberkörper über den Tisch zu legen.

Als ich mich weigerte, schlug er mich. Noch heute höre ich dein dreckiges Lachen, als er mich über eine Truhe warf. Du hast meine Arme und Beine festgebunden.«

Die Kälte und Ruhe, mit der sie diese Worte aussprach, trafen Thoran wie ein Vorschlaghammer.

»Lügen! Nichts als Lügen!« Scheffer wich vor Birgany zurück.

»Jede Nacht höre ich sein Stöhnen und deine Anfeuerungsrufe, es mir richtig zu besorgen. Spüre die Schmerzen, als er mich fast zerrissen hat. Höre sein Lachen, als er dir seinen blutverschmierten Schwengel gezeigt hat.«

»Ich bring dich um!« Thoran stürmte los, kam aber keine zwei Schritte weit. Wild zerrte er an den Händen, die ihn zurückhielten.

»Hör auf. Bring sie hier weg.« Jacob packte ihn am Wams. »Für Rache ist nicht der rechte Augenblick, mein Freund.«

Er wollte töten. Er wollte Blut sehen. Scheffers Blut.

»Thoran. Bring. Sie. Hier. Weg.« Varun brachte sein Gesicht dicht an seines. Seine schwarzen Augen fixierten ihn. Thoran verstand und nickte knapp.

»Birgany.« Er streckte die Hand nach ihr aus. Konnte sich nicht auf Scheffer zubewegen, sonst würde der Kerl hier sterben.

Sie rührte sich nicht. Ihre Schultern sackten nach vorn und sie schaute zu Boden.

Nein. Nicht aufgeben. »Birgany, komm her zu mir!«

Sie gehorchte seinem Befehl und schlurfte auf ihn zu. Schien mit jedem Schritt älter und gebrechlicher zu werden. Ihr Feuer war verpufft. Zurückgeblieben war eine leblose Hülle.

Vorsichtig entwand er ihr die Schere und schob sie in den Beutel. Er wollte Birgany halten, sie trösten. Doch seine Freunde hatten recht. Sie musste weg. Raus aus der Schusslinie.

Er ergriff ihre Hand und führte sie zu seinem Pferd. Mit Schwung hob Thoran Birgany in den Sattel und stieg hinter ihr auf. Sein Hengst spürte die Anspannung seines Reiters und tänzelte unruhig auf der Stelle. Thoran lockerte den Griff um die Zügel und kontrollierte sein Pferd mit leisen Worten.

Fest sah er Scheffer in die Augen. »Du. Bist. Ein. Toter. Mann.«

Der taumelte einige Schritte rückwärts und fasste sich an den Hals.

»Varun, Jacob, passt ihr auf, dass keiner Birganys Besitz entwendet?«

»Natürlich«, antwortete Jacob.

»Verlass dich auf uns.« Varun blickte grimmig zu den Zunftmeistern, die auf der Straße standen. »Von denen setzt keiner einen Fuß in Birganys Haus.«

»Danke, Freunde.« Thoran wendete seinen Hengst und trieb ihn mit leichtem Druck an.

Stumm lag Birgany in seinen Armen, ihr Bündel fest an die Brust gedrückt.

»Was ist passiert?« Fanny hatte die Röcke geschürzt und rannte auf sie zu. Ihr Gesicht war gerötet, die Augen ängstlich geweitet.

»Nicht hier. Ich bringe Birgany ins Libertas.«

Fanny warf einen Blick auf ihre Freundin und nickte. »Ich hole David und komme sofort nach.«

»Danke.« Thoran drückte leicht ihre Schulter und ritt weiter. Auf dem Heimweg war Birgany wie betäubt. Sie hatte nicht einmal auf Fanny reagiert.

Am liebsten hätte er seiner Wut Luft gemacht und den Kerlen eine Lektion erteilt, aber Birgany war wichtiger. Auch die vielen Fragen, die ihm auf der Zunge lagen, durfte er jetzt nicht stellen. Sie rissen an ihm wie Widerhaken. Wenn sie bei ihrem Gatten gelegen hatte, wieso hatte sie geblutet? Er war sich sicher, eine Barriere gespürt zu haben. Hatte sie ihn getäuscht? Ihn bewusst in die Irre geführt?

Gequält sah er zum Himmel. War sie bei einer Jungfernmacherin gewesen? Er schluckte die Galle hinunter, die in ihm hochstieg.

Nein. So etwas würde Birgany nicht machen.

***

Kaum eingetreten brüllte er nach Nikolai, Hanna und Heribert. Die drei warfen einen Blick auf Birgany und folgten ihm in die Bibliothek.

»Heribert, hol dir zwei Männer und fahr zu ihrem Haus. Jacob und Varun sind dort und passen auf. Schaff alles, was drin ist, hierher.«

»Was genau?«

»Alles, was nicht im Garten liegt und verbrannt ist.«

»Verstanden. Verlasst Euch auf mich«, antwortete der Schreiber und hastete aus dem Raum.

Sanft setzte Thoran Birgany in einen Sessel und ging vor ihr in die Knie.

»Ich setze Wasser für ein Bad auf. Kann ich sonst noch etwas tun?«, fragte Hanna mit Tränen in den Augen.

»Nein, danke. Um alles Weitere kümmere ich mich selbst«, antwortete Thoran.

Leise schloss Hanna die Tür.

»Trink.« Nikolai drückte ihr einen Wodka in die Hand und zwang sie, den Becher an die Lippen zu heben. Es machte Thoran Angst, wie apathisch sie gehorchte. Er musste sie aus dieser Starre herausbekommen.

Die Brockhoffs stürmten herein.

»Birgany, was ist geschehen? Bist du verletzt?« Fanny ergriff ihre Hand und strich darüber, doch ihre Freundin reagierte nicht.

Brüsk entwand Thoran Birgany den Beutel und kippte den Inhalt auf den Boden. Ihre Schneiderschere, eine gefüllte Geldkatze und eine ledergebundene Mappe. Die hob er auf und drehte sich in Richtung Kamin.

Da kam Leben in Birgany. Sie riss ihm die Mappe aus der Hand und presste sie an ihre Brust. »Mehr konnte ich nicht vor den Flammen retten. Viele Vorlagen sind verloren. Zerstört. Verbrannt.« Thoran sah in ihren Augen, wie tiefe Verzweiflung umschlug in unsägliche Wut.

Sie sprang auf und warf den Becher gegen die Wand. »Da kommen die feinen Herren in mein Haus und halten mir ein Schriftstück vor die Nase.« Nikolai reichte ihr einen neuen Becher, den sie in einem Zug leerte. Bevor dieser auch noch zerschellte, schnappte Nikolai sich ihn und stellte ihn auf den Tisch.

Birgany wirbelte zu Fanny herum. »Die stellen es so dar, als würden sie mir einen Gefallen tun.«

»Dieses heuchlerische Pack«, ereiferte sich Fanny. »Was ist mit dem Feuer?«

»Sie sagten, sie würden all die unsittlichen Stücke, die ich mich erdreistet hätte herzustellen, vernichten. Es sei nicht nur ihre Gottespflicht, sondern nötig, um die Ehrbarkeit der Zunft zu gewährleisten.« Sie trat gegen einen Stuhl. »Die alten Säcke, die über mich Gericht hielten, hatten ihr Urteil bereits gefällt, lange bevor ich mich vor ihnen verantworten musste.« Thoran war dankbar für die Glut in ihren Augen und die Röte auf ihren Wangen. Alles war besser als diese Teilnahmslosigkeit.

»Vor ihnen verantworten.« Fanny wurde käsig im Gesicht und ihre Hände zitterten. »Was haben die mit dir gemacht? Warum hast du nichts gesagt? Wir hätten dir beigestanden.«

»Der Priester forderte meine Verbannung in ein Kloster, damit mir die frevelhaften Gedanken ausgetrieben werden können.«

»Diese Schweine«, brach es aus Nikolai heraus.

Birgany rubbelte an einem Rußfleck am Arm. »Die Schöffen lehnten ab, da es keinen Beweis gab, dass ich wirklich Uberas verkauft habe.«

»Dem Himmel sei Dank«, stieß Fanny aus und Thoran pflichtete ihr bei. Er fühlte sich so hilflos und wütend wie noch nie. Seine Liebste war allein und ohne Schutz gewesen. Hatte sich den Anschuldigungen tapfer gestellt.

»Ich konnte nichts sagen oder einen von euch um Hilfe bitten, weil ich es nicht wusste. Mir blieb keine Zeit. Zwei Mann eskortierten mich ins Rathaus. Die Schöffen verbannten mich für fünf Jahre aus der Stadt. Als ob ich je wieder einen Fuß in diesen Dreckhaufen von Stadt setzen würde.«

»Woher wussten die davon?« David ging vor dem Kamin auf und ab. »Du warst vorsichtig und hast deine Uberas nicht wahllos angepriesen wie Tischtücher. Also welches Weib hat dich verraten?«

Zu dieser Frage hätte Thoran auch gern eine Antwort. Er würde dieses Weib zur Rede stellen und ihr ebensolchen Schmerz zufügen, wie ihn Birgany hatte ertragen müssen.

»Ich weiß es nicht. Sicher fragte ich danach, bekam aber keine Antwort. Medicus Feller war übrigens einer der Ankläger.«

»Der Medicus?«, fragte Nikolai. »Der sollte doch froh sein um deine Erfindung.« Nachdenklich rieb sich Nikolai übers Kinn. »Es sei denn, er hat Angst, durch deine Erfindung Kunden zu verlieren.«

»Es interessiert mich nicht. Die verbrannten Uberas sind mir egal, ebenso die Verbannung. Meine Zulassung wäre ja eh bald ausgelaufen.« Ehrfürchtig strich Birgany über den Ledereinband. »Aber sie haben so viele Mustervorlagen vernichtet. Stücke, an deren Ausarbeitung ich Tage gearbeitet habe.«

»Ihr hättet sie sehen müssen«, mischte sich Thoran ein. »Wie eine Schildmaid aus alter Zeit nahm es Birgany allein mit acht Männern auf.« Trotz der schlimmen Lage musste Thoran grinsen. »Offen hat sie den Zunftmeistern gezeigt, zu wem sie gehört. Stieg zu mir aufs Pferd und sah von oben auf die Ärsche hinunter.« Er war wahnsinnig stolz auf sie. Nikolai lachte, riss Birgany in seine Arme und drückte ihr einen Kuss auf die Lippen. »Gut gemacht, kleine Feuerfee.«

Sie rang sich ein kleines Lächeln ab, welches jedoch nicht ihre Augen erreichte.

Es klopfte und Heribert trat ein. »Alles erledigt. War nur eine Truhe und die haben wir in Euer Gemach gebracht.«

Birgany lachte kalt. »Ich habe es in drei Jahren tatsächlich auf eine volle Truhe gebracht. Und die enthält nur meine Kleider, Schürzen und Kopfputz.«

»Nicht zu vergessen deine beachtlichen Ersparnisse«, wandte Fanny ein und warf die Geldkatze in die Luft, um sie gleich wieder aufzufangen. »Hier drin steckt dein Erfolg und darauf solltest du stolz sein.«

»Ist es recht, wenn ich den Badezuber in Eure Räume bringen lasse?«

»Gute Idee, Heribert. Ich sollte mich waschen. Wenn ich schon kein Heim mehr habe und kein Auskommen, sollte ich wenigstens sauber sein, ehe ich meine Reise antrete.« Birgany breitete ihre verdreckten Röcke aus und rümpfte die Nase.

Wortlos verschwand Heribert und Thoran dankte ihm in Gedanken für seine Umsicht.

»Zum ersten Mal bin ich dankbar, dass wir vor Monaten diesen Handel abschlossen«, sagte Thoran mit einem trockenen Lachen. »Scheffer hat uns betrogen und nun hat er uns genau damit einen Dienst erwiesen.«

»Ich kann dir nicht wirklich folgen«, sagte David.

»Wir wollten den Handel rückgängig machen, nachdem wir das heruntergekommene Anwesen gesehen hatten, aber alles war rechtskräftig. Selbst den Kredit konnten wir nicht zurücknehmen. Wir haben uns übers Ohr hauen lassen und Scheffer lachte sich ins Fäustchen. Aus diesem alten Gemäuer Libertas zu machen, war eine Notlösung, ein Ausweg. Jetzt ist es ein Heim und seine Lage eröffnet uns viele Möglichkeiten der Rache.«

»Stimmt«, pflichtete Nikolai ihm bei. »Ohne den Besitz von Libertas steckten wir jetzt ziemlich in der Misere.«

»Was wollt ihr unternehmen?«, kam David zum Kern ihres Treffens zurück.

Wortlos unterhielt sich Thoran mit Nikolai. Diese Fähigkeit besaßen sie von Kindesbeinen an. Sein Bruder verstand und nickte grimmig. Thoran wandte sich an David.

»Ab heute werden wir nicht mehr mit Tuch handeln und die Ballen, die noch in unseren Lagern liegen, werden im Preis drastisch angehoben. Entweder zahlt die Zunft Wucherpreise oder sie müssen lange auf ihre Lieferungen warten. Wir nehmen Rache auf eine Art und Weise, die alle genau da trifft, wo es am schmerzhaftesten ist.

Die Ratsherren sind ebenso schuldig wie Scheffer. Diese Dreckschweine bekommen von uns keinen Kreuzer an Steuern. Wir werden unser Kontor nach Eichenberg verlegen.«

»Ich werde mich gleich morgen mit Heribert hinsetzen und alles durchkalkulieren«, sagte Nikolai. »David, hast du genügend Holz vorrätig, damit Martin die Gesindehäuser und Schuppen hier als Lager umbauen kann?«

»Bring mir eine Aufstellung und wir werden uns direkt an die Arbeit machen. Ich kann auch Männer abstellen, die beim Umbau mit anpacken. Jacob, Martin, Varun und Gordian werden sicher helfen, eure Waren zu verladen und hierherzuschaffen.« David fuhr sich durch die Haare. »Ich kann mit meinem Holzhandel nicht aus der Grafschaft raus, aber ich unterstütze euch, wo ich kann.«

»Nein!« Birgany riss sich von Thoran los. »Es ist nicht mehr zu ändern. Ich bin in ein paar Tagen nicht mehr hier. Weshalb macht ihr euch Feinde für nichts?«

Fanny ergriff Birganys Hand. »Was hast du denn? Natürlich werden wir alle zu dir stehen. Dieses Mistpack hätte nur warten müssen, bis deine Zulassung ausläuft. Was sie dir angetan haben, ist Unrecht. Ich will nicht, dass du nach Hamburg oder Mannheim ziehst. Vielleicht gibt es ja eine andere Möglichkeit. Hast du mal überlegt, mit Gräfin Berensen zu sprechen?«

»Wozu?«

»Um weiter deinen Traum zu leben. Jeder von uns weiß, wie sehr dir das Nähen und Sticken am Herzen liegt. Für dich ist es keine alltägliche Arbeit, um deinen Lebensunterhalt zu verdienen. Es ist ein Teil von dir. Jedes Stück wurde mit Liebe hergestellt. Wirf nicht alles weg. Du hast einmal gekämpft, also kämpfe wieder.«

»Es geht nicht um die Uberas oder die Art und Weise, wie ich meine Zulassung verloren habe.«

»Ich weiß, du bist aufgebracht.« Thoran strich ihr eine Haarsträhne hinters Ohr. »Ich gebe dir alles, was du brauchst. Du wirst bald meine Frau sein. Mit mir hier im Libertas leben. Zum Glück liegt dieses Kloster in der Grafschaft Berensen.« Thoran wollte Birgany versichern, dass sich für ihn nichts geändert hatte. Er würde zu ihr stehen.

»Nein. Ich will nicht dein Weib werden, weil es deine Ehre verlangt. Du hast mich als deine Verlobte ausgegeben, ohne alles zu wissen.« Sie sah ihn nicht an, krallte die Hände ineinander. »Ich kann nicht. Damals war es nicht öffentlich und keiner zeigte mit dem Finger auf mich. Jetzt wissen es alle.«

»Birgany, sieh mich an«, verlangte Fanny leise.

»Scheffer.« Mehr sagte Birgany nicht.

Fanny traten Tränen in die Augen.

Sie wusste Bescheid. Wusste mehr als er selbst. Wenn Fanny schon aussah, als hätte sie den Tod gesehen, musste es schlimmer sein, als Thoran befürchtet hatte.

Fest sah sie ihn an und Thoran gab ihr wortlos zu verstehen, dass er zu Birgany stehen würde. Fanny schluckte und nickte. »David, lass uns fahren.«

Die Anspannung im Raum war greifbar und David folgte seiner Frau ohne Einwände.

»Nikolai, würdest du uns bitte allein lassen?«

»Wozu? Die ganze Stadt weiß es, dank Scheffer«, warf Birgany ein.

»Was geht hier vor? Euer Verhalten hat nichts mit der Verbannung zu tun, also raus mit der Sprache«, verlangte Nikolai.

Birgany wandte sich ab. »Ich war nicht ehrlich, was meine Ehe anging.«

Tief atmete sie ein und aus. »Mein Gatte war nicht unfruchtbar, wie du angenommen hast. Im Gegenteil, er war sehr potent.«

»Wie kommt es dann, dass du Jungfrau warst?« Thoran drehte sie zu sich um. »Sag mir die Wahrheit. Warst du bei einer Jungfernmacherin?«

Birgany wich vor Thoran zurück. Wie konnte er nur so etwas Schändliches von ihr denken?

Sie musste hier raus. Der Gedanke hielt sie auf den Beinen, während sie in Richtung Tür taumelte.

Durch ihr Geständnis hatte sie die alten Dämonen ans Tageslicht gezerrt. Dunkelheit kroch in ihr hoch und begann sie zu verschlingen. Eisige Klauen griffen nach ihr, zogen sie in die Tiefe. Alles verschwamm vor ihren Augen. Fest presste sie eine Hand auf den Magen.

»Birgany, ich muss es wissen. Noch nie in meinem Leben war ich so verunsichert wie im Augenblick. Ich habe schon einmal falsche Schlüsse gezogen, weil du geschwiegen hast. Diesen Fehler will ich nicht wiederholen. Wie konnte er Scheffer dein Blut zeigen? Ich habe die Barriere gespürt, die ich durchbrach.«

Erst jetzt verstand Birgany, worauf Thoran hinauswollte. Wie sollte er es auch wissen? Die Hand bereits am Türknauf, hielt sie inne.

Sie hatte alles verloren und würde Libertas bei Tagesanbruch verlassen. Ein Hasenfuß war sie jedoch nie gewesen, also klaubte sie all ihren Mut zusammen. Thoran hatte ihr vertraut und ihr seine geheimsten Wünsche offenbart. Nun brauchte sie die Kraft, auch ihm die volle Wahrheit zu sagen. Sie wollte nicht, dass er falsche Schlüsse zog aus dem, was sie in der Stadt preisgegeben hatte. »Ich habe dich nicht belogen oder willentlich getäuscht.«

»Also hast du Scheffer dieser Schandtat bezichtigt, um dich zu rächen.« Thoran atmete auf und seine verhärteten Züge entspannten sich.

»Nein. Jedes Wort entsprach der Wahrheit.«

»Ich kann euch beiden nicht wirklich folgen«, wandte Nikolai ein.

Kurz und knapp setzte Thoran seinen Bruder ins Bild.

»Ich stimme Thoran zu. Es wird Zeit für offene Worte, Birgany.«

»Krämer hat mich nur geehelicht, um seine Neigungen verbergen zu können.« Birgany ging vor dem Kamin auf und ab. Hielt den Kopf gesenkt, da sie den Brüdern nicht in die Augen sehen konnte.

»Welche Neigungen? Birgany, ich will wissen, wieso er in der Hochzeitsnacht Blut an seinem Schwanz haben konnte.«

Sie setzte sich auf einen Stuhl und wiegte sich vor und zurück. Vor und zurück. Vor und zurück. »Er ...« Die Worte bildeten sich in ihrem Kopf, wollten ihr aber nicht über die Lippen.

»Birgany. Rede mit mir.«

»Noch nie ... verspürte ich solche Schmerzen.« Sie sprang auf, taumelte und hielt sich an einem Regal fest. Alles war so unwirklich. Thorans und Nikolais Gestalten verschwammen hinter einer Nebelbank.

»Schon gut. Es ist nicht wichtig.«

Sie hörte Thorans Stimme weit weg und schüttelte den Kopf.

Worüber wollte sie sprechen? Versonnen strich sie über die in Leder gebunden Folianten. Welch vorzügliche Arbeit, sinnierte sie.

Sag endlich alles, hörte sie eine Stimme in ihrem Kopf.

Die letzten Wochen waren die Hölle gewesen. Ständig hatte sie befürchtet, Thoran würde von ihrer Schmach erfahren und sie verstoßen. Nun hatte sie selbst alles aufgedeckt und musste damit leben. Leere breitete sich in ihr aus. Der Schmerz verschwand unter einer Decke von Müdigkeit und Kälte.

»Scheffer war dabei und hat seinem Vetter geholfen, mich zu schänden. Er lachte und machte zotige Bemerkungen.« Gequält schloss sie die Augen. »Wie ein Tier hat Krämer mich von hinten bestiegen und seinen Samen an einem Ort verströmt, an dem er völlig unnütz war. Ich bin vor Schmerzen ohnmächtig geworden. Mit meiner Hochzeitsnacht begann die Hölle.« Nikolai sackte in einen der Sessel. Griff sich die Wodkaflasche und nahm einen tiefen Schluck.

»Ich buddle seine vergammelte Leiche aus, hacke sie in Stücke und verfüttere die Reste seines Kadavers an die Säue.« Thorans Augen waren fast schwarz.

Sie wagte es nicht, ihn zu berühren. Dabei brauchte sie seine Nähe so dringend. Ein letztes Mal wollte sie die Wärme seines Körpers spüren. Thorans Faust krachte auf den Tisch. »Was hat dieses Schwein noch mit dir gemacht?«

Wild schüttelte sie den Kopf. Nein, verlange nicht von mir,

es auszusprechen, schrie sie innerlich. Er musste wissen, was sie meinte. Thoran zwang sie zurück auf den Stuhl, ging vor ihr auf die Knie, nahm ihr Gesicht zwischen seine Hände und hauchte ihr Küsse auf Stirn, Lider und Wangen. »Sprich es aus. Jetzt. Lass es raus, damit du frei sein kannst.«

Der Körperkontakt zu Thoran half ihr, nicht in dem Sumpf zu versinken. »Er zwang mich auf die Knie, riss sich die Hose auf und zwängte mir sein Ding in den Mund. Er war derart in seinem abartigen Treiben gefangen, dass er sich bis in meinen Rachen trieb und ich beinahe erstickt wäre. Seinen Samen spritze er mir tief in den Hals und ich habe alles erbrochen«, sprudelte es aus ihr heraus.

»Meine Kinderlosigkeit blieb nicht unerwähnt. Eines Abends stand Scheffer in der Tür. Krämer verkündete mir, es sei an der Zeit mich zu schwängern. ›Ich liebe dich und will dir ein Kind schenken‹, sagte er. ›Mein Vetter hat bereits fünf Kinder und mit ihm bleibt die Frucht deines Leibes in der Familie‹.«

»Er wollte dich von seinem Vetter schänden lassen?« Nikolai sah sie fassungslos an.

»Ich rammte Scheffer mein Essmesser in die Hand und floh.«

Thoran riss die Fensterläden auf, krallte die Hände so fest ins Holz, das die Knöchel weiß wurden. »Noch nie war mir ein Schwur so ernst. Scheffer ist ein toter Mann. Ich werde ihn ruinieren und wenn es das Letzte ist, was ich in meinem Leben vollbringe.«

Ach, Thoran, dachte sie. Warum hatte sie ihn nicht vor drei Jahren kennengelernt? Nun war alles zu spät. Ihre Vergangenheit holte sie ein. Zerstörte alles. Sie wollte sichergehen, dass Thoran wirklich verstand.

»Ich wollte nicht lügen, aber die Wahrheit auszusprechen, brachte ich nicht über mich.

Seine Elle gebrauchte er mehr, um mich zu züchtigen, als die

Stoffe damit abzumessen. In all der Zeit hat er mich nicht brechen können. Doch diese drei Worte, die jede Frau zu hören hofft, haben sich in mich gebrannt und wulstige Narben hinterlassen.«

Thoran drehte sich um und zog sie in seine Arme. Strich ihr übers Haar und den Rücken. Gab ihr Halt, Wärme und Sicherheit. Birgany legte ihre Stirn gegen seine Brust. Lauschte seinen Atemzügen und seinem Herzschlag. Die Dämonen fauchten, zogen sich aber langsam zurück. Der Schlick, in dem sie festhing, gab sie frei. Stück für Stück kämpfte sie sich ans Licht.

»Ich wollte nicht lügen, aber es auszusprechen war mir nicht möglich. Verzeih. Mit dir lebte ich einen Traum, so schön wie ein Sommermorgen, und nun hab ich ihn selbst zerstört. Ich schäme mich so.«

Thoran wurde schlecht. Er atmete so flach wie möglich. Noch nie in seinem Leben war er so erschüttert gewesen wie in diesem Moment. Sein Herz blutete für diese mutige Frau. So vieles ergab jetzt einen Sinn. Ihre Tränen nach ihrem ersten Mal. Damals hatte er nicht verstanden, warum sie sich frei fühlte. Er hatte gedacht, sie meinte ihre Stellung als Witwe, die ihr gewisse Rechte einräumte. Thoran biss sich auf die Innenseite der Wange, um nicht laut zu schreien. Er hatte gedacht, sie in den Genuss der körperlichen Liebe einzuführen. Hatte ihre Angst für Scham gehalten, als er sie zum ersten Mal von hinten nahm. Die Wahrheit war viel gravierender.

»Nein. Dein Mann hätte sich schämen müssen, er trug die Verantwortung für dich. Aber nicht du. Niemals du.«

Hilfe suchend sah er zu Nikolai.

»Du bist zwar klein, aber zäh. Lass dich nicht unterkriegen. Auf uns kannst du immer zählen.« Nikolai drückte sie fest an sich und hauchte ihr einen Kuss auf den Scheitel.

»Komm, du kleiner Dreckspatz. Ab in den Badezuber.«

Thoran musste sich bewegen. Für Birgany sorgen. Irgendetwas, sonst würde noch heute Nacht Blut fließen. Aber seine Rache musste warten, jetzt richtete er all seine Aufmerksamkeit auf Birgany. Schwungvoll nahm er sie auf die Arme.

Im Schlafgemach setzte er seine kostbare Fracht ab. »Raus aus den dreckigen Kleidern.« Thoran schnürte ihr Mieder auf und streifte ihr die Kleidung vom Leib.

Keinen Atemzug ließ er sie aus den Augen. Wusch sie, trocknete sie ab.

Gewaschen und in ein Laken gewickelt, kroch Birgany ins Bett. »Bleibst du bei mir?«

Ihre ängstliche Frage schnitt ihm wie ein stumpfes Messer ins Fleisch.

»Nirgends anders wollte ich sein, mein Mädchen.« Voll bekleidet legte er sich hinter sie und zog sie an sich.

Endlich kamen die Tränen. Sie drehte sich zu ihm um, vergrub ihr Gesicht in seinem Hemd und weinte sich die Seele aus dem Leib.

Er wusste, wie reinigend Tränen sein konnten, und hielt sie fest in seinen Armen. In dieser Nacht wurden mit den Tränen alle Gespenster der Vergangenheit weggespült.

Schließlich wurden ihre Atemzüge ruhiger und ihr Körper entspannte sich im Schlaf. Thoran wagte nicht aufzustehen. Ihr rechtes Bein lag auf seinem Schenkel, der Kopf ruhte an seinem Hals. Thoran war dankbar, dass Birgany nicht eingewilligt hatte, seine Fantasien mit ihm auszuleben. Er konnte sich kaum vorstellen, was sein Geständnis in ihr ausgelöst hatte. Verabscheute sie ihn ebenso wie ihren verstorbenen Gatten? Sah sie in ihm einen Schwächling, der sich freiwillig bestrafen ließ? Glaubte Birgany, sie wäre ein Monster, wenn sie seinen Wunsch erfüllte?

Nach leisem Klopfen wurde die Tür geöffnet und Hanna trat ein. »Ich habe ihre Kleider eingeweicht und einen Tee gekocht.« Sie stellte die dampfende Tasse auf den Nachttisch.

»Danke, Hanna«, antwortete Thoran leise.

»Wie können die Menschen nur derartig garstig sein? Dieses Kind ist so lieb und freundlich.« Hanna schlang sich die Arme um den Leib. »Es steht mir nicht zu, aber ich ersticke, wenn ich es nicht sage.«

»Raus damit.«

»Macht ein ehrbares Weib aus ihr.«

»Ab heute sind wir offiziell verlobt. Morgen reite ich zu Pastor Wynantz und in drei Tagen wird Birgany mein Weib sein.«

»So schnell wird es nicht gehen. Ihr müsst das Aufgebot bestellen und es muss drei Mal ausgerufen werden. Trauzeugen, Feierlichkeiten müssen vorbereitet werden.«

»Darum kümmere ich mich schon«, unterbrach Thoran sie. »Feiern können wir später. Trauzeugen werden die Brockhoffs sein. Birgany soll unverzüglich den Schutz unseres Namens genießen, Hanna.«

»Pastor Wynantz jammerte am Sonntag, er müsse den Weihrauch mit Fichtenharz strecken, weil er kein Geld für eine neue Lieferung habe.« Ein hinterhältiges Lächeln huschte über ihr Gesicht.

»Der gute Pastor wird eine großzügige Spende in Form von Weihrauch erhalten, sofern er uns in drei Tagen vermählt.«

***

»Alles erledigt?«, wollte Nikolai wissen und Thoran nickte.

»Hanna hatte mit ihrer Vermutung recht. Pastor Wynantz bekommt noch heute eine großzügige Spende.« Thoran goss sich einen Kaffee ein. »Wie sieht es bei dir aus?«

»Heribert habe ich angewiesen, der Zunft nur noch die im Lager befindlichen Stoffe zu verkaufen. Den Preis haben wir auf das Dreißigfache angehoben.« Nikolai lachte grimmig. »Wenn die Schweine unsere Preise akzeptieren, müssen sie ihre Erzeugnisse derart überteuert verkaufen, dass sie auf lange Sicht gesehen all ihre Kunden verlieren.

Martin ist bereits dabei, die Gebäude zu renovieren. In einer Woche haben wir alles an Waren hier im Libertas.«

»Gut.« Thoran setzte sich an den Tisch und nippte an seinem Kaffee. »Aber das ist nicht genug. Ich will Scheffer bluten sehen. Ihn zu töten wäre zu einfach und ich will, dass dieses Schwein leidet.«

»Ich will nicht stören.« Birgany betrat den Salon. »Mich nur verabschieden.«

»Also wann ist die Hochzeit?« Ernst sah Nikolai sie an.

»Hochzeit?«

»Natürlich. Thoran hat öffentlich eure Verlobung bekannt gegeben. Folglich ist der nächste Schritt Heirat.«

»Hast du gestern nicht zugehört? Nikolai ich werde es nicht wiederholen.«

Birgany drehte sich um und sah Thoran an. »Ich sagte es gestern und stehe auch heute zu meinen Worten. Du bist nicht verpflichtet, mich zu ehelichen, nur weil du mich als deine Verlobte ausgegeben hast.«

Ganz sicher würde Birgany keine Reise antreten. »Ich stehe zu meinem Wort, weil ich ohne dich nicht leben kann. Die Meinung der Öffentlichkeit ist mir schnuppe. Ich will mit dir alt werden. Meine Gefühle haben sich nicht geändert, nur weil ich jetzt die volle Wahrheit über deine Vergangenheit weiß.«

Scheu sah sie ihn an. Hoffnung spiegelte sich in ihren Augen, gepaart mit Unsicherheit und Angst.

Die Narben auf ihrer Seele waren noch lange nicht verheilt und er würde ihr mit jedem Atemzug beweisen, wie sehr er sie liebte. Thoran war bewusst, dass er seine Fantasie nie würde ausleben können. Nicht nachdem, was Birgany alles hatte ertragen müssen. Es war ihm gleichgültig. Alles war ihm gleichgültig.

Alles. Bis auf Birgany. Für sie würde er sein Leben lassen.

»Bist du sicher? Ich meine, willst du mich noch?«

»Ja tebja ljublju. Daran hat sich nichts geändert. Werde mein Weib.« Er riss Birgany an sich. Seine Entscheidung stand fest und der gestrige Tag mit all seinen widerlichen Offenbarungen hatte nichts daran geändert.

Ihre Augen füllten sich mit Tränen. »Ja tebja ljublju. Mehr als meine Arbeit, mehr als mein Leben.« Sie legte ihm den Arm um die Taille und sah zu ihm auf. »Du und deine Liebe. Dafür gebe ich mit Freuden alles auf und bleibe, auch wenn ich dann nicht mehr arbeiten darf.« Thoran schluckte. Er fand keine Worte. Diese kleine Frau gab ihren Traum auf, um mit ihm hier zu leben.

»Du sollst deinen Traum nicht aufgeben. Im Augenblick weiß ich zwar noch keine Lösung, aber ich schwöre dir, wir werden eine finden.«

»Mit deinem Antrag schenkst du mir etwas, was mich vollkommen von der Vergangenheit befreit.«

»Ich verstehe nicht.«

»Mit dir hätte ich auch ohne den Segen der Kirche zusammengelebt. Mir lag nichts an einer erneuten Ehe, wie du dir vorstellen kannst.«

»Also lehnst du meinen Antrag ab?« Panisch sah er Nikolai an. Der hob die Hände, sah ebenso verwirrt aus, wie sich Thoran fühlte.

»Nein.« Sie stellte sich auf die Zehenspitzen, hauchte ihm Küsse auf Lippen, Nase und Stirn. »Du schenkst mir deinen Namen und befreist mich von dem alten, der mit Schmerz, Scham und Dunkelheit behaftet war.« Sie sprang ihn an und lachte. Fest drückt er sie an sich und verbarg sein Gesicht in ihrem Haar. Die Änderung ihres Namens befreite sie endgültig von ihrer Vergangenheit. Diese Kleinigkeit war ihm nie in den Sinn gekommen. »Birgany Strogow«, sagte er leise.

»Ja. Ja. Ja.« Birgany rannen die Tränen über die Wangen und ihre Augen leuchteten voller Glück und Liebe.

»Dir ist klar, dass du dir ein lasterhaftes Weib ans Bein bindest, welches aus der Stadt verbannt wurde?«

»Eine besondere Zutat, die nicht jedem Mann gewährt wird.«

»Dann hast du mich ab heute am Bein. Lasterhaft, verdorben und verbannt.«

»Keine Sorge, ich werde mich nicht beschweren.« Nun waren die Würfel gefallen. Er hatte seine Antwort bekommen, wenn auch auf andere Weise als beabsichtigt. Mit Birgany war nichts normal oder vorhersehbar.

»Wie schnell können wir heiraten?« Thoran stellte sie auf die Füße und rieb sich über die Nasenwurzel. »Nun, du weißt ja, wie lange es dauert. Aufgebot bestellen, in der Kirche ausrufen lassen.«

»Und zwar drei Mal«, mischte sich Nikolai ein.

»Dann die Vorbereitungen für die Feierlichkeit.«

»Ich will keine Feierlichkeit. Ich will dich. Jetzt. Ich will auch keinen Pastor. Wir haben uns unsere Liebe gestanden und in meinem Herzen bist du längst mein Gemahl. Gibt es keine andere Lösung? Beim Friedensrichter?« Sie rang die Hände.

»In drei Tagen werden wir von Pastor Wynantz vermählt.«

»In drei Tagen? Aber ... Wie hast du ...? Wirklich?« Ihre himmelblauen Augen leuchteten wie Edelsteine.

»In drei Tagen«, wiederholte er. »Heute Morgen habe ich alles geregelt und die Brockhoffs werden unsere Trauzeugen sein.« Nikolai stand auf, riss ihm Birgany aus den Armen und drehte sich mit ihr im Kreis. »Herzlichen Glückwunsch, kleine Feuerfee, und ein Hoch auf die breiteren Schultern meines Bruders.«

»Wovon sprichst du?«

»Hätten wir nicht ständig die Hemden vertauscht, wäre er nicht zu einer gewissen Weißnäherin geritten.« Er zwinkerte ihr zu, küsste sie auf beide Wangen und stellte sie wieder auf die Füße.

Kapitel 10

Libertas, achter August anno 1712

Seit zwei Wochen war sie Thorans Frau. Bis heute wusste sie nicht, wie er es möglich gemacht hatte, alle Formalitäten innerhalb von drei Tagen zu klären.

Verträumt hielt sie ihre Hand hoch und betrachtete den kostbaren Ring an ihrem Finger.

»Den habe ich schon vor Wochen in Auftrag gegeben«, hatte Thoran ihr zugeraunt, als er ihr den Ring über den Finger schob. Ein blauer Saphir, gehalten von einer goldenen Fassung. Mittig auf dem Stein war mit goldenen Fäden ein verschnörkeltes L eingearbeitet.

Für Birgany war die Symbolik unmissverständlich. Der Buchstabe stand für Freiheit. Ihre Freiheit und Gleichberechtigung in der Ehe, egal was die Gesetze sagten. Sie fühlte sich behütet und trotzdem frei. Ein Umstand, der für Birgany vollkommen neu war und darum umso kostbarer.

Sie raffte die Röcke und sprang die Treppe hinunter. Heute wollte sie mit Sophia die neuen Räume besichtigen.

***

Gemeinsam schlenderten Sophia und Birgany an der Nister entlang. Nach gut einer Stunde gelangten sie an die Flussgabelung, die nach Eichenberg führte.

»Danke, dass du mir die Möglichkeit eröffnet hast, Libertas kennenzulernen.«

»Gern. Es ist schön zu wissen, dass ich dort nur Leute treffe, die ich mag und vor allem respektiere. Für mich ist Libertas mehr als ... du weißt schon«, meinte Birgany verschmitzt.

Sophia lachte. »Ich freue mich so sehr auf unser erstes Fest.

Wie weit bist du mit meinem Ubera?«

»Fast fertig. Wie gewünscht in scharlachrotem Samt mit schwarzem L aufgestickt.« Sie griff nach Sophias kaffeebraunem Zopf. »Deine Farbwahl war hervorragend, denn der Ubera passt wunderbar zu deinem glänzenden Haar.«

»Ach, Birgany. Ich beneide dich um deinen Mut.«

»Wie kommst du denn auf so was?« Birgany öffnete die Tür im Eichentor, schob Sophia hindurch und machte hinter ihr wieder zu.

»Du arbeitest weiter, obwohl dir die Zunftzulassung entzogen wurde. Selbst die Verwüstung deines Heimes und die Verbannung kann dich nicht schrecken.«

»Arbeiten kann man das nicht wirklich nennen. Ich nähe nur Uberas für unsere Libertasmitglieder.« Birgany breitete die Arme aus und drehte sich einmal um sich selbst. »Mein Heim ist hier und mein Mut hat einen Namen.«

»Ich verstehe nicht.«

»Thoran.«

»Du hast ein solches Glück. Einen Mann, der dich liebt. Freunde und ein Heim. Ich bin so froh, dass wir noch Freundinnen sind, obwohl mein Schwager ein solches Schwein ist.«

»Du bist nicht verantwortlich für Scheffers Taten, Sophia. Aber ich muss gestehen, es ist eine Genugtuung zuzusehen, wie Thoran ihn ruiniert.«

»Er wird immer fetter, säuft mehr, als dass er arbeitet. Gestern hörte ich, wie er meiner Schwester erzählte, er hätte sich in Montabaur bei der dortigen Zunft Stoffballen besorgt.«

Birgany klatschte in die Hände. »Es ist unchristlich, aber ich hoffe, er kommt in den Schuldenturm für das, was er damals mit seinem Vetter ausgeheckt hatte. An Krämer kann ich mich nicht mehr rächen, wohl aber an dem Kerl, der mich ohne Bedenken schänden wollte.«

»Ich kann es immer noch nicht fassen, was für ein Schwein mein Schwager ist. Wenn ich eine Möglichkeit hätte, würde ich meiner Verwandtschaft augenblicklich den Rücken kehren, aber ich muss mich bedeckt halten. Für ein Zimmer in einer Pension oder einem eigenen Häuschen reichen meine Ersparnisse nicht aus. Die Dachkammer in Scheffers Haus ist alles, was ich habe, wenn ich nicht auf der Straße schlafen will.«

Spontan ergriff Birgany Sophias Hand und zerrte sie nach rechts zum neu ausgebauten Kontor.

»Ich dachte, du wolltest mir meinen neuen Ubera zeigen?«

»Später. Mir kam nur gerade ein Gedanke in den Sinn.« Birgany hüpfte die Stufen hoch und marschierte mit Sophia im Schlepptau in das Kontor. »Heribert, sind Thoran oder Nikolai da?«

Der Schreiber lugte um die Ecke seiner Stube und bekam rote Ohren, als er Sophia sah. »Äh, nein.«

»Weißt du, ob für das Libertas schon eine Haushälterin eingestellt wurde?«

»Haushälterin?« Heribert sah sie an, als ob sie zwei Köpfe hätte. »Wofür braucht Libertas denn eine Haushälterin?«

Ungeduldig stampfte Birgany mit dem Fuß auf. »Willst du Hanna diese Arbeit aufbürden und ihr offenbaren, was dort vor sich geht?«

»Lieber Gott, nein.«

»Siehst du. Wir brauchen eine Vertraute, die sich um die Sauberkeit der Räumlichkeiten kümmert und um all den anderen Kram.«

»Und wen hast du im Sinn, kleine Feuerfee?«

Birgany quietschte vor Schreck und wirbelte zu Nikolai herum. »Es macht dir wohl Spaß, uns so zu erschrecken.«

Sie sah zu Sophia, die eine Hand auf ihren mächtigen Busen gepresst hatte.

»Manchmal. Dir Schreie der Lust zu entlocken, ist allerdings weitaus erstrebenswerter.«

»Du Ekel.« Sie hakte sich bei Nikolai unter und zog mit der anderen Hand Sophia mit sich ins neue Arbeitszimmer der Brüder.

»Sophia braucht eine Bleibe. Als Mitglied des Libertas könnte sie im Kloster wohnen und dort arbeiten, damit sie ein Auskommen hat und nicht mehr auf ihre ekelhaften Verwandten angewiesen ist.«

Sophia schnappte nach Luft und blickte sie ungläubig an. Nikolai lehnte mit der Hüfte an der Kamineinfassung und überlegte. »Direkt neben dem Eingang steht das alte Pförtnerhäuschen. Damit wussten Thoran und ich bisher nichts anzufangen. Wäre das für dich als Unterkunft annehmbar, Sophia?«

»Annehmbar?«, kreischte Sophia und klatschte in die Hände. »Ich würde auch in der Kapelle auf dem Boden schlafen.« Die Freude wich aus ihren Augen und sie schüttelte den Kopf. »Ich will keine Almosen.«

»Als Haushälterin steht dir ein Gehalt zu, denn Birgany hat vollkommen recht. Wir können Hanna nichts von Libertas offenbaren. Die gute Seele würde vor Scham sterben. Außerdem ist sie mit unserem Privathaushalt ausreichend beschäftigt. Du gibst uns eine passable Ausrede. Hanna wird einverstanden sein, denn auch sie hasst Scheffer. Dich aus seinen Fängen zu holen, wird ausreichen. Sie wird nicht argwöhnisch und wir müssen wegen des Vierseithauses nicht lügen.« Nikolai stieß sich vom Kamin ab und hob mit zwei Fingern Sophias Kinn an. »Willst du die Stelle und fühlst dich den Anforderungen gewachsen, gehört sie dir. Über den Lohn werden wir uns sicher einig. Zudem wirst du auf dem Anwesen wohnen müssen, um alles zu überwachen. Deshalb ist es nur recht, wenn wir dir eine Unterkunft stellen. Thoran und ich haben genug mit unserem Handel zu tun und wollen uns nicht mit solchen Dingen befassen. Deine Aufgaben würden die Planung der Feste, die Erstellung der Einladungen sowie die Dekoration beinhalten. Es wäre eine Erleichterung für uns, wenn du die Stelle annehmen würdest.«

Sophia kullerte eine Träne über die Wange, aber ihr Gesicht strahlte. »Ja.«

Spontan sprang Birgany Nikolai an und umarmte ihn. »Danke.«

Er hatte verstanden, wie wichtig es ihr war, Sophia das Gefühl zu geben, keine Bittstellerin zu sein.

Voller Zuneigung erwiderte er ihre Umarmung und gab ihr einen schmatzenden Kuss auf die Lippen.

»Lass deine gierigen Griffel von meiner Frau.« Thoran zog sie von seinem Bruder weg.

»Deine Frau kann ihre Griffel nicht von mir lassen.«

Ein leises Räuspern erinnerte Birgany daran, dass sie nicht allein waren.

»Wann kann ich einziehen?« Verschmitzt grinste Sophia Nikolai an.

»Wo einziehen?«, fragte Thoran und Nikolai setzte ihn in Kenntnis.

»Hervorragende Wahl.«

»Danke Thoran, also ... wann kann ich einziehen?« Sophias Augen leuchteten voller Vorfreude.

»Sobald wir es renoviert haben.«

»Darf ich es mir wenigstens ansehen?«

»Später. Zuerst will ich in den Orient«, erklärte Birgany.

»Euer Wunsch ist mir Befehl.« Thoran verbeugte sich formvollendet.

Sie legte die linke Hand in seine Armbeuge und stieg mit ihm die breite Treppe hinauf ins Obergeschoss. Nikolai folgte ihnen mit Sophia am Arm.

Die Brüder hatten Birgany nicht zu viel versprochen. Staunend sah sie sich um. Unzählige Bodenkissen in den unterschiedlichsten Rottönen lagen in loser Anordnung auf den Eichenholzdielen.

»Wie schön.« Sophia strich über den nachtblauen Stoff des Baldachins, der die Mitte des Raumes dominierte.

Birgany drehte sich zu Thoran um. »Es ist, als tauche man in eine andere Welt ab. Sieht es so bei einem Scheich und seinen Haremsdamen aus?«

»Ja und nein.«

»Was meinst du damit?«, wollte Sophia wissen und plumpste auf den Diwan.

»Mit Ja meine ich, ihre Gemächer sind von gleicher Art wie dieses hier. Mit Nein will ich sagen, im Orient leben die Menschen vollkommen anders. Die Männer dürfen unzählige Ehefrauen haben, denn genau das sind die Haremsdamen. Allesamt. Die Frauen sind stolz, wenn sie vom Scheich erwählt werden. Ölen sich gegenseitig ihre Körper ein. Hüllen sie in durchsichtige, seidene Gewänder. Kein einzelnes Haar versperrt den Blick auf ihr Geschlecht.«

»Was?« Sophia richtete sich ruckartig auf. Thoran grinste wie ein Lausbub. »Ihre Traditionen sind anders. Die Menschen dort sehen Körperbehaarung als unrein an. Bis auf den Kopf sind Männer und Frauen glatt rasiert.«

»Du meinst ...«, stammelte Birgany und ärgerte sich über ihre Schamhaftigkeit.

»Ja, meint er. Kein Haar versperrt den Blick auf den Schoß der Damen oder die Lenden der Männer.« Nikolai zeigte auf drei exotische Bilder an der Wand. Interessiert sah Birgany sie an. Die dort abgebildeten Menschen waren nackt. Vollkommen nackt.

Da, wo bei Birgany Kräusellocken ein Dreieck bildeten,

zeichnete sich auf dem Gemälde nur ein Strich ab, der die Schamlippen voneinander teilte.

»So etwas habe ich noch nie gesehen.«

Sophia zog Birgany mit sich zum nächsten Bild. Hier konnte man klar und deutlich den Liebesakt zweier Menschen betrachten. Mann und Frau waren unbehaart, selbst die Brust der Männer war enthaart. Nichts als glatte Haut.

Birgany wurde heiß. Auch Sofias Wangen glühten wie Bratäpfel.

Sie schritt weiter zum nächsten Bild. Thoran ergriff ihre Hand und leckte über die empfindliche Haut ihres Handgelenkes, wo der Puls sofort heftiger pochte. »Scheich Abdul ibm Khan hat uns erklärt, die Wonne sei um ein Vielfaches höher, wenn die Haare fort und die Haut ungeschützt sei.«

Birgany stockte der Atem, als sie die Begierde in Thorans Augen erkannte.

Seine Zunge zog die Konturen ihrer Ohrmuschel nach, die Zungenspitze versuchte sich in ihr Ohr zu bohren. Das Prickeln rieselte bis in ihren Unterleib. »Gefällt dir der Gedanke, meine Zunge und meine Lippen auf deiner glatten, rosigen Haut zu spüren?«

Erregung strömte durch sie hindurch und verflüssigte sich in ihrer Mitte. Wenn er nicht sofort aufhörte, würde sie sich vor Nikolai und Sophia die Kleider vom Leib reißen. Entschlossen, dies nicht zuzulassen, drückte sie ihr Kreuz durch. »Du hast bei einer fremdländischen Schönheit gelegen?« Thoran lachte und ging auf ihr Ablenkungsmanöver ein. »Der Harem wurde streng bewacht und kein Mann durfte ihn betreten. Lediglich die Eunuchen hatten Zugang.

Diese Männer waren Sklaven und wurden kastriert, damit sie den Besitz des Scheichs nicht beschmutzen konnten. Nein, ich war nie an diesem heiligen Ort. Nie habe ich bei einer der

Ehefrauen des Scheichs gelegen. Darauf stand die Todesstrafe.«

Er schlenderte zu einem der niedrigen Tischchen, nahm die Zunderbüchse und entzündete getrocknete Kräuter in einer Räucherschale. Thoran warf seinem Bruder einen Blick zu und dieser nickte.

»Komm Sophia, lass uns mal schauen, ob dir das Pförtnerhäuschen gefällt.«

Sophia strahlte Nikolai an. »Es wird mir gefallen. Alles ist besser als die kleine Dachkammer in meines Schwagers Haus.«

Die Tür schlug zu und Birgany und Thoran waren allein.

»Danke.«

Stirnrunzelnd sah Thoran sie an. »Wofür?«

»Dein stummes Gespräch mit Nikolai. Die Bitte, mit Sophia zu verschwinden, damit wir allein sind.«

»Du willst mit mir allein sein? Ist es der Zauber des Orients, der dich so betört?«

Birgany horchte in sich hinein. Sklaven. Lustsklaven.

Der Gedanke hatte nichts Ekliges an sich. Seit dem verhängnisvollen Tag waren ihre Dämonen fort und sie war frei von der Vergangenheit. Auch verband sie Thorans Wunsch nicht mit dem, was sie erlebt hatte.

Viel hatte sie ihm nicht zu bieten. Aber eines konnte sie ihm schenken. Etwas, das er sich von Herzen wünschte und das nicht mit Talern zu bekommen war. Sie hatten sich Offenheit und Ehrlichkeit gelobt. Wie sollte sie wissen, ob es ihr gefiel, wenn sie es nicht ausprobierte?

Birgany presste ihre Hand fest auf seinen Schritt und er stöhnte auf.

»Nein, mehr die Aussicht, dich zu meinem Sklaven der Lust zu machen.«

Gier und Unglaube spiegelten sich in den Tiefen seiner erdbraunen Augen.

»Worauf wartest du, Sklave! Zieh dich aus. Ich will dich begutachten.« Jedes ihrer Worte sickerte in ihren Leib. Sie wurde feucht, ihre Brüste schwer. Die Spitzen drückten hart gegen den Stoff ihres Uberas.

Hektisch zerrte Thoran sich die Kleidung vom Leib und schleuderte sie achtlos von sich.

Sie würde nie müde werden, diesen Mann anzusehen. Sein Geschlecht ragte groß und lang aus dem Nest dunkler Locken und die breite Spitze glänzte feucht.

Seine wohlproportionierten Bauchmuskeln bebten. Selbst seine Brustwarzen waren hart.

Es erregte sie, Thoran verrückt zu machen. Sie fühlte sich stark und mächtig.

Birgany holte tief Luft und inhalierte die Duftkombination aus Zimt und Sandelholz. Sie tauchte vollkommen ab in diese exotische Welt des Orients.

Sein Blick ruhte auf ihr.

Sie staunte darüber, wie viel sie in seinem Gesicht lesen konnte. Die Pupillen waren nahezu schwarz, die Lippen leicht geöffnet, seine Atmung harsch.

Federleicht strich Thoran ihr eine Haarsträhne hinters Ohr. »Bist du dir sicher?«, fragte er leise und voller Hoffnung. »Birgany, ich will dich zu nichts zwingen. Ich hatte die Hoffnung am Tage des Brandes aufgegeben. Bitte, tu es nicht, weil du denkst, ich würde es brauchen.«

Für seine Selbstlosigkeit liebte sie ihn noch ein Stück mehr. Obwohl er dachte, nie seine Fantasie ausleben zu können, hatte er sie zu seiner Frau gemacht. Ihr Herz raste einen Abhang hinunter und mit Schwung wieder den Hügel hoch. Vor lauter Liebe konnte sie kaum sprechen. Sie räusperte sich. »Es ist keine spontane Entscheidung. Seit unserem Gespräch am See geistern die Gedanken um deinen Wunsch durch meinen Kopf.

Zu sehen, wie sehr es dich erregt, schürt auch mein Verlangen. Die Macht über deine Erlösung zu haben, berauscht mich wie ein guter Wein. Mein Schoß pulsiert und die Innenseiten meiner Schenkel sind nass.«

Bei ihren Worten sackte Thoran auf die Knie. Mit gespreizten Schenkeln kniete er vor ihr. Sein Leib bebte und zuckte. Schweiß glänzte auf seiner Haut. »Ich … Zu spät.«

Er sah prachtvoll aus. Seiner Lust vollkommen ausgeliefert.

Sein Becken ruckte nach vorn. Sein Körper erstarrte und er kam mit einem kehligen Stöhnen.

Allein ihre Worte hatten dies bewirkt. Thoran hob den Kopf und Tränen glitzerten an seinen Wimpern. »Ich konnte es nicht mehr aufhalten. Noch nie in meinem Leben verspürte ich eine solche Gier. Sie jagte wie ein Speer durch meinen Leib.«

Leichtfüßig kam sie zu ihm, setzte sich auf seinen Schoß und vergrub ihre Hände in seinem schulterlangen Haar. »Es war aufregend, dir zuzusehen. Wenn dieses Spiel jedes Mal so ist, will ich nie mehr etwas anderes machen.«

Sanft küsste Thoran ihre empfindliche Haut unterhalb des Ohrs. »Ich …« Er stockte und schüttelte leicht den Kopf.

»Was, mein Liebster?«

»Nur du bist in der Lage, mich derart scharfzumachen, dass ich die Beherrschung verliere.« Seine Zunge fuhr seitlich über ihren Hals und Birgany erschauderte. »Stets war ich Herr über meinen Höhepunkt. Konnte ihn nach Belieben zurückhalten und Erlösung erlangen, wenn ich es wollte.«

Birgany kicherte. »An deiner Selbstdisziplin müssen wir wahrlich noch arbeiten.«

Er hob den Kopf, nahm ihr Gesicht zwischen seine starken Hände und sah ihr fest in die Augen. »Es gibt nur ein Weib, welches mich in den Wahnsinn treibt. Welches dafür verantwortlich ist, dass ich kaum atmen kann und mir das Herz im Hals wummert. Mir war nicht klar, wie viel Erfüllender es ist, sich der Gnade der Frau zu unterwerfen, die man von Herzen liebt. Diese Essenz ist wie Ambrosia der alten griechischen Götter.«

Nun standen Birgany die Tränen in den Augen. »Wer mag diese unvergleichliche Maid sein?«

»Eine kleine Frau mit honigblondem Haar. Augen so blau und tief wie die schwedische See. Ihr gehören mein Herz, mein Leib, meine Seele.«

Jedes seiner Worte verwahrte sie in ihrem Herzen.

»Ich habe keine Ahnung von diesem Spiel, nur vage Vorstellungen.« Unruhig rieb sich Birgany an ihrem Geliebten.

»Ein Sklave darf seine Herrin nicht duzen. Diese intime Anrede ist ihm verwehrt. So sind allein durch unsere Worte die Rollen festgelegt.

Er hat all ihre Wünsche und Befehle auszuführen, egal wie unangenehm sie ihm auch seien.«

»Sprich weiter«, befahl Birgany und spürte, wie Thorans Schaft sich an ihrem Schoß regte.

»Er lebt, um ihr zu dienen.«

»Hm, der Gedanke sagt mir zu.« Die Rolle der Herrin gefiel Birgany sehr und sie wusste, Thoran war weder schwach noch unterwürfig. Nein, sie sah die Stärke in seinem Blick, in seiner Haltung.

Birgany erhob sich und sah auf ihren Geliebten hinab. Macht über diesen Mann zu haben, sickerte durch ihren Leib und erregte sie maßlos.

»Sagt mir, wie ich Euch dienen kann.«

»Entkleide mich.«

Behutsam streifte Thoran ihr die Kleidung vom Leib. »Ihr seid wunderschön. Eure Haut ist zart wie Rosenblüten.« Thoran verstand es, mit Worten umzugehen. Birgany wusste, sie kamen aus seinem Herzen.

»Darf ich Euren Zopf lösen?«

Birgany nickte und schloss die Augen. Behutsam löste Thoran die Flechtfrisur. Sie spürte seinen Atem auf ihrem Po und riss die Augen auf. »Was machst du?«

»Eure goldenen Locken bedecken Eure hinreißende Kehrseite vollständig.« Er fuhr mit der Zunge über die Unterseite ihres Pos. »Genau bis hier verbergen die Haare den Körper meiner geliebten Herrin.«

»Nimm meinen willigen Leib in Besitz und lass auch mich die Höhen erklimmen, wo es keinen Raum für Gedanken gibt.«

»Ich bin Euer Sklave. Besitz steht nur meiner Herrin zu. Eure Erfüllung ist mein einziger Lebenszweck. Gestattet mir, Euch mehrmals in den Rausch der Sinneslust zu versetzen.«

Sanft bettete er sie auf den Diwan.

»Ein sehr gelehrter Mann sagte mir, ein Sklave müsse bestraft werden, sollte er den Anordnungen seiner Herrin zuwiderhandeln.« Nie zuvor in ihrem Leben hatte Birgany erfahren, wie erregend Worte sein konnten. Sie schaute sich noch einmal um. Dachte an den Harem, an Sklaven der Lust. Sah Thorans Liebe und hörte seine unglaublich mutige Bitte, damals am See.

»Dein unerlaubtes Kommen muss bestraft werden.« Einladend spreizte sie ihre Schenkel. »Stelle mich zufrieden und ich könnte Milde walten lassen.«

Sein Atem fächerte über ihr erhitztes Fleisch und Birgany öffnete sich noch weiter für ihn.

Die Haare seines Vollbartes kitzelten die Innenseiten ihrer Schenkel. »Gestattet mir eine Frage, geliebte Herrin.« Er strich mit der Zunge über ihre Lustperle.

»Frag.« Diese winzige Berührung katapultierte sie bereits in unglaubliche Höhen.

»Welche Strafe habe ich zu erwarten?« Sanft umkreiste er mit der Zungenspitze diesen herrlichen Punkt. Gleichzeitig schob er zwei Finger in ihren willigen Leib und Birgany hob ihr Becken. Sie spürte, wie ihr Körper kribbelte, den prickelnden Flug ankündigte.

Vollkommen reglos verharrte er und sah ihr in die Augen. Er wollte wirklich eine Antwort von ihr. Ihr Verstand vernebelte sich, klare Gedanken stoben davon wie Wolken am Himmel. »Mach weiter, wenn dir dein Leben lieb ist.«

Sie spürte Thorans Lachen an ihrem Geschlecht und warf den Kopf zurück. Seine Zunge tanzte darüber, neckte, zupfte und saugte.

Ihr Unterleib übernahm die Führung und Birgany wand sich ekstatisch unter ihm.

»Du in mir. Sofort!«

»Zu Euren Diensten, meine Herrin«, antwortete Thoran und drang langsam in sie ein. Er dehnte und füllte sie aus bis in ihre Seele. So verharrte er lange Zeit, sah auf sie hinab und die Liebe in seinem Blick war strahlend wie die Sommersonne, die durchs Fenster fiel.

»Wie darf ich Euch erfreuen?«, wollte er wissen.

»Beweg dich endlich.« Sie hob ihm ihr Becken entgegen.

Lüstern grinste er sie an und schüttelte den Kopf.

Sie wusste, worauf er wartete. Hitze schoss Birgany in die Wangen.

»Mach die Augen zu.« Wenn er sie nicht ansah, fiel es Birgany leichter, ihre geheimen Wünsche in Worte zu fassen.

Gehorsam senkten sich seine Lider.

»Ich will es hart und schnell. Langsam und gemächlich. Ich will deine geschickten Lippen an meinen Brüsten spüren.«

Sein Schaft zuckte in ihrem Leib und schwoll noch weiter an. »Ich will von hinten genommen werden und deine Finger an meiner empfindsamsten Stelle spüren und ich will dich reiten. Dich hilflos unter mir sehen und gemeinsam mit dir von der Klippe springen.«

»Darf ich Euch dabei ansehen, Herrin?«

»Ich bestehe darauf, Sklave. Beweg dich endlich oder ich suche mir einen anderen Diener.«

Sein Griff um ihre Hüften festigte sich und sein Blick war wild. Er zog sich ein Stück aus ihrem Schoß zurück und ihre Leiber klatschen laut aufeinander, als er hart in sie stieß. »Ich werde Euch alle Wünsche erfüllen, Herrin. Versagt mir nicht Eure Gunst.« Bei jedem Satz versenkte er seinen Schaft bis zur Wurzel in ihrem Schoß. Thoran beugte sich vor, um ihre Brustspitzen in den Mund zu nehmen, und sein Schaft drang noch tiefer in sie ein.

»Mehr. Ich will mehr!« Birgany war fernab von Scham und bestand nur noch aus unerfüllter Begierde, die in ihrer Intensität schmerzhaft schön war.

»Dreht Euch um«, bat Thoran und zog sich aus ihr zurück.

Wieselflink drehte sie sich um und kniete sich aufs Bett. Sogleich füllte er sie wieder aus. Fest legten sich seine Hände auf ihre Hinterbacken und kneteten ihr Fleisch. Sie liebte die rauen Hände von Thoran, mit denen er so unglaublich sinnliche Dinge anstellen konnte. Seine Hoden klatschen bei jedem Stoß gegen ihre Scham und steigerten ihre Sinneslust weiter.

Sie war kurz davor und ihre inneren Muskeln krampften sich zusammen. Bewegungslos verharrte Thoran in ihr. Schon wieder!

Birgany warf den Kopf in den Nacken und knurrte ärgerlich. »Wag es nicht, mir die Erfüllung zu versagen, sonst wirst du als Eunuch diesen Raum verlassen.«

»Ihr wolltet mich auf dem Rücken liegend sehen. Hilflos meiner Lust ausgeliefert, Herrin. Ich befolge lediglich Eure Befehle.« Er umfasste ihre Taille, drehte sie zu sich und zog Birgany vom Diwan.

Lieber Himmel, Birgany wollte nur noch kommen und der Anblick von Thorans herrlichem Körper schob sie ein Stück näher an die Klippe.

Mit leicht gespreizten Beinen lag er auf dem Rücken. Stolz und hart wie der Stamm einer Eiche wartete Thorans Schaft darauf, in sie einzutauchen.

Die Hände auf seiner Brust abgestützt, brachte sich Birgany in Position und senkte ihr Becken auf seine Lenden. Sie sah ihm unverwandt in die Augen.

Laut stöhnte er und kam ihr entgegen, presste sein Becken an ihren Schoß und füllte sie vollkommen aus.

»Brüste!« Mehr brachte Birgany nicht über die Lippen. Dieser brüsk ausgesprochene Befehl verfehlte nicht seine Wirkung, denn augenblicklich bäumte sich Thoran unter ihr auf.

Geschickt zupfte er an den sensiblen Spitzen, schwächte und intensivierte die Stärke und Birgany ritt ihn erbarmungslos. Vor ihren Augen verschwamm alles und sie kam in einer Heftigkeit, die ihr die Sinne raubte. Sie stieg höher und höher und zerbarst wie ein Feuerwerk in tausend funkelnde Sterne.

»Darf ich Euch folgen?«

Sie hörte Thorans erstickte Bitte kaum. In ihren Ohren rauschte es und sie schaffte es lediglich zu nicken.

Unter ihr wurde Thoran starr, stieß ein letztes Mal zu und ergoss sich in ihr.

Unfähig, sich weiter aufrecht zu halten, brach Birgany auf ihm zusammen.

Es dauerte lange, bis ihr beider Atem ruhiger wurde.

»Glaubst du, die anderen haben uns gehört?«, nuschelte sie mit den Lippen an seinem Hals.

Sein harter Brustkorb unter ihr bebte. »Deine Schreie waren bis in den nächsten Ort zu hören, was mich durchaus ehrt.«

Fest kniff sie ihm in die Seite und Thoran zuckte zusammen. Erstaunt stellte Birgany fest, dass es sie nicht beschämte. Es war ihr gleichgültig.

Mit der Essenz der Liebe war es richtig, ihre tiefen Gefühle mit ihrem Körper zum Ausdruck zu bringen. Gesättigt und glücklich kuschelte sie sich an ihren Mann.

»Ich danke dir, meine Feuerfee.«

Birgany richtete sich auf und legte einen Finger auf Thorans Lippen. »Es hat mir gefallen.« Sie ruckelte leicht auf seinen Lenden hin und her. »Bei jedem Befehl, den ich gab, spürte ich eine ungeheure Macht über dich. Ich gebe zu, so intensiv hatte ich es mir nicht vorgestellt. Ich könnte süchtig nach Walderdbeeren werden.« Thoran lachte laut auf, wirbelte sie herum, ohne sich von ihr zu lösen. Sein Blick war voller Liebe und Staunen.

»Du hast meine Worte am See nicht vergessen.« Thoran lächelte. »Mit dir ist es kein Spiel, sondern der tief sitzende Wunsch, dir zu dienen. Es erfüllt mich mit Stolz, dich zufriedenzustellen. Deinen Liebeshunger zu sättigen.

Ich bin meiner Herrin noch etwas schuldig, weil ich ohne deren Erlaubnis meinen Samen vergoss.«

Aufreizend strich sie ihm mit den Fingernägeln über den Brustkorb. »Stimmt, aber mir zu dienen wäre eine Belohnung für dich.« Hart schlug sie ihm auf den Hintern. »Diese werde ich dir verweigern. Entferne dich, Sklave. Heute wirst du deine Verfehlung nicht ungeschehen machen können.«

Sein entsetzter Gesichtsausdruck war so komisch, dass Birgany sich vor Lachen nicht mehr halten konnte.

»Ihr seid eine grausame Herrin.«

»Hast du nicht gesagt, ich solle Herrin über deine Begierde sein?«, fragte Birgany unsicher.

Sanft zog er sich aus ihr zurück und küsste ihre Nasenspitze. »Verlässt meine Feuerfee der Mut?«

»Es ist alles neu und ich weiß nicht wirklich, was ich tun soll.«

»Für mich ist es ebenso neu. Ich erfahre, wie aufreizend es ist, nicht Erfüllung erlangen zu dürfen. Wir werden diese Welt gemeinsam erkunden, wenn du es wirklich willst.« Schwungvoll stand er auf, zog Birgany auf die Füße und schlüpfte in seine Kniebundhose.

»Ich will es von ganzem Herzen. Für dich und auch für mich. Es gefällt mir. Aber ich verstehe es nicht wirklich.« Sie blies sich eine Haarsträhne aus der Stirn. »Macht bekommt eine völlig neue Bedeutung für mich. Sie ist weder mit Unterdrückung noch mit Brutalität behaftet. Es ist eine besondere Zutat. Die Kontrolle über deine Erlösung zu haben, bringt meine Grotte wahrlich zum Sprudeln. Vor allem, darüber zu entscheiden, ob und wann du kommen darfst.«

Ihm entwich ein Stöhnen und er zuckte zusammen. »Ich bin mir nicht sicher, ob die Knöpfe meiner Hose halten, weil meine Herrin mich in meiner Begierde schmoren lässt.

Jeder Schritt wird mir schmerzhaft zeigen, dass ich dir dienen darf, und mich weiter erregen.« Dicht trat er an sie heran.

»Und meiner Herrin gefällt es, einen solch lüsternen Sklaven zu haben und über ihn bestimmen zu dürfen.

Ich werde mir neue Hosen schneidern lassen müssen, damit ich mir nichts abquetsche, wenn meine Herrin mich quält.«

»Wage es nicht. Wenn ich mich recht entsinne, gefiel es dir, grob angefasst zu werden.«

Seine ausdrucksstarken Augen weiteten sich. »Eure kleine Hand an meinen Lenden. Ich gefesselt und Euch vollkommen ausgeliefert hat mir nicht nur gefallen. Ich hab mir auf die Innenseite der Wange beißen müssen, um nicht in Eurer Hand zu kommen, so wild hat es mich gemacht.«

Die Lippen zusammengepresst, schüttelte Birgany den Kopf. »Was hab ich mir nur dabei gedacht? Hole mir einen Sklaven, der über keinerlei Disziplin verfügt.« Selbst mit Worten war dieses Spiel aufregend. Zu wissen, dass er seine eigene Erfüllung in ihre Hände legte und es genoss, auf diese Weise beherrscht zu werden, schürte ihre Begierde von Neuem.

Mit den Fingernägeln zog sie eine Spur über seine nackte Brust bis zum Bund seiner Hose.

Die Muskeln an seinen Armen traten hervor, Schweiß glänzte auf seiner Haut. »Am liebsten würde ich mir die Hose aufreißen und es mir selbst besorgen. Es nicht zu dürfen, ist kaum zu ertragen und trotzdem bin ich süchtig danach, meiner Herrin zu gehorchen. Es ist mir ein Bedürfnis, Euch mit meinem Leid zu erfreuen.«

Nun war es Birgany, die den Mund öffnete und wieder schloss. Thoran meinte jedes Wort ernst. Er würde sich selbst keine Erleichterung verschaffen.

»Aber?«

»Solange wir in diesem Separee sind, seid Ihr meine Herrin und ich Euer Sklave. Solange Ihr dieses Spiel nicht beendet, ist meine Rolle festgelegt.«

Nachdenklich kaute Birgany an ihrer Unterlippe.

»Woran denkt Ihr, geliebte Herrin?«

Unfähig still stehen zu bleiben, schritt Birgany durch den Raum. »Mein Kopf füllt sich mit Möglichkeiten, meinen Sklaven, vor allem aber mich zu erfreuen.« Sie blieb vor dem Kamin stehen und strich über die raue Oberfläche. »Du hast gesagt, du wirst mir helfen.«

»Natürlich. Es wird anfänglich schwierig werden, wenn der Sklave Vorschläge macht oder Anweisungen gibt. Ab dem Augenblick, wo du dir sicher bist in der Rolle als Herrin, werde ich zu deinem Spielzeug. Alle Macht liegt allein in deinen kleinen Händen. Es wird Situationen geben, die mir unangenehm sein werden, die mich an meine Grenzen bringen. Andererseits werde ich alles dafür tun, von dir bestraft zu werden.«

»Wieso?«

Er grinste sie an. »Ein guter Sklave der Lust wird alles tun, um bestraft zu werden, da genau dies seine Herrin mit Macht, Wollust und Freude erfüllt. Wäre es dir lieber, ich würde all deine Befehle ohne Widerrede ausführen?«

Langsam verstand Birgany und schüttelte den Kopf. Es war ein sinnlicher Tanz, ein Kampf zwischen Sklave und Herrin. Ein Spiel der Gegensätze.

»Ich möchte mehr über die Kunst dieser Art von Liebe lernen. Sie beherrschen, damit ich dich beherrschen, dir aber auch mit ausgefallenen Spielen Freude bereiten kann.«

»Wir haben in unserer Bibliothek sehr brisante Schriften. Sie enthalten Bilder, die diese hier« – Thoran zeigte auf die Gemälde an der Wand – »um ein Vielfaches in der Darstellungskunst übertreffen. Dazu Texte und Anleitungen, die für eine sittsame Dame durch und durch zügellos schmutzig sind.«

Birgany klatschte in die Hände. »Perfekt. Was wäre ich für eine Herrin, wenn mir mein Sklave sagen müsste, was ich tun soll.«

Sie lief zu ihm, sprang ihn an und schlang die Arme um seinen Hals. »Lass uns diese exotische Welt gemeinsam erkunden. Sei sehr ungehorsam, damit ich diese neu entdeckte Macht auskosten kann.«

»Ich werde mir die größte Mühe geben. Ich bewundere deine Stärke.«

Kapitel 11

Libertas, zwanzigster August anno 1712

Verhalten wurde an die Tür zu Birganys Werkstatt geklopft. Heribert trat ein und wirkte nervös.

»Ist etwas geschehen?«

»Nein, nein. Ich hätte eine Bitte.« Verlegen trat er von einem Fuß auf den anderen und zeigte auf den Stoff in ihren Händen. »Ich möchte meiner Verlobten ein Geschenk machen. Kannst du für sie einen Ubera nähen?«

»Ich benötige ihre Maße.«

Heribert zog die Stirn kraus. »Würde es helfen, wenn ich dir eines ihrer Korsetts bringe?«

»Ich überleg mir was. Wann soll er fertig sein?«

»Nikolai und Thoran haben uns zum Fest eingeladen.« Er rieb sich über den Nacken. »Ich habe ihr von unserem geheimen Treffpunkt erzählt und sie ist seit gestern ebenfalls Mitglied. Sie ist ... Wir haben ... Du weißt schon.«

Spontan sprang Birgany auf und umarmte Heribert. »Du und Franziska passt hervorragend ins Libertas.«

»Du findest es nicht anstößig, dass wir vor der Ehe miteinander geschlafen haben?«

»Heribert, schau mich an. Ich lebte bis vor zwei Wochen offen mit einem Junggesellen zusammen. Wie du weißt, war meine erste Ehe nicht gut. So etwas wünsche ich keinem.

Euer Ehegelübde habt ihr euch bereits gegeben, mit Worten und mit euren Körpern. Was gibt es Schöneres?«

»Thoran hat großes Glück, dich zu haben, Birgany. Ich denke, du kannst Franziska helfen, ihr anerzogenes Schamgefühl zu überwinden.«

»Glaubst du, ich würde nicht leuchten wie ein Granatapfel?«

»Ich kann es kaum fassen, dass ich so offen mit dir rede. Bei dir vergesse ich allen Anstand und jede Sitte.«

»Für mich steht dieser Ort nicht nur für Begierde in all ihren Formen. Es ist ein Haus, wo sich Gleichgesinnte treffen können. Wo die Freiheit herrscht, eine eigene Meinung zu haben. Ha, ich kann mich sogar anziehen, wie ich es möchte. Ebenso die Männer. Keiner muss Hemd, Wams, Rock und Halstuch tragen. Wir können herumlaufen, wie Gott uns geschaffen hat.« Birgany lachte. »Ich bin neugierig und gerade deshalb finde ich den Gedanken mit Libertas schön. Es sind alles Menschen, die offen sind, die sich nicht von der Obrigkeit unterdrücken lassen. Und vor allem sind auch Frauen willkommen. Zum ersten Mal haben wir die Möglichkeit, die körperliche Liebe in all ihren strahlenden Facetten zu erfahren, ohne als Hure gebrandmarkt zu werden.«

»Von dieser Seite habe ich es noch gar nicht betrachtet.«

»Unterhalte dich mal mit Sophia.«

»Ich verstehe nicht.«

»Sie hat es gewagt, als unverheiratete Frau ihr Leben zu leben. Sich einen Liebhaber genommen. Ihr Glück, dass es keiner beweisen konnte, sonst wäre sie von der Kirche verurteilt worden. Uns ist es nicht gestattet und wir werden hart bestraft, sollten wir mehr tun als unsere Pflicht dem Gatten gegenüber.«

»Ich bin Sophia einige Male begegnet, bevor sie bei uns Mitglied wurde, und musste feststellen, dass die Passanten die Straßenseite wechselten und sie nicht grüßten.« Verlegen schaute Heribert auf seine Schuhe.

»Ja, so sind die gottgläubigen Leute. Nach außen scheinheilig und frömmer als der liebe Gott persönlich. Sieht keiner hin, verwandeln sie sich in blutsaugende Monster. Sie verdammen alle, die es wagen, aus dem vorgegebenen Trott auszubrechen.

Neid, Missgunst und Fanatismus prägen ihr Denken und Sophia musste darunter leiden, ebenso wie ich. Sophias ach so herzensgute Verwandte haben sie aufgenommen und ihr ein Dach über dem Kopf gegeben.« Birgany winkte ab.

»Nimm meinen Rat an und stell Franziska Sophia vor. Sie kann deiner zukünftigen Frau sicher helfen. Es ist nicht einfach, alles, was man von Kind an gelernt hat, infrage zu stellen. Gib ihr Zeit und sei für sie da. Ich bin mir sicher, wir werden nicht nur eine phänomenale Eröffnungsfeier im Libertas haben, sondern auch bald eine Hochzeit dort feiern.«

»Danke.« Heribert hauchte ihr einen Kuss auf die Wange und verschwand.

Birgany wartete, bis seine Schritte verklangen. Sie hastete zu ihrer Truhe, zerrte Hose, Hemd und Wams heraus und zog die Männersachen an. Geschickt flocht sie ihr Haar und verbarg es unter einer Mütze. Dann betrachtete sie sich im Spiegel und nickte. So würde sie keiner erkennen.

Schnell kam sie voran und erreicht nach knapp einer Stunde Hachenburg.

Ihr Herz raste und Birgany zwang sich, langsam zu gehen. Den Kopf gesenkt schritt sie durch das Südtor, vorbei an den Stadtwachen. Erleichtert holte sie tief Luft. Sie hatte es geschafft, keiner hatte sie erkannt.

»Stehen bleiben!«

Nein, nein. Nicht jetzt. Was sollte sie tun? Sie sah über ihre linke Schulter. Eine der Stadtwachen kam auf sie zu. »Du da! Dich kenne ich doch!« Der Kerl drehte sich um. »Erwin, das is die Weißnäherin, die verbannt wurde.«

Birgany rannte los und hörte die schweren Schritte der Stiefel hinter sich. Noch nie im Leben hatte sie solche Angst verspürt. In den engen Gassen der Stadt versuchte sie, ihre Verfolger abzuschütteln. Ständig wechselte sie die Richtung, in der Hoffnung, die Kerle zu verwirren. Mal wurden die Schritte leiser, dann hörte sie sie wieder ganz in der Nähe. Sie hastete durch die Haingärten. Stolperte. Fiel. Rappelte sich wieder auf und floh weiter.

Gordian! Selbst die Stadtwachen mieden den Gerber und würden sie dort nicht vermuten. Sie rannte an den stinkenden Lohgruben vorbei. Hustete, würgte und presste sich beide Hände auf den Mund, um den Wachen nicht ihren Standort zu verraten. Sie kauerte hinter den aufgeschichteten Häuten, die Gordian zum Trocknen aufgespannt hatte.

»Die is da runter«, rief eine der Stadtwachen.

Fest biss Birgany die Zähne zusammen. Sie hatte einen Krampf in der Wade, rührte sich aber nicht vom Fleck.

Die Stimmen und Schritte ihrer Verfolger wurden leiser. Nach einer gefühlten Stunde wagte es Birgany, vorsichtig über die Häute zu sehen. Niemand da. Alles war ruhig. Sie war den Stadtwachen entkommen.

Sattlerei Halvardsson, Gerberweg in Hachenburg

Ihre Hände waren feucht und ihr Atem ging harsch. Erleichtert trat sie ein, schloss die Tür der Sattlerei hinter sich und zog sich die Mütze vom Kopf.

»Bist du von Sinnen?«, schimpfte Jacob. »Weiß Thoran, wo du bist? Hat dich jemand gesehen? Warum bringst du dich in solche Gefahr?«

Birgany musste den Kopf heben, um Jacob in die eisblauen Augen schauen zu können. Er war beinahe so groß wie Thoran.

»Nein, er weiß es nicht. Deshalb bin ich ja hier und habe dich nicht im Libertas angesprochen.«

»Du bist wirklich übergeschnappt. Wenn dich einer gesehen hätte, könnte Thoran dich im Kerker besuchen.«

»Es hat mich keiner gesehen«, log sie.

Fest sah sie ihm in die Augen. »Ich habe eine Bestellung aufzugeben und wenig Zeit.«

»Und die konntest du mir nicht im Libertas geben? Riskierst Kerkerhaft ...«

»Hör auf, mich anzubrüllen«, unterbrach Birgany ihn. »Was ist nun?«

Jacob fuhr sich mehrmals durch die Haare und marschierte vor seinem Arbeitstisch auf und ab. »Du wirst hier warten, bis es dunkel ist.«

»Einverstanden.« Die Angst steckte ihr noch in den Knochen und sie wollte den Stadtwachen keinesfalls noch einmal begegnen.

»Gut. Was für eine Bestellung?«

»Eine sehr persönliche und äußerst intime«, erklärte sie und ihre Wangen wurden heiß.

Jacob legte den Kopf schief und pfiff durch die Zähne. »Jetzt bin ich gespannt.«

Noch mit keinem hatte sie über ihr geheimes Spiel gesprochen, nicht einmal mit Fanny. Trotzdem vertraute sie Jacob. Zum einen war er Gründungsmitglied von Libertas und aus diesem Grund zur Verschwiegenheit verpflichtet, zum anderen kannte sie den Mann seit Jahren und wusste, wie integer er war.

Tief holte Birgany Luft. »Es soll ein Geschenk für Thoran werden. Du sollst eine Art Sklavenhose machen. Ich möchte sie ihm zur Einweihungsfeier überreichen.«

Zielsicher schritt Jacob zu einem der vielen Regale an der Wand. »Schweinsleder, Rind, Ziege, Hirsch? Gefärbt oder naturbelassen? Rauleder oder Glattleder?«

»Einfach so? Keine Fragen?«, wollte Birgany verdutzt wissen.

»Nö. Welches Leder soll es sein?«

In Birgany kribbelte es. »Hirschleder. Schwarz. Glatt.«

Der Sattler angelte aus einem der oberen Regale ein Bündel herunter, warf es auf den Tisch und breitete es aus.

Versonnen strich Birgany über die weich gegerbten Häute und stellte sich vor, wie dieses Leder Thorans kräftige Schenkel umschloss. »Ich habe die Maße dabei und den Schnitt skizziert.«

»Sie weiß mal wieder, was sie will.« Jacob zwinkerte ihr zu und band sein zimtfarbenes Haar mit einer Lederschnur im Nacken zusammen. »Lass mal sehen.« Interessiert studierte er die Maße, tippte mit dem Zeigefinger auf den Zettel und lachte. »Du hast falsch gemessen. Würde ich sie nach deinen Vorgaben zuschneiden, würde die Hose sehr eng am Körper anliegen und im Schritt fehlt die Hälfte.«

»Die Hosenbeine sollen exakt zwei Finger breit über den Knöcheln enden. Ich liebe es, wenn Thorans Schenkel sich unter dem Leder abzeichnen und sein Muskelspiel bei jeder Bewegung sichtbar ist. Die Hose soll sich fest an den Leib schmiegen, verstehst du?«

»Im Schritt fehlt trotzdem noch etwas oder ist das die Besonderheit deiner Sklavenhose?«

Birgany tippte abermals auf ihre Zeichnung, auf die Stelle zwischen vorderem Bund und Schritt. »Dieses Teil soll abnehmbar sein, ohne dass Thoran die Hose vom Hintern rutscht.«

»Wenn ich mir vorstelle, die Hose zu tragen, mache ich mir erhebliche Sorgen um die Unversehrtheit meines Schwanzes. Ich hoffe, du weißt, was du Thoran antust.«

Birgany presste die Hände an ihre heißen Wangen und schlug die Augen nieder.

»Nun komm schon. Du kannst mir vertrauen, sonst wärst du nicht hier.«

»Thoran mag die Enge.«

»Er hat sich dieses Folterwerkzeug gewünscht?« Jacob sah sie fassungslos an.

»Äh ja. Nein. Ich ...« Nun versteckte sie ihr Gesicht hinter ihren Händen. Sie konnte Jacob nicht ansehen. »Ich entscheide, ob und wann er sein Ding auspacken darf«, nuschelte sie leise.

Jacob pfiff durch die Zähne und Birgany lugte zwischen ihren Fingern hindurch.

»Dein Mann muss dir vollkommen vertrauen.«

»Was meinst du?« Langsam senkte sie die Hände und krallte sie in ihre Rockfalten.

»Er gibt seine empfindlichsten Körperteile in deine kleinen Hände, Birgany. Ich stell es mir sehr schmerzhaft vor, mit hartem Schwanz in dieses Ding eingesperrt zu sein. Und wenn Thoran dies noch mehr erregt, wird es ein Dauerzustand sein. Er pendelt zwischen Schmerz und Lust hin und her und vertraut darauf, dass du ihm keinen bleibenden Schaden zufügst.«

Schockiert öffnete Birgany den Mund und klappte ihn wieder zu. Jacobs Worte entsprachen der Wahrheit. Thoran legte seinen Körper und seine Gesundheit in ihre Hände. Nicht nur die Erfüllung seiner Lust. Im ersten Augenblick dachte Birgany, ohnmächtig zu werden bei der Verantwortung, die sie dadurch übernahm.

»Alles in Ordnung? Du bist ziemlich blass um die Nase.« Jacob hob sie auf seinen Arbeitstisch. »Schön brav atmen, Kleines.«

Tief sog Birgany Luft in ihre Lunge. »Ich bin schockiert, weil mir gerade erst bewusst wird, wie groß meine Verantwortung ist. Ich bekam Angst.«

»Und nun?«

»Jetzt finde ich es aufregend.«

»Schauen wir mal, wie wir deine Fantasie umsetzen können.« Jacob drehte sich weg, um ein weiteres Stück Leder aus einem

Regal zu holen. »Es muss oben breiter sein«, begann er. »Die Seiten abgeschrägt, sprich unten würde eine Handbreit reichen, oben würde ich die doppelten Maße nehmen.« Er griff nach einer Schere, schnitt das Leder zu und presste es sich auf den Schritt. Frech grinste er sie an. »Entspricht das deinen Vorstellungen?«

Fasziniert starrte Birgany Jacob auf den Schritt. Das Teil schmiegte sich eng an den Körper und würde Thorans Gemächt fest umschließen oder komplett freilegen, wenn es entfernt war. Bei dieser Vorstellung wurde sie feucht.

»Bleibt noch die Frage: Knöpfe oder Löcher?«

»Ich verstehe nicht.«

»Du willst, dass sein Schwanz fest eingeschlossen ist oder nach Bedarf für jeden sichtbar ist, einschließlich der Hoden.«

»Ja.«

»Komm her und mach mal.«

»Was?«

»Stell dich nicht so an. Überprüfe, ob es machbar ist. Ich bin ja nicht nackt. Leg los.«

Argwöhnisch rutschte Birgany von der Werkbank und kniete sich vor Jacob. Sie stellte sich einfach vor, Thoran stünde vor ihr, und griff beherzt nach dem Lederstück.

»Lieber Himmel, da hab ich nicht nachgedacht. Wir bräuchten ja haufenweise Knopflöcher. Ich wollte eine Hose, in der er angezogen und trotzdem nackt ist, zumindest teilweise. Die Vorstellung, nur seine Hoden rausgucken zu lassen, gefiel mir. Selbst mit einer Schnürung wird es nicht gehen.«

Enttäuscht ließ sie die Hände sinken.

»Du machst mich echt fertig. Du willst eine Hose, wo du nach Belieben entweder den Schwanz mit Hoden freilegst oder nur Hoden und der Schwanz bleibt weggesperrt?«

»Warum nicht? Wenn ich Herrin über seine Lust bin, entscheide ich auch, wie und wann er sein Gemächt befreien darf. Es liegt in meinem Ermessen, seine Lust durch einen kontinuierlichen Druck zu steigern oder ihn zu erlösen. Hast du nicht einen Einfall?« Hoffnungsvoll sah sie zu Jacob auf.

Er bückte sich und half ihr auf die Füße. »Ich werde in die Seiten der Hose rechts und links vom Schritt Löcher einstanzen. So wie bei einem Schuh.«

»Die Schnüre schneiden in sein Fleisch. Ich will seine Fantasie mit ihm ausleben und ihn nicht verletzen«, warf Birgany unglücklich ein. Tränen schwammen in ihren Augen.

»Ich schneide die Lasche passend zu und du kannst sie zwischen Thorans Gemächt und die Schnürung legen. Durch den Knopf im Bund der Hose rutscht nichts weg. Du bestimmst, wie eng alles sitzt. Dir steht es frei, die Lederschnur locker zu lassen oder festzuziehen.«

Birgany küsste ihn auf die Wange. »Perfekt.«

In Gedanken sah sie ihren Sklaven vor sich. Mal fest verschnürt, mal vollkommen nackt. Auch das Bild ohne Lasche war überaus erregend. Ihr Sklave wäre angezogen und doch den Blicken aller ausgeliefert, was sein Gemächt anging.

Jacob tippte Birgany an die Nasenspitze. »Ich mache dir diese Spezialanfertigung unter zwei Bedingungen.«

»Welche?« Argwöhnisch sah sie ihn an.

»In einer halben Stunde ist Wachablösung, dann kann ich dich ungesehen aus der Stadt schaffen. Lehnst du ab, kannst du grad wieder gehen.«

Birgany presste die Lippen zusammen und nickte. »Und die zweite Bedingung?«

»Ich will von Thoran hören, wie es ist, sie zu tragen.«

»Vergiss es!« Unwirsch durchquerte sie die Werkstatt und riss die Tür auf.

Mit zwei Schritten war er bei ihr und vereitelte ihre Flucht. »Dies ist mein Preis. Überleg es dir.«

»Frag ihn selbst.«

Anzüglich grinste Jacob sie an. »Kleines, wenn du bestimmst, wann er seinen Schwanz auspacken darf, scheint es mir nur korrekt, dass du meinen Bedingungen zustimmst und nicht Thoran.«

Hart schluckte sie. »Wenn Thoran einverstanden ist, bekommst du deine Antwort zum Fest.«

»Ich freue mich drauf.«

»Nur wenn er einverstanden ist.« Nichts würde sie tun ohne Thorans Einverständnis. Lustsklave hin oder her.

»Ich habe die Bedingung bereits beim ersten Mal verstanden.«

»Gut, ich wollte nur sicher sein.«

Kapitel 12

Haus der Brockhoffs in Hirtscheid, einem kleinen Dorf am Rande der Grafschaft Sayn-Hachenburg

Vor der Scheune brachte Thoran den Schimmel zum Stehen und sprang vom Kutschbock. Erst hob er Julietta herunter, danach Birgany.

»Geh schon mal vor«, bat Birgany. »Ich helfe Thoran noch schnell, sein Pferd zu versorgen.«

»Bis gleich.« Julietta raffte ihre Röcke und rannte hinüber zum Wohnhaus der Brockhoffs.

»Du musst mir nicht helfen.« Thoran schirrte den Schimmel aus und führte ihn in den Stall.

Ehe sichs Thoran versah, kniete Birgany vor ihm und öffnete seine Hose. Sein halb steifer Schaft glitt heraus und Birgany leckte sich über die Lippen.

Die Dämonen der Vergangenheit hatten keinerlei Macht mehr über sie. Stundenlang hatten Nikolai und er mit ihr geredet. Sie hatten ihr erklärt, wo der Unterschied lag zwischen Missbrauch und freiwilliger Unterwerfung. Zwischen Machtmissbrauch und Macht mit der Essenz der Liebe. Ihre Wissbegierde war schier unersättlich. Birgany mauserte sich zu einer vortrefflichen Herrin. Seine kleine Feuerfee ging in der Rolle vollkommen auf und genoss die Macht über ihn in vollen Zügen.

»Du wirst deine Hände auf die Boxenwände legen und dort belassen, Sklave.«

Vernehmlich stöhnte Thoran auf und gehorchte. Allein von ihr Sklave genannt zu werden, putschte ihn auf. Die Unwissenheit schürte seine Gier. Nie sah er voraus, was sein Weib mit ihm vorhatte.

Birgany fand es nett, wie sie es nannte, wenn er hochgradig erregt herumlief und sie ihm die Erlösung verweigerte. Ihr die Herrschaft über seine Erfüllung zu geben, brachte ihm jeden Tag aufs Neue eine sinnliche Folter ein.

Seine Begierde hatte nichts mit ihrem Spiel zu tun. Es war Birgany, nach der er sich verzehrte. Die er täglich aufs Neue haben musste. Sie war sein Gegenstück und er dankte Gott jeden Morgen, die Hemden persönlich bei ihr bestellt zu haben. Dieser Tag im Mai hatte sein Leben von Grund auf verändert.

Fest packte ihre kleine Faust zu und ihre Lippen schlossen sich um seine Spitze. Er sah auf Birgany hinunter und schluckte hart. Tief nahm sie ihn in ihren heißen Mund, saugte und leckte, bis er Sterne vor den Augen sah. Er war ihr Spielzeug und Birgany schwelgte in der Macht, die sie über ihn hatte. Ihr Einfallsreichtum überraschte ihn jedes Mal aufs Neue.

Die Augen fest auf seine Herrin gerichtet, genoss er ihre Zuwendung. Er brauchte jedes Quäntchen Selbstdisziplin, um sie nicht bei den Haaren zu packen und den Takt vorzugeben.

»Lieber Gott. Ja. Gleich.« Obwohl er jeden Tag mit Birgany schlief, brachte sie ihn in kürzester Zeit an den Rand der Erfüllung. Thoran hatte keine Kontrolle mehr über seinen Körper und seine Hüften ruckten nach vorn. Wie ein Sturzbach raste die nahende Erlösung durch seinen Leib und sammelte sich in seinen Lenden.

Abrupt hörte sie auf und sah zu ihm hoch. »Habe ich dir erlaubt zu kommen?«, wollte sie zuckersüß wissen.

Sie hatte die Absicht, ihn leiden zu lassen. Er grub die Hände fester ins Holz der Box. Konzentrierte sich auf seinen Atem und biss sich gleichzeitig auf die Innenseite seiner Wange. Verdammt, er war so dicht davor und nur der Gedanke, sie zu enttäuschen, riss ihn zurück.

Ein fester Griff um seine Hoden entlockte ihm ein Keuchen.

»Antworte«, verlangte sie barsch.

»Nein, Herrin.« Sie zu enttäuschen, war undenkbar und dämpfte seine Gier.

»Eben. Pack dein Ding ein und folge mir. Fanny wartet auf ihre Rasur und wir wollen sie ja nicht warten lassen. Ich hoffe, der Anblick ihrer blanken Scham macht dich so scharf, dass du bei jedem Schritt spürst, wem du gehörst.«

Er lächelte. Über seinen kleinen Sieg gegen seine Lust und den Ausdruck auf ihrem Gesicht. Sie schenkte ihm und sich höchste Wonne, labte sich in dem Wissen, dass er leiden würde. Dass seine Hoden schmerzhaft hart bleiben würden, ebenso wie sein Schwanz. Ihr dienen zu dürfen und sie zu erfreuen war für ihn wertvoller, als jeder Höhepunkt es sein könnte.

»Dessen bin ich mir gewiss.« Vorsichtig verstaute er sein Gemächt in der Hose und zwang die Knöpfe durch die Knopflöcher. Sofort stellte sich ein Gefühl des Beengtseins ein. Unbewusst rieb er sich über den Schritt. »Im Gewölbe der Qualen habe ich die Domina in dir erweckt.«

»Wen?«

»Die Herren bei den alten Römern wurden Dominus genannt und die Herrinnen Domina. Ich habe Geschichten gehört, dass die Domina des Hauses die neuen Sklaven der Reihe nach ausprobiert hat.« Thoran war unsicher, ob er lieber schweigen sollte. Birgany nahm mit ihrer Wissbegierde alles in sich auf und holte dieses Wissen zu den unerwartetsten Zeitpunkten hervor.

»Weiter, mein schweigsamer Sklave.«

Er hatte sich selbst durch sein loses Mundwerk in diese Situation katapultiert und war zu stolz, um nun zu kneifen. »Diejenigen mit dem größten Gemächt und der längsten Ausdauer wurden ihre persönlichen Sklaven. Die Römer feierten Orgien und präsentierten ihre Sklaven den Gästen. Jeder durfte sie begutachten und benutzen.« Thoran spreizte leicht die Beine und ballte die Hände zu Fäusten. Die Bilder, die er heraufbeschwor, heizten ihm weiter ein.

»Hm, eine interessante Sichtweise. Ein großes Gemächt hat mein Sklave, aber an der Ausdauer müssen wir noch arbeiten«, erklärte sie hochmütig.

Er liebte dieses kleine, gemeine Biest.

***

»Noch kannst du es dir anders überlegen.«

Fanny sah ihren Mann an und schüttelte den Kopf. »Nein, wir haben es gemeinsam entschieden und ich möchte übermorgen auf dem Fest der Tischschmuck sein. Es ist mein Beitrag.« Sie wirbelte zu Birgany herum. »Bisher war es unmöglich. Dank euch und Libertas ist es kein Traum mehr. Es macht mich unheimlich an, Zuschauer zu haben. David teilt diese Fantasie mit mir. Oft haben wir darüber geredet, wie es wohl wäre, und übermorgen haben wir die Möglichkeit, es herauszufinden.«

David packte sein Weib um die Taille und hob sie auf die Tischplatte. Er leckte sich über die Lippen und ein Blick in seinen Schritt verriet Thoran, wie sehr es ihn anmachte, sein Weib zu rasieren und dabei Beobachter zu haben.

David hatte den Tisch so gestellt, dass sie von ihren Stühlen aus freien Blick auf Fanny hatten. Diese lag nackt auf dem Rücken und hatte die Schenkel gespreizt.

Geschickt verteilte David die aufgeschäumte Rasierseife auf ihrem Venushügel. Griff nach dem Rasiermesser und prüfte die Schärfe der Klinge an seinem Daumen.

Ob er seiner Herrin auch einmal auf diese Weise dienen dürfte? Thoran schloss die Augen, doch bei Fannys Befehl riss er sie wieder auf.

»Nun fang endlich an! Mir ist schon schlecht genug, wenn ich mir das scharfe Ding ansehe.«

David beugte sich vor und küsste sein Weib auf den Bauch. »Nichts kann so scharf sein wie diese göttliche Pracht, die ich gleich freilegen werde.«

Er richtete sich auf und setzte die Klinge an. Gewissenhaft entfernte David die Haare auf ihrem Venushügel. »So, mein Schatz, nun kommt der schwierige Teil. Zieh die Knie an und stell die Füße auf die Tischplatte.«

Fanny gehorchte.

»Sei bloß vorsichtig«, warf Julietta ein und erntete ein Knurren von David.

Behutsam und mit sicherer Hand schabte David mit der Klinge erst über die rechte, danach über die linke Seite ihrer Weiblichkeit. Es war eine sinnliche Qual, dabei zuzusehen. Thoran war immer noch hart und diese Vorführung machte ihn noch lüsterner.

Stück für Stück wurde mehr blanke Haut sichtbar.

Nach gefühlten Stunden legte David sein Rasiermesser zur Seite, griff nach einem weichen Tuch und entfernte die Reste des Seifenschaums. »Fertig.«

Seine Frau hob den Kopf, um sein Werk zu bewundern. Sie wurde aschfahl im Gesicht. »Lieber Himmel, ich seh aus wie eine Dreijährige. Was hab ich mir nur dabei gedacht?« Panik stand in ihren Augen und eine Träne kullerte über ihre Wange.

Spontan stand Thoran auf und sah kurz zu Birgany, die ihm ein Lächeln schenkte.

Um auf Augenhöhe zu sein, hockte sich Thoran neben den Tisch und ergriff Fannys Hand. »Ich habe bei meinen Reisen viel erlebt und noch mehr gesehen. Wie ich Birgany schon sagte, ist es im Orient üblich, sich zu rasieren. Scheich Abdul erzählte mir, wie erregend es sei.«

»Was soll denn daran erregend sein? Ich verstehe ja, dass es nötig ist, wenn ich ein lebendes Buffet bin.« Sie wedelte mit der Hand in Richtung Schenkel. »Ich bin nur entsetzt, wie es aussieht.«

»Darf ich?«, fragte Thoran an David gewandt. Dieser schaute ihn unsicher an und nickte.

»Leg dich zurück und spreiz deine wunderschönen Schenkel.«

Tief holte Fanny Luft und sank zurück auf die Tischplatte.

»Deine Haut ist wie Seide.« Mit der Fingerkuppe fuhr Thoran über ihren Leib. Strich über die frisch rasierte Stelle. »Nein, eher wie Samt. Weich und ebenso kostbar. Dein Mann hat freien Blick auf deinen herrlichen Schoß. All deine Geheimnisse liegen offen vor ihm. Wie fühlen sich meine Fingerkuppen an?«

»Sie kitzeln auf der bloßen Haut und mein Schoß pocht.«

»Stell dir nun Folgendes vor, Fanny. Du weißt, wie dein Mann dich mit der Zunge und den Lippen liebt.«

»Oh, du lieber Gott!« Fanny schluckte hart. »Wenn ich mir vorstelle, es wäre seine warme gierige Zunge, da werde ich schon von dem Gedanken feucht. Ich sterbe ja so schon tausend Tode, wenn er sich über mich hermacht«, platzte sie heraus. Thoran küsste Fanny auf die Nasenspitze und zwinkerte ihr zu.

»Thoran sagt die Wahrheit, mein Schatz. Ich kann deine süße Perle sehen, die sich keck aus ihrem Versteck reckt. Allein hier zu sitzen und dich anzuschauen, macht mich rasend vor Verlangen.«

»Du flunkerst mich nicht an?« Fanny stützte sich auf die Ellenbogen.

Julietta sprang auf und trat an den Tisch. »Sei versichert, du wirst es lieben und nie mehr anders aussehen wollen.«

»Wie kommst du darauf?«

»Du nimmst alles viel intensiver wahr. Die Wonne ist unbeschreiblich.«

»Woher weißt du das?«, fragte Fanny noch einmal.

Julietta lachte und raffte ihre Röcke bis zur Taille hoch.

Fannys Augen wurden groß. »Oh«, hauchte sie und ein Lächeln hellte ihre Züge auf. Panik und Unsicherheit waren aus ihrem Blick verschwunden.

»Heilige Scheiße«, stieß David hervor und Thoran leckte sich über die Lippen. Die kleine Italienerin sah unglaublich heiß aus. Ebenso wie Fanny.

Birgany sah sowohl Fanny als auch Julietta an. »Mir war nicht klar, wie schön das Geschlecht einer Frau aussieht.«

»Ich glaube nicht, was ich hier tue. Liege nackt und entblößt auf meinem Küchentisch und lasse mich von euch begaffen.«

»Mein kostbares Weib, hör auf zu zetern. Du genießt es. Jeder von uns kann es sehen. Dein Tau benetzt deinen Schoß und lädt dazu ein, die Zunge tief darin zu vergraben.« Zur Bestätigung fuhr er mit dem Zeigefinger durch ihre Spalte und hielt den Finger hoch. Alle Anwesenden wurden von der sinnlichen Atmosphäre gepackt. Julietta ließ den Rock wieder fallen, doch Thoran war es nicht entgangen, dass sie feucht war. Ihre blank rasierte Scham hatte ebenso geglänzt wie die von Fanny. Ein Blick auf sein Weib zeigte ihm, dass sicher auch ihre Schenkel feucht waren. Die Brustspitzen jedenfalls versuchten, ihr Hemd zu durchbohren.

Anzüglich grinste Thoran Birgany an. Nun litt sie ebenso unter Nichterfüllung wie er.

David stellte sich zwischen Fannys Schenkel und schaute sie lüstern an.

»Kommt, meine Damen.« Thoran drehte Birgany und Julietta zur Tür und verpasste beiden einen Klaps auf die Kehrseite. Julietta quiekte und Birgany warf ihm einen scharfen Blick über die Schulter zu. »Dafür wirst du büßen.«

»So war der Plan, mein Schatz.«

Kapitel 13

Einweihungsfeier des Libertas, Einbruch der Dämmerung des zwanzigsten August anno 1712

»Ich hab ein Geschenk für dich.« Birgany kniete sich vor ihre Truhe und nahm mit zitternden Fingern Thorans Hose heraus. Liebevoll strich sie über das feste Leder im Schritt.

»Genau genommen habe ich zwei Geschenke für dich.«

Sie schaute über ihre Schulter und die Liebe zu diesem stattlichen Mannsbild nahm ihr den Atem.

»Gleich zwei Geschenke?«

»Du hast mir von römischen Sklaven erzählt«, begann Birgany und erhob sich. »Ich würde gern heute den ganzen Abend spielen. Also wenn die anderen ... Du weißt schon.« Würde sie je frei von Scham ihre geheimen Wünsche aussprechen können?

»Du willst also deinen Lustsklaven den Gästen präsentieren?« Er kam näher und lehnte sich mit der Schulter an einen der Bettpfosten.

»Dein Vertrauen erfüllt mich mit Stolz und die Macht über dich entfacht meine Lüsternheit«, gestand Birgany.

»Jeder darf mich begutachten und benutzen? Ich muss nackt sein, um jederzeit meiner Herrschaft dienen zu können?«

»Darüber werde ich noch entscheiden«, beschied Birgany, denn mit seinen Fragen hatte ihr Spiel bereits begonnen. »Du musst mich nicht vor allen Herrin nennen. Diese Ehrerbietung ist nur für uns beide. Sag mir, Sklave, würde es dich anmachen, wenn die Gäste dich begutachten und benutzen?« Manche Dinge befahl sie und erwartete seinen Gehorsam. Sie wusste oft, wie weit sie ihn treiben konnte, ohne die Sinnlichkeit ihres

Spiels zu zerstören. Aber in diesem Fall wollte sie wissen, wie Thoran darüber dachte.

Nervös rieb sich Thoran über den Nacken. »Ja und nein.«

Dicht stellte sich Birgany vor ihn und küsste ihn auf die nackte Brust. »Du musst mit mir reden, mein Gemahl. Nur so erhalte ich die Sicherheit, die ich brauche, um deine Herrin sein zu können. Ich will dich leiden lassen. Ich will deine Demut, deine Angst und deine Lust.«

»Die Vorstellung nackt und entblößt von den Gästen wie ein Stück Vieh begutachtet zu werden, ist mir unangenehm. Bei dem Gedanken, von einem Mann angefasst zu werden, wird mir ehrlich gesagt schlecht. Doch ich will dir gefallen und werde mich bemühen.«

Die Liebe zu diesem Mann trieb Birgany die Tränen in die Augen. »Kein Kerl wird dich anfassen, versprochen. Dich den weiblichen Mitgliedern von Libertas vorzuführen in dem Wissen, dass du nur mir gehörst, macht mich ehrlich gesagt heiß. Vor allem, da du mir gerade gestanden hast, wie unangenehm es dir ist. Wir werden also testen, wie gehorsam du bist oder wie viele Strafen du dir heute einhandelst.«

Er wurde immer für eine gewisse Zeit in die Enthaltsamkeit gezwungen, ohne sich in irgendeiner Weise Erleichterung verschaffen zu dürfen. Sie benutzte ihn, labte sich an ihm, um Thoran dann die Erfüllung zu versagen. Wenn er schweißgebadet mit harschem Atem vor ihr kniete, die Lusttropfen aus seinem Schaft perlten und den Grad seiner Erregung zeigten, zerfloss sie. Allein sein flehender Blick. Die stumme Bitte, ihn zu erlösen, katapultierte ihre Macht zu den Sternen. Oft verweigerte sie es ihm und lachte über seinen erbosten Blick. Sein Knurren, seine Wut. Sie spielte mit sich selbst und Thoran musste zusehen.

Heute wollte sie einen Schritt weitergehen.

Sie reichte ihm die neue Hose aus schwarzem Hirschleder. »Hier, mein zweites Geschenk.« Thoran nahm die Hose entgegen und Birgany lächelte. »Zieh sie an.«

Gehorsam schlüpfte er aus seiner Hose. Die Abendsonne küsste seine Haut und verlieh ihr einen goldenen Schimmer.

Anzüglich grinste Thoran und sein Schaft wippte auf und ab, als er geschmeidig auf sie zukam.

Gebieterisch hob sie die Hand. »Bleib!« Wenn er ihr nahe käme, wäre es zu spät. Sobald er sie anfasste, lägen sie zwischen den Laken. Sie hatte für diesen Abend anderes im Sinn.

Ohne den speziellen Schnitt zu bemerken, stieg Thoran in die Hose und zog sie über seinen strammen Hintern. Als er nach der Knopfleiste greifen wollte, stockte seine Hand und er schaute an sich hinunter.

»Dies ist deine Sklavenhose.«

»Sklavenhose?«, wiederholte Thoran verwirrt.

»Mach sie zu.«

»Allmächtiger.« Laut stöhnte er auf, als die letzte Schnürung festgezurrt war.

Es war ein berauschendes Gefühl und er biss sich auf die Innenseite der Wange, weil er kurz davor war zu kommen. Der Druck auf seinen Schritt war unglaublich. Schmerzhaft und erregend zugleich.

Birgany faltete die Hände vor der Brust. »Sprich mit mir.«

Thoran ergoss sich fast in seine neue Hose bei ihren leisen Worten.

»Es tut weh, meine Herrin. Zu wissen, Euch mit meinem Leid erfreuen zu können, macht mich glücklich. Ich werde diese Hose voller Stolz tragen.« Thoran breitete die Arme aus. »Gefalle ich Euch, Herrin?«

»Sehr.« Bevor sie weiterreden konnte, klopfte es.

»Ja?«, fragte Thoran.

»Jacob hier. Darf ich reinkommen?«

»Einen Moment noch.« Unsicher kaute Birgany an ihrer vollen Unterlippe. »Ich muss dir was gestehen. Ich wollte diese Hose für dich haben, Thoran. Stunde um Stunde habe ich an dem Entwurf gearbeitet und mir überlegt, wie ich deine Fantasie umsetzen kann.«

»Birgany, was ist los mit dir? Warum steht Jacob vor der Tür? Will er seine Bezahlung abholen? Fehlen dir die nötigen Taler, um ihn zu entlohnen?« Seine Erregung legte sich.

»Nein. Ja. Verdammte Scheiße. Er hat keine Taler verlangt. Er will wissen, wie es sich anfühlt«, gestand sie ihm kleinlaut. Thoran blies die Backen auf. Würde er es wagen? Hatte er genügend Mut, offen zu seiner Veranlagung zu stehen? Ein Blick in Birganys ängstliches Gesicht nahm ihm die Antwort ab.

»Komm rein«, rief er.

Schwungvoll öffnete sich die Tür und Jacob stapfte in ihr Schlafgemach. Er zwinkerte Birgany zu.

»Du hast hervorragende Arbeit geleistet.« Thoran verschränkte die Arme vor der nackten Brust und grinste seinen Freund an. So leicht würde er ihn nicht vom Haken lassen.

»Nicht zu eng?«, fragte Jacob.

»Warum fragst du?«

Verlegen rieb sich der Sattler über die Nasenwurzel.

Hart schlug ihm Thoran auf den Rücken. »Freund, wir sind im Libertas, also raus damit. Du hattest den Mut, mein Weib zu erpressen, und nun kneifst du?«

»Genau«, meldete sich Birgany.

»Noch nie hatte ich solche Mühe, meine Lust im Zaum zu halten. Bei jedem Stich in dieses Leder stellte ich mir vor, wie es sich anfühlt.«

»Solange mein Schwanz artig und weich ist, kein Problem. Begehrt er auf, schmerzt es auf lustvolle Weise und steigert meine Erregung. Jeden Schritt, den ich tue, tue ich in dem Wissen, Birgany zu gehören und ihr dienen zu dürfen.« Erstaunt stellte Thoran fest, dass er sich nicht schämte. Nein, im Gegenteil, es machte ihn stolz und ein Blick in Jacobs Augen zeigte ihm, dass sein Freund es akzeptierte.

»Ich war tagelang hart bei der Vorstellung, angezogen und gleichzeitig nackt sein zu können.«

»Warum nicht für jeden Mann, der es wünscht, eine solche Hose machen? Ihr löst die Schnürung und draußen ist er.«

Jacob schmunzelte. »Draußen ist er? Du bist herrlich. Schamhaft und frivol zugleich.« Thorans süßes Weib rümpfte die Nase und schaute sie böse an. »Seid ihr etwa feige? Starke, große Mannsbilder und schüchtern wie Knaben. Ich bin enttäuscht. Dreh dich um, Jacob.«

»Warum?«

»Weil ich es sage.«

»Die ist extrem herrisch, mein Freund.« Jacob salutierte und drehte ihnen den Rücken zu.

In Windeseile zog sich Birgany um.

Sie sah atemberaubend aus. Ihr offenes Haar floss über den nackten Rücken bis auf ihren prallen Po.

Ihre alabasterfarbene Haut schmückte ein Ubera in Tannengrün. Der farblich passende Rock war aus Rohseide gefertigt und raschelte leise bei jedem Schritt, den sie tat. Sie trug kein Unterkleid und ihr Rock reichte bis knapp über ihre schlanken Fesseln. Thoran krümmte sich, weil ihr Anblick seinen Schaft schmerzhaft anschwellen ließ. »Bei Odin.«

Bei seinem Ausruf wandte sich Jacob um und starrte Birgany mit offenem Mund an.

Sie hatte einen neuen Ubera kreiert. Der Mittelteil bestand aus einem separaten Stück Stoff, das oben mit einer Schleife an dem Ubera befestigt war.

»Seid ihr endlich fertig? Die ersten Gäste sind schon da und ihr …« Nikolai stürmte in ihr Schlafgemach und brach mitten im Satz ab. Er starrte Birgany an.

»Nikolai und sprachlos«, frotzelte Birgany. »Wie willst du denn deine Ansprache halten, wenn alle weiblichen Mitglieder da sind?«

»Du meinst, alle Weiber haben solche Dinger an, wo man nur an einer kleinen Schleife zupfen braucht und ihre Nippel liegen frei?« Lüstern leckte sich Nikolai über die Lippen.

»Bitte nicht«, bat Jacob erstickt und legte eine Hand in seinen Schritt. »Dein Anblick ist schon kaum auszuhalten. Aber alle Weiber in so scharfen Wäschestücken, das überleb ich nicht.«

Birgany stemmte die Hände in die Hüften. »Im Gegensatz zu euch haben wir den Mut, eine ausgefallene Garderobe zu tragen. Alle. Ausnahmslos. Selbst Franziska trägt heute einen Libertasubera. Jedenfalls unter ihrem Hemd.«

»Ihr habt euch abgesprochen.«

Birgany zwinkerte ihm zu. »Natürlich, Nikolai.« Thoran brachte kein Wort heraus. Der Schmerz wurde nahezu unerträglich und steigerte gleichzeitig seine Erregung.

»Libertasubera. Ich brauch einen Wodka. Kommst du mit, Jacob?«

»Ja. Die Weiber bringen uns um, Nikolai. Wie sollen wir den Abend überstehen? Bei dem Anblick muss ich alles aufbieten, um nicht wie ein Jüngling in meiner Hose zu kommen.«

»Frag mich mal.« Schweiß trat Thoran auf die Stirn. »Begrüßt schon mal unsere Freunde, wir kommen nach.«

Jacob und Nikolai stürmten aus dem Raum und Thoran atmete flach.

Erschrocken sah Birgany ihn an. Seine Körpersprache musste eindeutig sein, denn sie nahm seine missliche Lage sofort wahr. »Mach sie auf. Sofort!« Thoran nestelte an den Schnüren, löste sie und atmete erleichtert auf. Sein Schaft sprang aus dem Gefängnis und er ballte die Hände zu Fäusten, um nicht auf den Boden zu spritzen. Es war ihm nicht möglich, den Blick von seinem Weib und seiner Herrin zu nehmen. Er hatte sie enttäuscht. »Verzeih.«

»Du dämlicher Kerl. Glaubst du, ich will dich kaputtmachen? Was sollte ich davon haben? Hm? Ich will über deine Lust gebieten. Es erfüllt mich mit Macht, dich leiden zu lassen, aber nie werde ich dich züchtigen oder bewusst Schmerzen aussetzen, die deine Lust überlagern.«

»Nie würde ich so etwas von dir erbitten.« Allein der Gedanke an eine Züchtigung durch Birgany widerte ihn an. Er selbst schöpfte keine Lust daraus und bei ihrer Vergangenheit sah er eine solche Bitte eher als Folter für seine Herrin an. Nein, in diesem Punkt waren sie sich einig. »Keine Sorge, nach echtem Schmerz sehne ich mich nicht. Es ist so, wie ich es am See sagte. Meine Lust in deine Hände, mit allen Konsequenzen.«

Sie griff mit den Fingern nach den Schleifen und zog sie auf. Die kleinen Dreiecke fielen von ihren Brüsten und entblößten ihre harten Spitzen.

»Ich liebe deinen schmachtenden Blick, Sklave. Deine Strafe steht noch aus, weil du Julietta und mir auf den Hintern geschlagen hast. Du darfst mir mit Händen und Zunge dienen.« Fest presste sie ihre kleine Hand auf sein Glied.

»Ich will mich ja nicht beschweren, aber Euch zu dienen ist keine Strafe.«

»Wie wahr. Deine Enthaltsamkeit schon.«

»Was ist mit Eurem Schoß? Wenn ich nicht in Euch darf, bleibt Euch der Genuss ebenfalls verwehrt, meine Herrin.«

»Keine Sorge, mein listiger Sklave.« Ihre kleine Faust drückte fester zu. »Du wirst mich mit Martins Lederschwanz verwöhnen, deiner wird weggesperrt.«

»Du willst mich mit deinem Körper quälen und mir die Erlösung verweigern?«

»Du weigerst dich, mir zu gehorchen?« Sie trat einen Schritt zurück und stemmte die Hände in die Hüften. »Hab ich mir all die Mühe etwa umsonst gemacht? Hab ich dich falsch verstanden?«

»Nein, meine kleine Feuerfee.«

»Du selbst hast mich auf diesen Pfad geführt und er macht mich unheimlich an. Du wirst kommen, aber wie und wann entscheide ich. Also, was ist nun? Brechen wir unser Spiel hier ab?«

»Auf keinen Fall.« Thoran stützte die Hände auf die Schenkel und holte mehrmals tief Luft. »Ich kann kaum laufen, so erregt bin ich.«

»Dann mache ich meine Sache als Herrin wohl richtig.« Sie schlug ihm fest auf den Hintern und lachte. »Du wirst mich lecken und gleichzeitig den Lederschwanz einsetzen. Ich will schreien. Ich will zerfließen und ich will dich vor allem so verrückt machen, dass du unerlaubt kommst.«

***

Drei Mal war Birgany gekommen, ehe sie ihm mit dem Mund den Samen geraubt hatte.

Er war stolz auf sich, dass er diesmal die Strafe überstanden hatte, ohne vorzeitig zu kommen. Als Belohnung hatte seine Herrin ihm ihre Zuwendung geschenkt. Nicht einmal hatte sie angeekelt reagiert oder sich von ihm abgewandt. In diesen intimen Momenten wurde ihm eindringlich bewusst, wie weit weg ihre grausame Vergangenheit war.

»Schließe deine Sklavenhose. Sicher sind schon alle Gäste eingetroffen.«

Gehorsam zwängte er seinen erschlafften Schwanz zurück in das Gefängnis.

Der Abend würde eine harte Prüfung werden, denn Thoran

war sich sicher, seine Erregung würde bei jedem Schritt steigen. Allein zu wissen, was er trug und zu welchem Zweck.

Gemeinsam liefen sie über den Kiesweg. Thoran öffnete das schmiedeeiserne Tor und Birgany schwebte an ihm vorbei. Überall erleuchteten Fackeln den Weg zur Kapelle.

Die Getränke waren auf einem langen Tisch an der Westseite bereitgestellt.

Hunderte von Kerzen in den fünf Kristalllüstern warfen sanftes Licht auf die Szenerie.

Julietta hatte für jeden Tisch ein Rosenbukett mit Farn und Schleierkraut gebunden.

Der sinnliche Duft erfüllte den riesigen Raum.

Von einer Wand zur anderen hingen bunte Lampions auf einer Leine.

Kleine Sitzgruppen, Tische, Stühle und bequeme Korbsessel, aber auch ein Diwan, drei Ottomanen und eine Chaiselongue luden zum Verweilen ein.

Der neu eingebaute Kamin sorgte für die nötige Wärme in dem riesigen Gebäude.

Die Männer trugen weder Halsbinde noch Weste oder Wams, lediglich Kniebundhosen und Hemden.

Birgany riss die Augen auf. »Thoran sieh nur, Varun, den hätte ich fast nicht erkannt.«

»Was meinst du damit?« Thoran schenkte Birgany Punsch ein und reichte ihr einen Becher.

Birgany nahm einen Schluck und grinste. »Nur mit Hose und Hemd wirkt er anders. Ihn könnte ich mir als Pirat auf einem Schiff vorstellen. Die dunkle Ausstrahlung hat was.«

»Seine Vorfahren mütterlicherseits stammen aus der Karibik und dort haben die Menschen halt eine dunklere Hautfarbe.«

»Du siehst ihn nicht mit den Augen einer Frau. Ich meine nicht sein schwarzes Haar oder die kohlschwarzen Augen. Es ist die Ausstrahlung. Er wirkt wild, verwegen, gefährlich. So was mögen Frauen.«

»Meine Vorfahren waren allesamt Kosaken und wilde Wikinger.«

»Sei nicht so mürrisch, du eifersüchtiger Kerl.« Birgany presste ihren weichen Leib an seinen. »Ich habe nur Augen für dich, mein Gemahl und Sklave.«

Gott, wie sehr liebte er diese Frau. Fest presste er sie an sich und leckte über ihren Hals.

»Es wird Zeit, unser Fest zu eröffnen.« Birgany drückte seine Hand. Nikolai, der an einem der Tische stand und sich mit David und Fanny unterhielt, hob den Kopf und sah zu Thoran herüber. Der nickte seinem Bruder zu und sie trafen sich vor dem Steinaltar. Nikolai sah in die Runde. »Zwei Punkte möchte ich noch einmal aufgreifen. Wir wollen Spaß haben und nichts, absolut nichts, geschieht ohne Einverständnis des Partners oder der Partnerin. Jacob wird dafür sorgen. Er hat heute Abend Dienst. Wendet euch bitte auch an ihn, sollten Fragen oder Probleme auftauchen.« Nikolai sah seinen Freund an und dieser salutierte.

Einvernehmliches Nicken kam von allen Anwesenden.

»Keiner verströmt seinen Samen im Schoß der Frauen.«

»Vergiss es, Nikolai!« Fanny stemmte die Hände in die Hüften und funkelte seinen Bruder an. Nikolai verbeugte sich leicht. »Ich bitte untertänigst um Verzeihung.«

Martin verschluckte sich an seinem Bier vor Lachen. Fanny tippte mit dem nackten Fuß auf den Boden und hob spöttisch eine Augenbraue. Nikolai war so einiges, aber keinesfalls unterwürfig.

»Formulieren wir es so«, sprang Thoran seinem Bruder bei. »Die Damen entscheiden und diese Entscheidung ist unumstößlich.«

»Akzeptiert.« Leichtfüßig glitt Fanny an die Seite ihres Mannes.

»Bevor ich meine Runde mache, hätte ich noch einen Vorschlag.« Jacob drehte sich zu Sophia um und strich mit der Fingerkuppe über die Schleife ihres Uberas.

Sofort richteten sich ihre Brustwarzen auf.

»Birgany hat für die Frauen Libertasuberas kreiert und ich denke, wir Männer sollten dem nacheifern.«

»Du willst deine herrlichen, platten Brüste mit einem solchen Stück Stoff verzieren?« Varun wackelte mit den Augenbrauen und sorgte so für allgemeines Gelächter.

»Du dämlicher Arsch«, konterte Jacob und knuffte seinen Vetter gegen den Oberarm. »Birgany hat mich eine Hose für Thoran anfertigen lassen und ich will auch so eine.«

»Ich verstehe kein Wort.« Varun sah zu Thoran. »Mir ist es egal, ob du eine Hose aus Leder oder Stoff trägst. Da ich nicht auf Kerle stehe, kannst du hier auch vollkommen ohne rumlaufen.«

»Zeig es ihnen.« Sanft strich Thoran über Birganys Wange. Birgany wollte ihn vorführen, nun war seine Feuertaufe.

»Du meinst ... Ich soll ...« Ärgerlich stampfte sie mit dem nackten Fuß auf.

»Sagt mir, meine Herrin, sind Eure Schenkel feucht? Erregt es Euch, mich den Mitgliedern zu präsentieren?«

Sie legte die Stirn an seine Brust und Thoran spürte, wie ihr Leib bebte. »Mehr als mir lieb ist.« Ihre Schultern strafften sich und sie drehte sich um.

»Wir Frauen haben uns entschieden, im Libertas ...« – sie fuchtelte mit der Hand durch die Luft – »... etwas Ausgefallenes zu tragen.«

»Mehr als ausgefallen. Zu wissen, was sich unter diesen Wäschestücken verbirgt, ohne es zu sehen, lässt sicher jeden Schwanz strammstehen«, stimmte ihr Varun zu.

»Aber was ist so besonders an Thorans Hose?«, fragte Fanny.

»Gleich.« Birgany stellte sich dicht vor ihn und sah ihm tief in die Augen. Er lächelte sie an.

Geschickt löste sie die Lederschnüre. Thoran fiel es schwer, die Hände an den Seiten zu belassen. Zu wissen, den Gästen von seiner Herrin präsentiert zu werden, war überaus erregend.

Die Wangen rot wie die Früchte der Hagebutte, sah Birgany ihn noch einmal an und trat zur Seite.

»Was für ein prachtvoller Schwanz.« Sophia schlug die Hände vors Gesicht.

»Versteht ihr nun, warum ich auch so eine Hose will?« Jacob sah in die Runde. »Ein paar Handgriffe und draußen ist er.« Er zwinkerte Birgany zu und sie streckte ihm die Zunge heraus.

»Der Gedanke hat was«, stimmte ihm Gordian zu. »Ich persönlich finde es anregender, nackt zu sein, wenn ich mich mit einer Partnerin vergnüge.«

»Jacob, mach mir auch so eine Hose. Die werde ich allerdings nicht im Libertas tragen.« David grinste. »Sondern daheim.«

»Ist es mir gestattet, mich wieder zu bedecken?« Thoran beugte sich vor und flüsterte die Frage in Birganys Ohr.

Sie reichte ihm wortlos das Leder und Thoran zwang seinen harten Schaft zurück in sein Gefängnis.

Gordian erhob die Stimme. »Nicht jeder hier hat eine Partnerin. Wäre es anstößig, sich selbst …? Hier öffentlich?« Unbeholfen vollführte er die typische Handbewegung des Onanierens und sah Nikolai fragend an.

»Es ist nicht so, dass Onanieren den Geist verblödet, wie es die Kirche uns einreden will.«

»Welch ein Glück«, warf Heribert ein. »Sonst liefen hier nur Schwachsinnige herum.«

»Hat man euch das so gesagt? Uns Frauen wird beigebracht, Lust sei eine Sünde. Der Beischlaf diene nur der Fortpflanzung und eine anständige Frau dürfe keine lüsternen Gefühle haben. Wir seien lediglich ein Gefäß, um den Samen des Gatten zu empfangen.« Birgany strich sich eine Haarsträhne hinters Ohr.

»Euch wird beigebracht, keine Gefühle haben zu dürfen?« Varun sah sie schockiert an.

»Warum glaubst du, rennen die Männer zu den Huren, obwohl sie ein Weib zu Hause haben?«, mischte sich Julietta ein. »Ein ehrbares Weib zeigt sich nie nackt dem Gatten. Beischlaf nur an bestimmten Tagen und im Dunkeln. Samen rein und fertig.« Die kleine Italienerin schnaubte und ihr Körper bebte vor Ärger.

»Dein Mann hat dich nie nackt gesehen? Dir nie die Ekstase der körperlichen Liebe gezeigt?« Thoran war entsetzt.

»Ihm war bewusst, dass ich ihm einen bestimmten Körperteil mit meiner Gartenschere abgetrennt hätte, wäre er auch nur einmal zu einer Hure gegangen.« Sie lachte und amüsierte sich über seinen schockierten Blick. »Wüsste ich nicht um die herrlichen Gefühle, wäre ich nicht hier, Thoran. Mir wurde beigebracht, meinen Gatten stumm zu ertragen. Aber Salvatore war ein heißblütiger Mann, der mich von Herzen liebte. Durch ihn erfuhr ich, wie wunderbar es in Wahrheit war.«

Unweit von Thoran pirschte sich Martin an Julietta heran. Mit seiner Pranke griff er in ihre wilde Haarmähne und bog ihren Kopf nach hinten. »Komm mit mir, du Schönheit. Ich werde dich lecken, dass du vor Wonne schreist. Wenn die anderen nachsehen, warum du schreist, werde ich meinen Schwanz in dich schieben. Stück für Stück, bis zur Wurzel. Von wegen Samen rein und fertig. Du wirst mindestens drei Mal kommen, bevor ich dir folge.«

»Drei Mal? Du Angeber.« Julietta krallte sich mit der Hand an Martins Hemd fest.

»Wohin soll ich dich entführen? Ins Gewölbe der Qualen? Ins Spiegelzimmer? Oder sollen wir Jacobs Liebesschaukel einweihen, die unten im Pavillon hängt?«

»Liebesschaukel«, antwortete Julietta und legte ein Bein um seinen Schenkel.

Martin legte die Hände auf ihren prallen Arsch und hob sie hoch.

»Pass bloß auf, Martin«, frotzelte Nikolai. »Nicht, dass du anfängst zu schreien, weil dieses Rasseweib dich fertigmacht.«

Martin hatte ziemliche Mühe, die wilde Maid zu bändigen, die sich aufreizend an ihm rieb.

»Kommt, lasst uns sehen, welche Gaumenfreuden uns im Gemach der Völlerei erwarten«, sagte Nikolai.

***

Das ehemalige Refektorium, einst ein spartanisch eingerichteter Speiseraum für Mönche, erstrahlte im Lichterglanz eines Kerzenmeers.

Der große Tisch aus Eichenholz strotzte vor duftenden Köstlichkeiten. Von Weinlaub umrankt und mit Rosenblüten übersät, lag in der Mitte eine Schönheit in all ihrer Pracht.

Fanny. Thoran musste schlucken. Aus den Augenwinkeln sah er Birgany, die ihn unverhohlen musterte. Thoran zwang sich, gleichmäßig zu atmen, und trat näher an die Festtafel heran. »Das Bankett sei eröffnet.« Seine sonst so feste Stimme war ihm bei der Faszination der dargebotenen Speise abhandengekommen. Auch die anderen Männer schienen fast zu sabbern und es gar nicht abwarten zu können, Fanny zu vernaschen.

David stand am Kopfende und wachte über sein Weib. Sein Atem ging harsch. »Ihr erfüllt Fanny und mir einen Traum. Kommt Freunde, genießt die Leckereien. Die Schwänze bleiben in den Hosen, jedenfalls, was mein Weib betrifft. Sie euch präsentieren, ja. Mit euch teilen, auf keinen Fall.«

Die Mitglieder drängten sich dicht an den Tisch. Von allen Seiten betrachteten sie Fanny. Ihre Haut, gut geölt, glänzte im Licht der Kerzen.

Blumenranken aus Marzipan führten über ihren leicht gewölbten Bauch bis zu ihrem Schoß. Zwischen den Ranken bedeckten weitere Verzierungen und Törtchen die Haut. Thoran ging um den Tisch herum. Austern in Schale schmückten ihre Schenkel. Ihre rasierte Scham bedeckte eine essbare Blüte.

»Sagte ich nicht, der Tischschmuck tritt in den Hintergrund bei Nimas Köstlichkeiten?« Birgany zwinkerte Fanny zu.

»Nima! Ich liebe ihre Törtchen.« Franziska stibitze sich ein Marzipantörtchen von Fannys Bauch. »Hm, köstlich.« Sie verdrehte die Augen vor Wonne.

»Fanny, du siehst hinreißend aus.« Julietta klaubte sich ein Stück der Ranke oberhalb von Fannys Busen.

Sophia war ebenso frei von Scham und schob Thoran einfach beiseite. »Habt ihr schon diese Rosenblüten probiert?« Sie griff eine der Blüten vom Buffet.

Ein Blick in die Runde zeigte Thoran, wie erregt vor allem die Männer waren. Alle hatten eine deutliche Beule in der Hose.

Keiner wollte den Frauen nachstehen. Mit Begeisterung eroberten die Anwesenden das lebende Buffet.

Fanny schloss die Augen und genoss die Aufmerksamkeit und die Lust.

»Mein unersättliches Weib. Du siehst so unglaublich scharf aus. Ich bin kurz vor dem Explodieren. Ich möchte zusehen, wie einer unserer Freunde dich mit Martins Lederschwanz kommen lässt.« David hielt eine lebensechte Nachbildung aus schwarzem Leder hoch.

Unruhig bewegte Fanny ihr Becken.

»Ich stelle mich freiwillig zur Verfügung«, sagte Nikolai.

David sah erst Fanny in die Augen und dann Nikolai. »Bring sie zum Schreien, mein Freund.«

Langsam führte Nikolai den Kolben in Fannys Grotte und bewegte ihn vor und zurück. Nahm ihn vollends aus ihrer Grotte und schaute David an. Der verstand und nickte. Genüsslich leckte Nikolai darüber. »Dein Weib ist eine Delikatesse, David.«

Fannys Erregung war deutlich zu hören und sie wand sich auf dem Tisch.

»Magst du mit zwei Männern spielen, mein süßes Luder?« David öffnete seine Hose und sein harter Schaft sprang heraus. Der Tau seiner Begierde benetzte die breite Spitze.

Fannys Augen waren dunkel vor Lust und sie leckte sich über die Lippen. Nikolai schob den langen Stab so tief in ihren Schoß, wie es ging, und Fanny hob ihm ihr Becken entgegen.

»Nikolai, mach es ihr, ich halte nicht mehr lange durch.« Fest umfasste sein Weib die Wurzel seines Gliedes mit der Hand und saugte genüsslich an ihm. Thoran lehnte mit dem Rücken an einer Säule und hatte Birgany von hinten an sich gezogen. »Ihr bringt mich noch um. Wann darf ich Euch erfreuen, Herrin?«

Sein Schaft hatte nicht an Härte verloren. Im Gegenteil. Noch nie war Thoran so lange hart gewesen und er genoss den Druck.

Sie rieb ihren knackigen Po an ihm und lachte leise. »Bald ist deine Strafe vorbei.« Thoran warf einen flehentlichen Blick auf seine Herrin. Fannys Schreie waren nicht wirklich hilfreich. Im Gegenteil. Sie wurde von David und Nikolai zum dritten Mal über die Klippe geschickt und erst dann gestattete sich David, seinen Samen in Fannys Mund zu verströmen.

***

»Ich habe seit unserem ersten Mal damals eine Fantasie.« Birgany trat dicht an Nikolai heran. »Ich möchte von dir genommen werden und gleichzeitig Thoran mit meinem Mund und meinen Lippen in den Wahnsinn treiben. Gewähre mir diese Fantasie.«

Argwöhnisch sah Thoran sie an.

»Es hat mich heißgemacht, zuzusehen, wie Nikolai Fanny mit Martins Lederschwanz bespielte und sie sich mit David vergnügte.« Bewusst hielt sie ihre Antwort zurück und erfreute sich an dem Zwiespalt, in dem ihr Sklave steckte. Als Gatte rebellierte er, als Sklave musste er gehorchen.

»Seit unserem Spiel drüben unter dem Apfelbaum hoffe ich darauf«, gestand Nikolai.

»Ich will dich mit dem Mund in den Wahnsinn treiben, Martins Schwanz in meiner Grotte haben und gleichzeitig Nikolai in meinem Hintereingang.«

»Martin?« Thoran wich alle Farbe aus dem Gesicht.

Sie lachte über seinen geschockten Gesichtsausdruck. »Oh, sagte ich Martin? Ich rede von dem aus Leder.«

»Du gemeines Biest.«

Sie zog seinen Kopf zu sich hinunter und saugte an seinem Ohrläppchen. »Mein Sklave hat zu gehorchen. Ist mein eifersüchtiger Gemahl auch einverstanden?«, raunte sie. Fest sah Birgany ihn an und seine ausdrucksstarken Augen gaben ihr die Antwort, die sie wollte. Es war ihm unangenehm, aber er wollte ihr diese Erfahrung schenken.

»Wo werden wir diese Fantasie ausleben? Im Gegensatz zu Fanny bin ich nicht erpicht darauf, Zuschauer zu haben.«

»Wie wäre es mit einer verruchten Orgie im Spiegelzimmer?« Thoran legte die Hände auf Birganys Taille und zog sie an sich.

Kokett strich sie über seinen Schritt und stellte sich auf die Zehenspitzen. »Gute Wahl, mein listiger Sklave«, flüsterte sie ihm ins Ohr.

Wie übermütige Kinder rannten sie die breite Treppe hoch und liefen ins Spiegelzimmer. In Windeseile flogen ihre Kleidungstücke auf den Boden.

Die beiden Brüder standen nackt und erregt vor ihr. Birgany konnte kaum atmen. Thoran und Nikolai waren ein herrlicher Anblick. Die Spiegel an Wänden und Decke machten sie trunken. Überall, an jeder Wand, spiegelten sich diese kraftvollen Männer aus allen möglichen Perspektiven.

Sie trat dicht an Nikolai heran und umfasste seinen Schaft. Nikolai griff ihr in die Haare, bog ihren Kopf zurück und küsste sie. »Wenn mein Bruder auf dem Rücken liegt, kann er dich lecken, mit den Fingern deine herrlichen Nippel bearbeiten und gleichzeitig deine Grotte mit dem Lederschwanz beglücken. Glaub mir, ich werde alle Mühe haben, dich festzuhalten, denn wir werden dich in den kleinen Tod schicken.« Er zupfte an den beiden Schleifen und legte ihre Brüste frei. »Vorher muss ich noch etwas erledigen, sonst wird es ein kurzer Ritt.« Er drehte sich weg und zog etwas aus der Tasche seiner Hose. Mit zwei ledernen Schnüren kam er zurück.

»Was hast du damit vor?« Irritiert sah sie ihren Schwager an.

»Unser lebendes Buffet hat mich so scharfgemacht, dass ich Gefahr laufe, zu früh zu kommen. Also werde ich vorsorgen und mir einen Schwanzgürtel anlegen.« Nikolai legte sich die Schnur von unten dicht um die Wurzel und wickelte sie ein paarmal um seinen Schaft, ehe er eine Schleife band. »Die Schleife ist wichtig, damit ich die Schnur problemlos lösen kann. Du kannst nichts falsch machen, solange du die Schnur nicht zu stramm ziehst. Es geht hier um Druck, um den Erguss hinauszuzögern.«

Die Möglichkeiten, die daraus resultierten, stoben wie kleine Kobolde durch Birganys Gedanken. Sie konnte Thorans Erguss nach Belieben hinauszögern. Somit hätte sie wahrhaftig die

Kontrolle über seine Erlösung.

Interessiert schaute Birgany ihm zu. »Also so ähnlich, wie wenn ich mit meiner Hand zudrücke.«

Sacht stupste Nikolai mit dem Finger an ihre Nasenspitze. »Genau, und nun mach dich ans Werk. Ich kann es kaum erwarten.«

Birgany verspürte keine Scham, obwohl sie sich als verheiratete Frau mit einem anderen Mann vergnügen würde. Nein, auf eine Art liebte sie auch Nikolai und es fühlte sich nicht anrüchig an. Im Gegenteil. Solange Thoran an ihrer Seite war, gab es keine Zweifel, denn auch für ihn war es kein Ehebruch. Er vertraute seinem Bruder vollkommen.

Sie trat vor Thoran und strich mit einem Finger über sein Kinn. »Soll ich meinen Sklaven mit dieser Lederschnur verzieren?«, fragte sie leise.

»Wie es Euch beliebt, Herrin«, hauchte er an ihrem Ohr.

Sie lachte laut und machte sich mutig ans Werk. »Fertig. Leg dich aufs Bett. Kopf zum Fußende.« Sie liebte es, Thoran Befehle zu geben.

Er würde dort liegen müssen und zusehen, wie sie sich mit Nikolai vergnügte. »Wenn du selbst Hand an dich legst, werde ich dich ins Gewölbe zerren und dort anketten«, flüsterte Birgany.

Sie schüttelte den Kopf, als ihr klar wurde, was sie gesagt hatte. Diese Drohung wäre eine Belohnung für Thoran und keine Strafe.

Frech grinste er sie an.

Brüsk packte sie in sein Haar, zog seinen Kopf zu sich hinunter. »Dort wirst du bleiben und alle meine Freundinnen dürfen dir deinen Samen rauben, auf jede erdenkliche Weise. Solange und so oft, bis du nicht mehr stehen kannst. Enttäuschst du mich, wirst du mit Enthaltsamkeit bestraft.«

Sein Grinsen fiel in sich zusammen und er kam ihrem Befehl nach.

Sie tänzelte zurück zu Nikolai, streichelte über seine Brust hinunter zu seinem Schaft. Die Essenz seiner Lust glänzte auf der Spitze und Birgany verrieb sie mit dem Daumen. Nikolai beugte den Kopf und saugte ihre Brustspitze fest in seinen Mund. Sie bäumte sich seiner Liebkosung entgegen. Eine Hand wanderte über ihren Bauch und Nikolais Daumen tauchte in ihre Grotte. »So nass«, hauchte er an ihrer Brust und presste seinen Handballen fest auf ihre Mitte.

Allein zu wissen, dass Thoran alles durch die Spiegel sehen konnte, steigerte ihre Begierde.

»Ihr beide bringt mich um.« Starr und mit geballten Fäusten lag Thoran auf dem Rücken. Sie fühlte seinen brennenden Blick auf ihrer Haut.

Die Herrschaft über ihn zu haben, machte sie trunken. Nikolai legte beide Hände unter ihren Hintern und hob sie hoch.

Birgany presste sich an seinen Schaft. Sie rieb sich provokant an Nikolai, der gekonnt und unerbittlich ihre Brustspitzen mit Zunge und Zähnen reizte.

»Bring mich zum Bett. Ich will dich endlich in mir spüren.«

Langsam ließ Nikolai sie zu Boden und drehte sie um. Seine raue Hand rieb über ihre rechte Pobacke. »Ich kann es kaum erwarten.«

Birgany krabbelte aufs Bett und platzierte sich so, dass sie mit ihrer Scham über Thorans Gesicht kniete.

Sie wackelte mit dem Hintern, beugte sich voller Vorfreude über Thorans harten Schaft und leckte von der Wurzel bis zur Spitze.

Sein Becken ruckte hoch und er stieß ein kehliges Stöhnen aus.

Sie liebte es, ihn mit dem Mund in den Wahnsinn zu treiben. Es war berauschend und Birgany gab sich vollends ihrer Wonne hin.

»Endlich.« Nikolais tiefe, schleifpapierraue Stimme fächerte über ihren Rücken.

Sie spürte Nikolais Hände, die ihre Pobacken teilten. »Exquisit«, sagte er und Birgany spürte, wie er Öl auf ihren Hintereingang träufelte und sie mit den Fingern dehnte. »Ich versprach dir, wir würden dich in den kleinen Tod schicken. Dir stehen zwar nur zwei Männer zur Verfügung, aber mit Martins Lederschwanz in deiner Grotte, meinem in deinem herrlichen Arsch und Thorans Zunge an deiner Perle wird es ein geiles Erlebnis werden.« Langsam und unerbittlich schob Nikolai das Lederding in sie hinein.

Birgany wölbte den Rücken und presste sich Nikolai entgegen.

»Halt still, kleine Feuerfee«, befahl er. »Nun bin ich dran.«

Die Enge war unglaublich. Sie konnte Nikolais Schaft kaum aufnehmen und er dehnte sie auf wundervolle Weise.

»Fühlt es sich gut an? Macht es dich auch so begierig wie mich?«

»Hör auf zu labern und beweg dich.«

»Halt still, du ungeduldiges, süßes Luder. Ich will ein paar Augenblicke den Anblick genießen. Mein Schwanz zwischen diesen herrlichen, festen Backen sieht einfach nur geil aus.

Bruder, kommst du an den Lustspender heran?«

»Ja.«

»Dann lass sie zum ersten Mal fliegen«, forderte Nikolai, zog sich langsam zurück, nur um sie erneut zu erobern. Thoran leckte ihre Perle und imitierte den Akt mit dem Lederschaft. Es dauert keine drei Atemzüge, da rollte die Welle über Birgany hinweg und sie presste ihr Gesicht an Thorans Oberschenkel, als sie kam.

»Jetzt Nikolai«, sagte Thoran und Nikolai belohnte sie mit harten, schnellen Stößen. Thoran veränderte den Winkel des Lederschwanzes und erreichte Punkte in ihrem Inneren, die sie vor Wonne aufkreischen ließen. Gleichzeitig verwöhnte er ihre Nippel mit einer Hand und presste seinen Mund auf ihre Scham. Er zupfte und saugte an ihrem kleinen Lustknopf und jagte Blitze der Wollust durch ihren Unterleib.

Diese gegenseitigen Reize überfluteten ihre Sinne und sie schrie noch lauter. »Hör auf. Nein. Mehr.« Nikolai lachte und Thoran stöhnte an ihrer Scham. Beide trieben sie unerbittlich weiter. Es war zu viel, trotzdem wollte sie mehr. Sie versank in einem Rausch und kam so heftig und lange wie noch nie in ihrem Leben.

***

Gesättigt lag Birgany auf den seidenen Laken und schaute zur Decke. Thoran und Nikolai lagen rechts und links von ihr und schliefen. Nikolai hatte eines der Laken um seinen Leib gewickelt und Birgany zerrte vergeblich daran. Er gab ein Brummen von sich und rollte zur Seite.

Glücklich und zutiefst befriedigt lächelte sie ihr Spiegelbild an. Es gab kaum eine Stelle an ihrem Körper, die nicht schmerzte. Ihre Brüste waren geschwollen und rot, ihre Scham wund.

Die beiden hatten sie vier Mal in den Himmel geschickt und sie war tatsächlich ohnmächtig geworden. »Der kleine Tod«, murmelte sie schläfrig.

Sie drehte sich zur Seite und kuschelte sich an ihren Gemahl. Thoran legte einen Arm um ihre Taille, zog sie fest an seinen Leib und vergrub sein Gesicht in ihrem Haar.

Mit einem Lächeln auf den Lippen zog sie das zweite Laken über sich und Thoran und genoss die Sicherheit und Wärme, die er ausstrahlte.

Kapitel 14

Libertas, achter Februar anno 1713

Keine halbe Stunde, nachdem Thoran nach Mannheim aufgebrochen war, schlüpfte Birgany in ihren dicken Mantel und machte sich auf den Weg nach Hachenburg. Die Landschaft lag unter einer glitzernden Schneedecke.

Ihr Atem bildete kleine Wolken in der eisigen Luft. Birgany störte die Kälte nicht. Sie liebte diese Zeit, genoss die klare Luft und staunte über die Eiskristalle auf den Ästen der Tannen und Fichten.

Ungestüm griff sie in den Schnee und warf ihn in die Luft. Fing mit der Zunge einzelne Flocken auf.

Diese einsame und wilde Landschaft spiegelte ihr Inneres wider. »Nein, nicht einsam«, rief sie ins Schneegestöber. »Wild, unabhängig und frei.« Birgany lachte und tanzte durch den Wald.

Sie kam gut voran und klopfte zwei Stunden später an die Tür von Jacobs Werkstatt.

»Komm rein, bevor du mir draußen erfrierst«, begrüßte Jacob sie, zog sie ins Innere und knallte die Tür zu.

»Bevor du fragst, es hat mich keiner gesehen. Bei diesem Sauwetter ist keiner unterwegs.«

»Du bist echt nicht mehr knusper und scheinbar lebensmüde obendrein. Dieses eine Mal vor Monaten kann ich verstehen. Aber nun setzt du deine Freiheit abermals aufs Spiel.« Jacob rieb sich mit der Hand übers Kinn.

»Jacob, ich möchte Thoran ein ausgefallenes Hochzeitsgeschenk machen.«

»Jetzt? Ihr seid doch schon seit Monaten verheiratet.«

»Es ging damals alles derart schnell. Nun habe ich etwas

Passendes gefunden und du sollst es mir anfertigen.«

Er stupste sie mit dem Finger auf die Nase. »Ich habe eine neue Schaukel speziell fürs Gewölbe der Qualen gefertigt.« Er hob die Hand. »Keine Fragen, meine Neugierige. Du wirst sie in zwei Wochen in all ihrer Pracht und Finesse mit deinem Mann ausprobieren können – oder willst du sie für eure privaten Gemächer?«

»Nein, aber danke. Es soll ein persönliches Geschenk sein.«

»Verstehe, wie die Sklavenhose.«

»Ich möchte ein Halsband für Thoran anfertigen lassen. Weiches Leder, welches sich eng um den Hals legt, ohne die Atmung zu behindern. Vorn möchte ich dies eingebrannt haben.« Sie nestelte einen Zettel aus ihrer Rocktasche und reichte ihn Jacob.

»Kein Problem. Thoran hat ungefähr meine Statur und wenn ich mehrere Löcher einarbeite, kannst du es entsprechend anpassen.«

»Danke, ich möchte noch etwas haben. Äh …« Sie trat gegen ein Tischbein und ärgerte sich über ihr Gestammel. »Ich möchte eine Art Geschirr für sein Gemächt haben. Ich hab in der Strogowbibliothek so ein altes Buch gefunden mit detaillierten Zeichnungen. Es ist wie eine Trense für ein Pferd. Schmale Riemen teilen die Hoden, die Wurzel umgürtet von einem engen Ring aus Leder. Auf dem Bild hat der Mann …« Birgany schluckte. »Sein aufgerichteter Schaft ist mit drei Schnallen fest umschlossen. Alle Teile sind miteinander verbunden.« Froh über ihren Mut drehte sie sich um und erstarrte. Jacob stand da, die Augen dunkel vor Lust, und rieb sich ungeniert über die Ausbuchtung in seiner Hose.

»Bist du bei all deinen Kunden so unbeherrscht?«

»Die wenigsten Kunden bestellen solch liederliche Dinge bei mir«, konterte Jacob.

Er öffnete den Fensterflügel und sog die Winterluft ein.

»Besser. Langsam kommt mein Blut wieder im Hirn an.«

Er drehte sich um und lehnte sich mit der Hüfte an den Fenstersims. »Mir fehlt die Erfahrung mit derartigen Dingen, trotzdem werde ich verschiedene Sachen ausprobieren.«

»Kannst du mir zusätzlich eine Art Korb machen?«

Jacob krümmte sich vor Lachen. »Du willst seinen Schwanz in einen Käfig sperren?«

Böse funkelte sie den Sattler an.

Der hob beschwichtigend die Hände. »Verzeih. Du willst einen Lederkäfig, der verhindert, dass sein Schaft sich aufrichten kann. Der Käfig soll mit den anderen Teilen um Wurzel und Hoden kombinierbar sein, ja?«

»Genau, damit kann ich seine Lust auch kontrollieren, wenn wir nicht spielen.

Wenn er das Geschirr trägt, ist er immer mit mir verbunden. Glaubst du, es wird ihm gefallen?« Sie war aufgeregt wie eine Vierjährige, die sich ein besonderes Geschenk zu Weihnachten wünschte. Wochenlang hatte sie überlegt, was sie Thoran schenken könnte. Es sollte persönlich und ausgefallen sein, aber vor allem sollte es ihre Liebe zeigen. »Du dummes Weib«, schalt Jacob mit einem Lächeln. »Thoran ist ständig mit dir verbunden. Noch nie habe ich erlebt, dass er steif wird, wenn er ein Weib nur ansieht. Sobald du in seiner Nähe bist, ist er scharf wie mein Stechbeitel.«

»Mir geht es ebenso und ich habe jedes Mal Angst, mir springt mein Herz aus der Brust, so sehr liebe ich diesen Mann.« Birgany presste beide Hände auf ihr Herz. »Die körperliche Vereinigung ist um so vieles wertvoller, wenn Liebe die beiden Menschen verbindet.«

»Davon verstehe ich nichts.«

Warte nur ab, mein Freund. Auch auf dich wartet irgendwo eine Frau, die dich von Herzen lieben wird.

Birgany sprach es nicht laut aus, aber seine Augen hatten

ihn verraten. Er wünschte sich eine Gefährtin, mit der er sowohl den Alltag bewältigen, als auch seine Lust in all ihren Varianten ausleben konnte.

»Was war das?« Birgany zuckte zusammen.

»Was denn?«

»Es kam von da.« Sie zeigte zum Fenster.

Jacob drehte sich abrupt um, sah nach allen Seiten aus dem Fenster. »Hier ist nichts. War wohl ein Vogel.« Er schloss die Läden und drehte sich zu ihr um. »Also, wann brauchst du die Bestellung?«

»Thoran kommt in achtzehn Tagen zurück.«

»Im Winter laufen die Geschäfte ruhig. Ich denke, in zwei Wochen habe ich es fertig.«

Birgany klatschte in die Hände und küsste Jacob auf die Wange. »Danke.«

***

Sie wärmte sich die klammen Hände an einer heißen Tasse Tee, als sie die Vordertür hörte. Birgany erkannte Nikolais Schritte und öffnete die Tür des Salons. »Brauchst du auch einen Becher heiße Milch bei dem ...« Sein Anblick verschlug ihr die Sprache. Das Hemd war zerrissen. Eine Lippe aufgeplatzt. Die Knöchel an der rechten Hand voller Schrammen. »Um Himmels willen, was ist denn mit dir passiert?« Nikolai sah sie aus glasigen Augen an und sie erkannte, dass er vollkommen betrunken war. »Keinen Schimmer. War in der Kneipe.« Er besah sich seine Hände und zuckte mit den Schultern. »Hatte wohl 'ne kleine Schlägerei.« Er grinste wie ein Lausbub.

Bevor Birgany weiterfragen konnte, stapfte Hanna herein. »Oh, du liebe Güte. Nikolai, was habt Ihr angestellt?« Sie schob ihn in Richtung Treppe. »Ab nach oben. Ich helfe Euch.«

Birgany kicherte. Nikolai ließ sich von Hanna die Treppe hochscheuchen, ohne einen Mucks zu sagen.

Kapitel 15

Libertas, Morgen des sechsundzwanzigsten Februar anno 1713

Jeder Knochen im Leib schmerzte von dem langen Ritt. Thoran übergab Bruno die Zügel seines Hengstes. »Gib ihm eine Extraportion Hafer. Er hat sie sich verdient.«

»Wird gemacht«, gab der Knecht zurück und führte den Rappen in seine Box. Thoran klopfte sich mit dem Dreispitz auf den Schenkel. »Ein Bad, ein Essen und Birgany.« Genau in dieser Reihenfolge, denn so, wie er aussah und roch, wollte er seinem Weib nicht unter die Augen treten.

Müde schlurfte er durch den Bogengang und trat ins Foyer. Behagliche Wärme schlug ihm entgegen. Fast drei Wochen war er unterwegs gewesen und ein neuerlicher Wintereinbruch hatte die Reise beschwerlich gemacht. Noch nie war Thoran so dankbar, ins Warme zu kommen.

»Herzlich willkommen.« Hanna musterte ihn von Kopf bis zu den Stiefeln. »Ich werde Euch sogleich ein Bad richten lassen.« Hanna lächelte ihn an. »In der Zwischenzeit bereite ich Euch ein ordentliches Mahl zu. Soll ich es in Eure Privatgemächer bringen oder wollt Ihr im Sonnenzimmer speisen?«

»Danke Hanna, alles bitte in meine Gemächer.« Kaum hatte er den Fuß auf die erste Stufe der Treppe gesetzt, hörte er von oben einen Schrei.

Birgany lief ihm mit gerafften Röcken entgegen und sprang ihn an.

Fest umschlang er ihren drallen Hintern und sog tief ihren frischen Duft ein.

»Ich habe dich so vermisst, mein Geliebter, aber du stinkst wie ein Misthaufen.« Frech grinste sie ihn an und drückte ihm einen Kuss auf die Nasenspitze.

Mehr würde er wohl in seinem Aufzug nicht bekommen.

Mit langen Schritten stieg er die breite Treppe hinauf und stieß mit der Schulter die Tür zu ihrem Schlafgemach auf. Schwungvoll warf er Birgany aufs Bett und sie quiekte auf.

»Wasser für ein Bad wird gleich kommen, und sobald ich sauber bin und etwas in meinem leeren Magen habe, bin ich wohl wieder annehmbar.«

»Wie waren die Geschäfte?«, erkundigte sich Birgany.

»Wie erwartet gut.« Thoran setzte sich auf den Stuhl vor dem Fenster und zog sich die Stulpenstiefel von den Füßen. Nikolai kam herein und sie begrüßten sich herzlich.

»Nächstes Mal reitest du bei solchem Scheißwetter nach Mannheim.«

»Stell dich nicht so an, du Mädchen. Wir sind halb Russe, halb Schwede und mit Eis in den Adern geboren.«

»Du dämlicher Arsch.« Thoran boxte seinen Bruder gegen den Arm. »Ich hab mir auf dem Ritt fast die Eier abgefroren.«

Bruno brachte mehrere Eimer heißes Wasser und goss sie in den Badezuber im angrenzenden Ankleidezimmer.

»Nikolai, lass uns später über die Geschäfte reden. Mein Weib hat mir vorgeworfen, ich würde stinken.« Er hob einen Arm und schnupperte. »Sie hat recht.« Nikolai lachte und schüttelte den Kopf. »Solange du nur stinkst und dir keine Läuse eingefangen hast, wird es nicht so schlimm sein.«

»Igitt. Du Ekel«, schimpfte Birgany und schob Nikolai in Richtung Tür. »Hau ab und gönn deinem Bruder etwas Ruhe.«

»Ruhe wird er wohl keine bekommen.« Nikolai zog Birgany mit Blicken aus, grinste und schlenderte hinaus. Thoran streifte die restliche Kleidung ab. Er sank ins Wasser und spürte gleich, wie die Wärme seine Muskeln lockerte. Entspannt lehnte er den Kopf an den Rand und schloss die Augen. Thoran fand sein Leben einfach nur perfekt. Seit mehr als einem halben Jahr war Birgany sein Weib und doch überraschte sie ihn immer noch. Ihre anfängliche Schamhaftigkeit war verschwunden und sie lebte ihre Fantasien ohne Scheu mit ihm aus.

Libertas hatte sie alle verändert, und zwar zum Guten. Sie waren eine eng verschworene Gemeinschaft.

Zarte Finger strichen ihm über die Stirn. »Bist du sehr müde?«

»Hm.« Er war zwar müde, trotzdem regte sich sein Körper bereits voller Vorfreude.

Die Wärme des Wassers sickerte in seinen Leib.

»Lass mich dir bei deinem Bad helfen, mein Gemahl.«

Er spürte Birganys Hände in seinen Haaren und genoss ihre Zuwendung.

»Du musst mir nicht helfen.«

»Nein, aber ich möchte es. Es ist mein Vorrecht als deine Gemahlin. Leg den Kopf zurück, damit ich den Schaum ausspülen kann.«

Dankbar gehorchte er. Nachdem die letzten Reste ausgespült waren, wusch sie ihm Arme, Beine und Oberkörper. »Fehlt nur noch der Teil unter Wasser. Wie gut, dass ich meine Kleidung passend gewählt habe«, flüsterte sie ihm ins Ohr. Thoran öffnete die Augen und setzte sich ruckartig auf. Wasser schwappte über den Rand.

Sie war nackt und von überwältigender Anmut. Thoran wusste, er würde auch in dreißig Jahren noch so denken.

Mit den Händen auf dem Rand des Zubers stemmte er sich hoch.

Sie lächelte, kniete sich neben die Wanne und griff nach dem Schwamm. Thoran hätte nie gedacht, dass ein Bad so sinnlich und erregend sein könnte.

»Fertig.« Sie sah zu ihm hoch und Thorans Müdigkeit verflog bei ihrem Anblick.

»Darf ich mich revanchieren?«

Sie zog ihre Stupsnase hoch und schüttelte sich angewidert. »Nein. In dieses Wasser steige ich nicht. Da schwimmt Dreck von drei Wochen drin. Außerdem bist du hundemüde, mein Schatz. Komm, lass mich dich abtrocknen und dann speisen wir gemeinsam in unserem Gemach.«

***

Mürrisch raufte sich Thoran die Haare. Er hasste Buchführung. Seit zwei Stunden hockte er über den Büchern. Müde streckte er den Rücken durch.

Birgany kam herein und schloss die Tür hinter sich.

»Tut mir leid, Liebes, aber ich habe keine Zeit. Wenn es nicht wichtig ist, störe mich bitte nicht, damit ich diesen Mist bis zum Abendessen fertig habe.«

Ihre Haltung veränderte sich. Sie straffte die Schultern und warf ihm einen hochmütigen Blick zu.

Ah, seine Herrin war anwesend. Mittlerweile reichte ein Blick von ihr, um zu wissen, wann sie spielen würden. Oh ja, er hatte wahrhaftig eine Domina geweckt. Sein Schaft bäumte sich auf und Thoran war unfähig, den Blick von seiner Frau und Herrin zu nehmen.

Sie verschränkte die Arme vor der Brust und drückte so ihren drallen Busen zusammen.

»In deiner Abwesenheit hatte ich viel Zeit, nachzudenken.«

Birgany verstand es meisterlich, ihn jedes Mal aufs Neue zu überraschen.

»Bisher war es ein Spiel, nun will ich nichts anderes mehr sein. Ich fühle mich als Königin, die alle Macht in ihren Händen hält.«

Bisher waren ihre Spiele darauf begrenzt, dass sie ihn heiß machte und ihm einen Höhepunkt raubte. Meist schneller als ihm lieb war.

Sie wollte ihn wirklich zu ihrem Besitz machen. Endlich war Thoran am Ziel seiner Träume. Genauso hatte er es sich vorgestellt. Leibeigener ihrer Lust sein zu dürfen. Alle Verantwortung abzugeben.

»Finde dich im Gewölbe der Qualen ein.« Hoheitsvoll schritt Birgany aus dem Arbeitszimmer. Thoran knallte die Schreibfeder auf die Arbeitsplatte, sprang auf und lief in ihr gemeinsames Schlafgemach. Hektisch zog er sein Hemd aus, warf sich seinen Umhang über und rannte los.

Halb nackt war der kurze Weg sehr unangenehm bei diesem Wetter. Sie brauchten auch zwischen den Gebäuden einen Bogengang. Besser noch einen unterirdischen Gang, der direkt in die Katakomben führte.

Voller Vorfreude sprang er die Treppe hinunter ins Gewölbe der Qualen. Angenehme Wärme schlug ihm entgegen. Drei Kohlebecken standen im Raum verteilt.

»Ich warte.« Birgany stand neben der Fesselvorrichtung.

Sie trug einen Ubera mit Nippellöchern, nur diesmal in Nachtschwarz. Passend dazu einen knöchellangen Rock aus durchsichtigem Stoff. Thoran stellte sich an die raue Backsteinwand und ließ sich die Fesseln anlegen. Er liebte dieses Gefühl des Ausgeliefertseins.

Geschickt löste sie die Schnüre seines ledernen Gefängnisses. »So gefällt mir mein Sklave schon besser.« Sie schnippte mit den Fingern gegen seinen Schwanz und Thoran stöhnte auf. Der kurze Schmerz wich sogleich einer solchen Gier, dass er sich fest auf die Innenseite der Wange biss, um seinen Erguss aufzuhalten.

»Es macht mich glücklich, wenn ich Euch erfreue, Herrin. Ich will Euch täglich dienen und durch die Sklavenhosen ist mir ständig bewusst, wem ich gehöre.«

Seit dem Eröffnungsfest hatte Thoran weitere dieser Hosen in Auftrag gegeben und keine anderen mehr getragen. Jeden Morgen, wenn er seine Hose anzog, kam Birgany und sperrte seinen Schwanz hinter das Lederstück. Es war ihr persönliches und geheimes Ritual. Stand eine Strafe an, zog sie die Schnüre fest. Der enorme Druck erregte ihn maßlos, doch sein Schwanz hatte keinen Platz, sich aufzurichten.

Wenn sie allein in ihren Gemächern waren, spielte sie unterschiedliche Schnürungen durch und ließ die Lederlasche weg. Mal waren nur seine Hoden zu sehen, mal nur der Schwanz. Ihr Einfallsreichtum war ungebrochen und seine Herrin benutzte ihn voller Lust für ihre *Kreationen der Lust* wie sie es nannte.

»Hast du in den drei Wochen herumgehurt?«

»Wie kannst du mir eine solche Frage stellen?« Birgany wusste genau, dass er sein Ehegelübde nie brechen würde, egal wie es der Rest seiner Geschlechtsgenossen hielt.

Grob packte sie seinen Schwanz und drückte zu. »Du wagst es, mich zu beleidigen, Sklave? Darauf steht eine harte Strafe. Dir steht es nicht zu, mich zu maßregeln.«

»Nie würde ich meine Ehegelübde brechen.«

»Gut. Sag mir, wie oft hast du es dir selbst besorgt in den langen Nächten ohne mich?«

»Oft«, gestand er und wurde mit mehr Druck auf seinen Schwanz belohnt. Eine zweite Hand legte sich erbarmungslos um seine Hoden. Mit Mühe hielt sich Thoran auf den Beinen. Schweiß bedeckte seine Haut und er warf den Kopf in den Nacken.

Bei allen Heiligen, er war so aufgeputscht, dass er augenblicklich kam. Diese kleine Faust um seinen Schwanz war von Anfang an sein Verderben gewesen.

Er spürte ihr Lachen mehr, als dass er es hörte. Sie hatte ihn mal wieder genau dort, wo sie ihn haben wollte.

»Verzeiht, Herrin. Euer Anblick und Eure Zuwendung ...«

»Du gibst mir die Schuld für dein Versagen?«, unterbrach sie ihn. Thoran sog die Luft tief in die Lungen. Er roch ihre Lust und sein halb erschlaffter Schaft zuckte begehrlich.

»Nein, bitte verzeiht. Ich erwarte Eure Strafe für mein unerlaubtes Kommen.«

»Sehr lobenswert. Mein erstes Hochzeitsgeschenk wird dir zweifellos helfen.«

»Hochzeitsgeschenk? Aber wir sind doch schon seit über einem halben Jahr verheiratet.«

»Besser spät als nie, mein Mann und Sklave.« Sie ging mit wiegenden Hüften zu dem mit Leder bezogenen Tisch an der gegenüberliegenden Wand. Dort lag eine kleine Schachtel. Sie nahm etwas heraus und drehte sich um. Thoran erkannte schwarzes Leder.

»Dies wird ab heute deine Sklavenkleidung sein.« Sie kniete sich vor ihm nieder und stülpte das Teil über seinen Schaft bis zur Wurzel.

»Dieses Geschirr teilt wunderschön deinen großen Hoden, umschließt deinen Schaft fest und unerbittlich.«

Interessiert sah er an sich hinunter.

»Du wirst mich in kniender Stellung erwarten und darum bitten, dein Sklavengeschirr angelegt zu bekommen.«

»Ihr ehrt mich mit dieser Gabe. Euch offen dienen zu dürfen, erfüllt mich mit Stolz.« Er würde alles anziehen, wenn er seine Herrin als Belohnung mehrmals befriedigen durfte. Nun konnte er seine Fantasien gemeinsam mit Birgany in vollen Zügen ausleben.

Sie packte einen Hoden und schob ihn durch den Lederring. Danach den zweiten.

»Zum Henker noch mal«, brüllte Thoran, dieses dämliche Teil klemmte seine Schamhaare ein. Der scharfe Schmerz jagte ihm bis in die Zehen.

Birgany reagierte augenblicklich. Schnell nahm sie das Teil ab und Thoran atmete erleichtert auf.

»So geht es nicht. Ich werde dich rasieren, danach sind die störenden Haare fort und du kannst dein Geschirr tragen, ohne dass es ziept.«

»Du willst mich rasieren? Vergiss es. Wir sind nicht im Osmanischen Reich. Hier ist ein Mann nur ein Mann, wenn er Haare am Sack hat.« Die Vorstellung, ständig diesen Druck zu spüren, machte ihn lüstern, doch nie würde er sich die Eier rasieren lassen.

»Als mein Sklave wirst du gehorchen. Ich werde dich gleich enthaaren, und wenn du mir so gefällst, erwarte ich dich immer blank rasiert.« Sie leckte sich über die Lippen. »Es wird ein außergewöhnliches Erlebnis. Du wirst meine Zunge und Zähne noch intensiver spüren und unerlaubt kommen.« Sie schenkte ihm ein laszives Lächeln.

Geschickt hantierte sie an den Ketten, die an einem Haken befestigt waren. Der Zug auf seine Arme verschwand.

»Bitte, Herrin.«

»Du willst mich wissentlich enttäuschen?«

Panik überfiel ihn wie ein Schneesturm. Die Vorstellung, Birgany zu enttäuschen, tat ihm körperlich weh.

Er fand keine passende Beschreibung für dieses Chaos in seinem Inneren. Er wollte, nein er musste es schaffen. Es war wie eine Sucht. Ärgerlich schüttelte er den Kopf. Keine Sucht. Ihre Wünsche zu erfüllen war zu einem Grundbedürfnis geworden. Sie schenkte ihm Macht und er gab ihr die Macht zurück, indem er ihr diente. Er sank auf die Knie. »Nein. Die Vorstellung ist mir zuwider, doch ich würde Euch nie enttäuschen. Mein Körper gehört nur Euch allein, Herrin. Verfahrt mit mir, wie Euch beliebt.« Es war keine Phrase. Thoran meinte jedes seiner Worte ernst.

»Als Strafe wirst du hier auf den kalten Steinen knien bleiben, bis ich mit Wasser und Rasiermesser zurück bin.«

»Wie Ihr wünscht, Herrin.« Die groben Steine gruben sich in sein Fleisch. Thoran würde sich nicht vom Fleck rühren.

»Sorge dafür, dass dein Schwanz einsatzbereit bleibt.«

Wie von selbst legte sich seine Hand um die Wurzel seines Gliedes und er verwöhnte sich selbst.

»Wenn du es wagst, abzuspritzen, wirst du mir die nächsten zwei Wochen nicht dienen dürfen. Die Entscheidung liegt bei dir, Sklave. Du solltest nach der langen Zeit, wo du mir gehörst, gelernt haben, deinen Sklavenschwanz zu kontrollieren.«

Abrupt stellte er seine Bewegung ein und verharrte mit der Faust um seinen harten Schaft. Gefühle zwischen Erwartung und Angst, weil er jegliche Kontrolle an sie abgab, brachten sein Blut zum Brodeln. Es machte ihn verrückt vor Lust, dass er der Willkür seiner Herrin ausgeliefert war.

Nach gefühlten Stunden betrat seine Herrin den Raum. »Steh auf. Zum Tisch. Auf den Rücken. Spreiz die Beine.«

Die knappen Befehle stoben ihm direkt in den Schaft. Unsicher kam er auf die Beine und verkniff es sich, die Knie zu reiben, um den Schmerz zu lindern.

Gehorsam kletterte er auf den Tisch und legte sich mit weit gespreizten Beinen auf den Rücken.

Sie fesselte ihm die Arme über dem Kopf an der dort angebrachten Vorrichtung. Die Füße kamen ebenfalls in Schlaufen, die rechts und links an den Tischbeinen befestigt waren. Er lag da, völlig bewegungsunfähig und seiner Herrin ausgeliefert.

»Heute wirst du wirklich zu einem Sklaven, wie es im Orient Brauch ist.« Sie machte ernst und rasierte ihm die Achseln. Geschickt schabte sie mit dem Messer über seinen Brustkorb und Thoran wagte es nicht, tief durchzuatmen. Es war ein seltsames Gefühl, widerwillig den Wunsch seiner Herrin zu erfüllen, auch wenn er sich nackt vorkam, so völlig ohne Haare.

Sie stand neben ihm, die Hände in die Hüften gestemmt, und schüttelte den Kopf. »Wie soll ich dich weiter rasieren, wenn mir dieser Pfahl im Weg ist?« Sie schenkte ihm ein diabolisches Lächeln.

»Aber Ihr habt es mir befohlen.«

»Schweig«, unterbrach sie ihn.

Völlig perplex gehorchte Thoran und spürte, wie sie das Messer dicht an seinem Schaft ansetzte. Schweiß brach ihm aus allen Poren und er biss die Zähne zusammen. Zum ersten Mal erlebte er, wie erregend Angst sein konnte. Die Unwissenheit peitschte seine Lust in sphärische Höhen und Thoran war vollkommen gefangen in dieser neuen Erfahrung. Ganz flach atmete er, um ja keine abrupte Bewegung zu machen.

»Noch den Rest entfernen und du darfst mit Stolz dein Sklavengeschirr tragen. Wir werden es in unser morgendliches Ritual integrieren. Erst die Sklavenhose ohne Lasche und Schnürung. Dann folgt dein Geschirr.« Sie beugte sich über ihn und strich mit dem Finger über seine Unterlippe. »Wenn ich dich mal wieder abstrafen muss, kann ich die Schnallen festziehen. Ein einzigartiger Schwanzgürtel, mit dem ich dich bestrafen und deine Erregung kontrollieren kann. Ich bin gespannt, wie ausdauernd du damit bist, ohne zu kommen.«

Bei der Vorstellung wurde ihm schlecht vor Angst und gleichzeitig stob heiße Gier durch seinen Leib.

Seine Herrin widmete sich erneut seinen Lenden.

Thoran spürte die scharfe Klinge des Rasiermessers auf seinem Unterleib. Strich für Strich schabte sie über seine Haut. Thoran schloss die Augen. Sie hatte ihm alles Männliche genommen. Hart schluckte er und zwang sich, seine Herrin anzusehen. Ob sie ihm ansah, wie er sich fühlte? Wusste, was sie ihm angetan hatte?

Erst als sie zufrieden war, löste sich der Druck auf seinem

Schaft. Sie wusch mit einem weichen Lappen die Schaumreste ab.

»Wunderschön.« Thoran hob den Kopf, doch Birgany presste ihm eine Hand auf die Stirn. »Liegen bleiben.«

Der Blick in ihr Gesicht fegte all seine Zweifel und Ängste fort. Ihre Augen leuchteten. »Viel besser als auf den Bildern im Gemach des Orients.« Sie verschwand aus seinem Blickfeld. Dann spürte er ihre Lippen auf seinen rasierten Hoden und bäumte sich auf. Tief saugte sie einen Hoden in den Mund und Thoran schrie vor Wonne. Die Empfindungen waren wirklich um ein Vielfaches intensiver. Sie erkundete ihn mit den Lippen und der Zunge. Thoran wand sich in den Fesseln.

Sie ließ von ihm ab, trat an die Seite des Tisches und führte sich zwei Finger in den Schoß. Langsam zog sie die Finger zurück und hielt sie ihm hin. »Du darfst die Essenz deiner Herrin kosten, weil du so folgsam warst.«

Gierig saugte er ihre Finger in den Mund und ihr Geschmack explodierte auf seiner Zunge.

»Willst du mehr?«

»Bitte«, brachte Thoran mit Mühe hervor.

Sie löste seine Fesseln. »Steh auf und sieh es dir an.«

Behände sprang er vom Tisch und sah an sich hinunter. Der Anblick schockierte ihn nicht, wie er befürchtet hatte. Thoran gestand sich ein, dass es ihm gefiel. Ohne Schambehaarung wirkte sein Geschlecht größer. Seine Brust frei von Haaren brachte nicht nur die aufgerichteten Brustwarzen besser zur Geltung, sondern auch seine Muskeln. Er hatte mit Scham gerechnet, doch Stolz baute sich in ihm auf.

»Knie dich vor die kurze Seite des Tisches.«

Er kniete sich auf das große Lammfell, welches dort lag, und schon hatte Birgany ihm die Handfesseln angelegt.

Ein Ruck und seine Arme wurden seitlich gestreckt. Ihr helles Lachen erinnerte ihn an Perlen edlen Champagners.

»Hast du geglaubt, ich wäre fertig mit dir, Sklave?«

»Ich hoffte nicht.« Vor ihr zu knien war eine Zutat, die er kaum in Worte fassen konnte. Für ihn war es keine Erniedrigung, sondern eine Huldigung für sein Weib und seine Herrin.

»Du warst mir treu, daran zweifle ich nicht. Dennoch hast du es dir ohne meine Einwilligung gemacht. Sag mir die genaue Anzahl.«

Fieberhaft rechnete er nach. »Ich bin unsicher. Sieben Mal mindestens.«

»Unter diesen Umständen werde ich es verdoppeln. Insgesamt vierzehn Vergehen. Die Strafe werde ich dir später offenbaren. Sei gewiss, ab dem heutigen Tag wirst du nicht mehr in der Lage sein, ohne meine Erlaubnis Hand an dich zu legen.«

Was meinte sie damit? Bevor Thoran fragen konnte, sprach sie weiter.

»Dir mangelt es an Disziplin, deshalb wirst du jeden Morgen auf den Knien um meine Aufmerksamkeit bitten.«

»Ich danke Euch, meine Herrin.«

»Auch wirst du mich um Erlaubnis bitten, deinen Samen vergießen zu dürfen. Du wirst nie wissen, ob ich dir diese Erleichterung gewähre oder verweigere.« Thoran begann zu zittern. Er musste sich jeden Morgen vor ihren Augen einen runterholen und kurz vor dem Abspritzen um Erlaubnis bitten.

»Dein panischer Gesichtsausdruck gefällt mir. Die Folgen sind dir also klar. Wenn ich guter Stimmung bin, darfst du mir dienen. Wenn nicht, wirst du es dir selbst machen. Nur in meiner Anwesenheit und wenn ich es anordne, egal ob du willst oder nicht. Deine Lust liegt ab heute vollkommen in meinen Händen.«

So also war es, Eigentum seiner Feuerfee zu sein. Er war völlig trunken vor Freude und Dankbarkeit.

»Da du die Schur demütig ertragen hast, werde ich dir ein weiteres Geschenk bereiten. Willst du es sehen?«

»Wie gütig von Euch. Gern.«Birgany öffnete den Rock und dieser glitt raschelnd zu Boden. Sie war vollkommen nackt. Nackt im Sinne von haarlos. Er sah ihre blanken alabasterfarbenen Schamlippen, zwischen denen frech ihre kleineren rosigen Flügelchen hervorlugten. Ihre Scham glänzte feucht und war vor Erregung geschwollen.

»Bei Thors Hammer«, stieß er hervor.

»Gefällt dir dein Geschenk nicht oder warum bekommst du deinen Mund nicht mehr zu?«

»Euer Sklave ist überwältigt von solch verwegener Schönheit.«

Ihre Finger glitten durch ihre Spalte. »Bist du würdig, sie zu berühren?«

»Unwürdig, meine Herrin. Dennoch bitte ich um Eure Gnade, Herrin, lasst mich Euch dienen. Ich flehe Euch an.«

Sie schlang ein Bein um seinen Hals und ihre nasse Spalte presste sich an seine Lippen.

Genüsslich labte er sich an ihr. Drehte den Kopf und leckte über die sensible Haut ihres Schenkels. Sie belohnte ihn mit einem Stöhnen und zwang seine Lippen zurück auf ihr Geschlecht.

Er leckte, knabberte und saugte an ihr.

»Dein Scheich hat nicht gelogen. Es ist …« Mehr brachte sie nicht heraus und stöhnte laut.

Die Hände in die Ketten seiner Fesselung gekrallt, ritt sie ihn wie eine Wilde. Schwall um Schwall belohnte sie ihn für seine Bemühungen und dann kam sie. Sie presste sich noch fester an sein Gesicht. Tief schob er ihr die Zunge in die Spalte und hörte nicht auf, bis die letzten Zuckungen vorbei waren.

Thoran zerrte an den Fesseln, weil er die Hände zu Hilfe nehmen wollte. Ihre harten Nippel bearbeiten, bis sie ein weiteres Mal über die Klippe flog.

Vorsichtig löste sie sich von ihm. Ihre Haut war rosig überhaucht und ihre Augen glänzten. »Noch bin ich nicht fertig mit dir, Sklave. Im Gegensatz zu dir habe ich meine Triebe im Zaum gehalten.«

Lieber Himmel, sie war seit drei Wochen unbefriedigt? Sein mittlerweile wieder harter Schaft zuckte und Thoran hoffte, genug Stehvermögen zu haben, um seine Herrin zufriedenzustellen.

»Hast du die Regeln verinnerlicht?«

Hatte er? Mein Gott, ich habe nicht zugehört, sondern sie zum Schreien gebracht.

»Nein, ich habe sie vergessen.«

»Du machst es mir leicht. Noch eine Verfehlung, die auf die lange Liste kommt, Sklave. Allein der Gedanke, auf welche Arten ich dich bestrafen werde, macht meine Schenkel nass und meine Muschi schlüpfrig.«

Birgany lachte und trat einen Schritt zurück. »Durch dich darf ich erleben, wie erregend Macht sein kann.«

Anstelle die Fesseln um seine Handgelenke zu lösen, drehte sie ihm den Rücken zu und kniete sich auf allen vieren vor ihm hin. »Ich werde dich benutzen, wie einen von Martins Lustspendern.«

Sie wackelte mit ihrem herrlichen Po und dirigierte mit der Hand seinen Schwanz an ihre nasse Pforte.

Seidenweich glitt er in sie hinein und ihre Muskeln packten unbarmherzig zu. Sie würde ihn umbringen. Er war kurz vor dem Explodieren.

»Ja. Oh ja«, schrie sie und ihre Bewegungen wurden schneller.

Dieses Ausgeliefertsein machte Thoran wahnsinnig vor Gier. So gut es die Fesseln zuließen, kam er ihren Stößen entgegen und stöhnte laut. Seine Hoden schlugen bei jedem Stoß gegen ihre blanke Scham. Die fehlenden Haare in seinem Schambereich steigerten die Empfindungen um ein Vielfaches.

»Bitte, erlaubt mir, mit Euch zu kommen.«

Sie richtete sich auf und löste eine der Schnallen. »Mach die andere Hand los. Ich will deine geschickten Finger an meinen Brüsten spüren.«

Blitzschnell löste Thoran die Fessel, beugte sich vor und knetete ihre herrlichen Kugeln. Sogleich wurde er von einem Schwall ihrer Essenz belohnt, die seinen Schaft umfloss.

»Bitte«, flehte er erneut.

»Wage es nicht!«

Panisch biss er sich auf die Innenseite der Wange.

»Langweile ich dich, Sklave?«

»Nie. Bitte, verzeiht.« Fest kniff er in ihre harten Nippel und zog sie in die Länge, wie es ihr Wunsch war. Ihre inneren Muskeln strangulierten fast seinen Schwanz. Er hielt nicht mehr lange durch, aber sie würde zuerst fliegen, schwor er sich. Thoran steigerte die Stimulation, indem er eine Hand über ihren Bauch nach unten schob. Zielsicher fand er ihre Perle und umkreiste sie mit dem Daumen. Ihre samtweiche Haut unter den Fingerkuppen berauschte ihn.

»Mehr! Fester!« Sie war wie von Sinnen und kam seinen harten Stößen entgegen. Thoran griff in ihr langes Haar und hielt sich daran fest. Wie ein Verrückter rammte er sich in sie. Schneller. Härter.

Sie schrie, zuckte und bebte, als sie kam, und Thoran folgte ihr. Er flog gemeinsam mit ihr hoch in den Himmel und zerbarst in einem Feuerregen der Erfüllung.

Vollkommen erschöpft sackte er über ihr zusammen. Hauchte Küsse auf ihren schweißnassen Rücken und genoss die kleinen Nachbeben, die ihren Schoß erschütterten.

»Habe ich Euch erfreut, Herrin?« Er lächelte und leckte über den pochenden Puls an ihrem Hals.

»Hm.« Langsam richtete sie ihren Oberkörper auf und er glitt aus ihr heraus.

Liebevoll umfasste er sie und streichelte ihren leicht gewölbten Bauch. Seine Herrin liebte es, gestreichelt zu werden, und Thoran brauchte die Nähe und Zärtlichkeit ebenso.

Überall trug sie seine Spuren. Ihre Brustspitzen waren dunkelrot von seiner derben Zuwendung, ihre Hüften von seinen Fingern gezeichnet. Er hauchte Küsse auf jeden der Flecken. »Ich habe meine Herrin hart angepackt.« Seine Lippen wanderten über ihren Bauch nach oben und Thoran leckte über ihre malträtierten Nippel. »Verzeiht.« Er setzte sich auf die Fersen und verschlang sie mit Blicken. Es gab nichts Erfüllenderes als ein Weib, gelöst und gesättigt vom Liebesspiel.

»Genauso, wie ich es wollte, mein lüsterner Sklave.«

»Euer Geschlecht, frei von Locken, ist noch berauschender, als ich es mir vorgestellt hatte.«

»Mir gefällt es auch. Ich denke, wir werden von heute an beide schön glatt und weich sein.« Sie strich mit den Fingerspitzen erst über seinen Unterleib, dann über ihren Venushügel. »Nächstes Mal wirst du mich rasieren.«

»Nächstes Mal?«

»Glaubst du, ich habe es allein geschafft?«

»Wer?«

»Ein sehr talentierter Barbier.«

»Du warst bei einem Barbier?«, fragte er geschockt. Er ballte die Hände zu Fäusten, um nicht auf irgendetwas einzuschlagen.

Ihr Lachen perlte durch den Raum. »Deine Eifersucht gefällt mir. Es war Nikolai.«

Dankbar atmete er mehrmals durch und spürte, wie seine verhärteten Muskeln sich lockerten. »Die Vorstellung, ein

Wildfremder berührt diese Kostbarkeit …« Federleicht strich er über ihre seidenweiche Haut. »Ich könnte es nicht ertragen.«

»Keine Bange. Nie würde ich unsere Liebe durch eine solch unbedachte Handlung gefährden. Ich schwankte zwischen David – natürlich in Fannys Beisein – und deinem Bruder. Nikolai vertraue ich mehr, und da auch du ihm voll vertraust, war er die bessere Wahl.«

Sein Bruder war sein Gegenstück. Ihm würde er alles anvertrauen, er war sich seiner Loyalität sicher. Nikolai gegenüber verspürte Thoran keine Eifersucht. Er wusste, sein Bruder liebte Birgany, wenn auch auf eine andere Art als er. Nie würde er sich zwischen ihn und seine Frau stellen oder willentlich etwas tun, das ihn, Thoran, verletzte.

»An die Wand mit dir.«

Bei Thors Hammer, sie war noch in Spiellaune.

Kaum hatte sie die Fesseln um seine Handgelenke geschlossen, regte sich sein Schaft. Bei Birgany war er unersättlich und hatte ein Stehvermögen fernab von allem, was er bisher erlebt hatte.

»Deine Selbstbeherrschung ist mangelhaft und damit erfreust du mich sehr.« Sie fuhr mit dem Fingernagel über seine harten Brustwarzen.

»Es erregt mich, wenn dir die Gier bis zum Hals steht. Wenn du stammelst und bettelst. Mich anflehst. Diese Macht verdanke ich dir und du hast mich süchtig gemacht.«

Konnte ein Mann durch Worte so lüstern werden, dass er kam, ohne seinen Schwanz anzufassen?

»Ich werde mir Strafen ausdenken, die dich an deine Grenzen bringen werden. Trotz meines Verbotes bist du eben gekommen. Dieses Geschenk hilft deiner Vergesslichkeit.« Sie stand auf und zeigte es ihm. Ein Stück Leder mit einer Gravur. Thoran verstand nicht, was sie damit vorhatte, und schaute sie stirnrunzelnd an.

»Es ist ein Halsband und ich will, dass du es trägst. Als Zeichen, dass du mir gehörst. Außerdem wirst du nicht nur dein Geschirr tragen, sondern zusätzlich diesen Korb.« Sie hielt ein ledernes Gitter in die Höhe. »Ab heute wirst du ohne meine Zustimmung deinen Schwanz nicht mehr anfassen, außer zum Pinkeln.«

Er registrierte ihre Worte nur am Rande seines Bewusstseins. Seine Aufmerksamkeit war auf dieses Halsband gerichtet und in ihm stieg ein solcher Zorn auf, dass er kaum noch atmen konnte.

»Du willst mich wie einen schäbigen Köter an die Leine nehmen? Mich im Libertas herumkriechen lassen und mich erniedrigen? Ich soll so mit Kunden und Geschäftspartnern wichtige Verhandlungen führen? Auf keinen Fall. Du wirst mich sofort losbinden und wag es ja nicht, mir dieses Ding anzulegen«, brüllte Thoran. Er zitterte vor Wut und durchbohrte Birgany mit einem finsteren Blick.

Tränen glitzerten an ihren Wimpern und ihre Unterlippe bebte. Nikolai kam die Treppe herunter. »Was ist hier los?«

Birgany wandte sich ab und warf sich ihren Umhang über die Schultern.

»Ich hörte Thoran bis ins Refugium brüllen. Also ...« Nikolai brach ab und starrte auf den Boden. »Was haben wir denn hier?« Er bückte sich und hob die Lederteile auf.

»Nichts!« Birgany riss sie ihm aus den Händen.

»Es war mein Geschenk für ihn. Allerdings lehnt es dein Bruder ab.«

»Natürlich lehne ich diese Scheiße ab. Du versuchst, mich damit außerhalb des Libertas zu demütigen. Zu erniedrigen. Einen jämmerlichen Wicht aus mir zu machen!«

»Im Gegensatz zu dir habe ich dieses Spiel verstanden.«

»Du solltest besser still sein.« Nikolai streifte Birgany mit einem kalten Blick und befreite Thoran.

»Nein, du solltest verschwinden, und zwar augenblicklich, bevor ich mich vergesse.« Thoran ballte die Fäuste und starrte Birgany voller Abscheu an.

Wortlos rauschte sie aus dem Raum. Er hörte, wie die Eingangstür mit Wucht zugeknallt wurde.

»Ich brauch was zu trinken.«

»Ich schließe mich dir an. Lass uns in die Bibliothek gehen.« Thoran bückte sich und hielt mitten in der Bewegung inne. Die Sklavenhose würde er nicht anziehen, lieber lief er nackt durch die Gegend.

Haus der Brockhoffs, Hirtscheid

»Würdest du dich bitte setzen?« Fanny pustete sich eine Haarsträhne aus der Stirn. »Dein Herumgelaufe macht mich verrückt.«

»Nein, ich muss mich bewegen. Können wir ein Stück gehen?« Fahrig knetete Birgany die Hände. Sie konnte jetzt nicht still auf einem Stuhl sitzen.

»Sicher.« Fanny griff sich ihr Schultertuch und schob Birgany nach draußen. Sie schlenderten hinunter zur Nister.

Der Blick in den glitzernden Bach, dessen Wasser sich seinen Weg über Steine bahnte und leise plätscherte, beruhigte Birgany und sie sog tief die eisige Luft ein.

Ihre Freundin schwieg und wartete geduldig, bis Birgany die richtigen Worte fand. Sie offenbarte Fanny alles über ihre geheimen Spiele und über Thorans übertriebene Reaktion vor zwei Stunden.

Abrupt blieb Fanny stehen. »Du machst mit Thoran das Gleiche, was der Krämer mit dir gemacht hat? Wie kannst du einen Menschen, den du liebst, unterdrücken? Kein Wunder, dass Thoran so heftig reagiert hat.«

Birgany verschränkte die Arme vor der Brust. Hatte sie ihren Mann wirklich unterdrückt? War sie zu weit gegangen? Ihr wurde übel. Sie kniete sich ans Ufer, schöpfte mit den Händen Wasser und kühlte ihr heißes Gesicht.

»Es war sein Wunsch.«

»Was?« Fanny zog sie wieder auf die Beine.

»Er wünschte es sich und erkannte in mir die Frau, die ihn ergänzte. Er sah es, lange bevor es mir bewusst war.«

Fanny zog mit ihrem Stiefel Kreise in den Schnee. »Wir müssen uns täglich unterwerfen. Den Priestern, den Adligen, den ...«

»Ja«, unterbrach Birgany sie. »Genau da liegt der Unterschied.

Thoran macht es freiwillig, aus Liebe zu mir.« Birgany rieb sich über die Arme. »Nein.« Wie sollte sie diese Einzigartigkeit ihrer Liebesbeziehung erklären?

»Er will seine Lust in meine Hände legen, mir die Herrschaft über seine Erlösung übertragen. Thoran hat erkannt, wie erfüllend es für mich ist, ihn zu dominieren.«

»Zu domi... was?«

Birgany dachte an ihr Gespräch mit Thoran und nutzte den Vergleich mit den Römern, um es Fanny zu erklären.

»Hätte ich dir auch sagen können.«

Überrascht sah Birgany Fanny an.

»Jetzt komm schon. Welches Weib hätte sich Krämer so widersetzt wie du? Jede andere hätte sich still ergeben und ihren Mann erduldet, wie es uns gelehrt wird. Du hast dich gewehrt, ihm gedroht und ihn nach der Sache mit Scheffer nicht mehr in dein Bett gelassen. Als du ihn los warst, hast du deinen eigenen Weg beschritten, ein eigenes Einkommen erzielt und bist nicht direkt eine erneute Ehe eingegangen. Welche Frau ohne Rückgrat und Stärke hätte all dies bewerkstelligt?«

Ihre Freundin log nicht, damit es ihr besser ging. Birgany fühlte sich wirklich stark, unabhängig und frei.

»Ich kann es kaum in Worte fassen, welche Glücksgefühle mich durchströmen, wenn dieser starke Mann vor mir kniet und seine Lust in meine Hände legt. Nicht weil er gezwungen wird, sondern weil er es möchte.«

Fanny kaute an ihrer Unterlippe. »Euer Spiel hat nichts mit Schwäche zu tun, wie ich erst dachte.«

Birgany lächelte und schüttelte den Kopf.

»Puh. Wenn ihr eure Fantasie so auslebt wie David und ich, dann wird die Luft bei euren Spielen brennen.«

Befreit lachte Birgany auf. »Ja. Seit es Libertas gibt, ist es keine Fantasie mehr. Weder für euch noch für uns.«

»Stimmt, doch so ganz habe ich immer noch nicht verstanden, was ihr tut.«

»Für ihn ist es überaus lustvoll, meine Befehle zu befolgen, sich einfach fallen zu lassen. Eben nicht stark sein zu müssen, wie es unseren Männern seit Jahrhunderten anerzogen wird. Er liebt es, mich zu verwöhnen, und legt es oft darauf an, bestraft zu werden, weil er uns beide damit glücklich macht.« Sie legte ihrer Freundin den Arm um die Schultern. »Wenn ich an deiner Stelle das lebende Buffet gewesen wäre, hätte ich Wut, Scham oder was auch immer empfunden. Du aber hast es genossen. Die Blicke, die Aufmerksamkeit, die Zuschauer.«

Fannys Wangen leuchteten wie reife Kirschen. »Es war unglaublich intensiv. Noch nie in meinem Leben war ich so erregt wie an diesem Tag.«

»Thoran und mir geht es bei unseren Spielen ebenso.« Sie rückte ein Stück von Fanny ab und sah ihr in die Augen. »Bin ich vorhin zu weit gegangen?«

»Vielleicht. Sprich mit ihm, denn nichts ist fataler als Schweigen. Wie hätte ich wissen können, dass David es auf lustvolle Weise verrückt macht, wenn wir beim Akt beobachtet werden? Oder wie hätte er wissen können, dass ich es genieße, Zuschauer zu haben? Hätten wir nicht über unsere Vorlieben gesprochen, würden wir vieles verpassen. Dies ist mein Rat. Sag ihm, was du in deinem Geschenk gesehen hast. Ich bin mir sicher, er wird nachdenken und erkennen, wie falsch er deine Geste verstanden hat. Danach gibst du es ihm.«

»Ich kann nicht.«

»Es ihm geben oder mit ihm reden?«

»Ich war so wütend, als er mir diese hässlichen Worte an den Kopf warf. Ich hab es verbrannt.«

»Typisch. Wenn du was machst, dann richtig. Selbst deine Ausraster sind legendär.«

Kapitel 16

Libertas, Morgen des siebenundzwanzigsten Februar anno 1713

Der Kater saß ihm noch in den Knochen, als er sich den dritten Kaffee eingoss.

»Wollt Ihr nichts essen?« Besorgt sah ihn Hanna an.

»Nein.«

»Guten Morgen, Hanna.« Birgany schlurfte in den Salon und er musterte sie stumm. Tiefe Augenringe, blasse Haut. Gut. Sie hatte schlecht geschlafen. Diese Erkenntnis freute Thoran. Er widmete sich seinem Kaffee.

Die Tür flog auf und Nikolai kam herein. »Die Brigitta ist vor Korsika in einen Sturm geraten. Jetzt liegt sie beschädigt in Koblenz vor Anker. Mehr weiß ich nicht.«

»Die Mannschaft?«, fragte Birgany.

»Keine Ahnung. Wir müssen aufbrechen. Bruno sattelt bereits unsere Pferde«, antwortete Nikolai und stürmte hinaus. Thoran tat es seinem Bruder gleich.

Sie machten keine Pause und trieben ihre Pferde an ihre Grenzen.

Endlich passierten sie die Stadttore von Koblenz.

Ihr Schiff bot einen Anblick des Jammers. Unbrauchbar geworden wie ein altes Schlachtschiff lag es seitlich auf dem Wasser.

Die Masten gebrochen. Fetzen der Segel verteilten sich wie Leichentücher über dem Deck. Dort, wo der Laderaum war, klaffte ein riesiges Loch in der Backbordwand. Der größte Teil der Ladung war verloren oder durch Salzwasser unbrauchbar geworden. Verluste, die selbst für sie nur schmerzlich zu verkraften waren. Die gute alte Brigitta war gestorben. Thoran ertrug den Anblick nicht länger und wandte sich ab.

»Wie haben die es geschafft, damit den Hafen zu erreichen?«

Sie machten auf dem Absatz kehrt und trafen Kapitän Egmundsson beim Hafenmeister. Thoran zahlte ihrer Mannschaft die letzte Heuer aus und gab das Wrack zur Verschrottung frei.

Nach acht Stunden waren sie auf dem Heimritt.

Für Thoran fühlte es sich an, als hätte er einen guten Freund zu Grabe getragen. Alles in ihm tat weh. Nikolai ritt schweigend neben ihm.

Trotz dieses Dilemmas ging Thoran der Streit mit Birgany nicht aus dem Kopf. Nun, mit dem nötigen Abstand, erkannte er seinen Fehler und die Bedeutung ihres Geschenkes. Er betete, dass sie ihm verzeihen würde.

***

Müde saß Thoran im Sattel. Die Stadttore von Hachenburg kamen in Sicht.

»Lass uns noch kurz ins Weiße Ross einkehren«, unterbrach Nikolai seine Gedanken. »Ich brauche was zu trinken.«

Missmutig stimmte Thoran zu und riss sich den Dreispitz vom Kopf. Trinken war jetzt die einzige Medizin, die noch helfen konnte. So am Boden zerstört sollte Birgany ihn nicht zu sehen bekommen.

Gemeinsam betraten sie den dämmrigen Schankraum.

Die Schenke war brechend voll, kein freier Platz.

Zielstrebig steuerte Thoran zwei Plätze nahe des Kamins an.

»Verschwinde,« sagte er zu dem Mann, der auf einem der Schemel saß.

»Warum sollte ich? Such dir einen anderen Platz, ich geh hier nicht weg.«

Mit Wucht trat ihm Thoran den Schemel unter dem Hintern weg. »Verschwinde«, wiederholte er.

»Schon gut.« Der Mann rappelte sich auf, sah abwechselnd ihn und Nikolai an und trollte sich. Thoran richtete den Schemel auf und setzte sich Nikolai gegenüber. »Wirt!«

»Lange nicht gesehen. Was kann ich den Strogowbrüdern bringen?« Der Wirt stank nach altem Käse, billigem Schnaps und Schweiß.

»Bring uns einen Krug Schnaps mit Gläsern und zwei Humpen Bier«, orderte Thoran, ohne den Wirt anzusehen.

»Beruhig dich endlich. Wir können es nicht mehr ungeschehen machen.«

»Nikolai, die Brigitta ist nur noch ein Haufen Feuerholz. Unsere Verluste sind astronomisch.« Thoran drehte sein Glas in den Händen. »Zum Glück ist keinem der Matrosen etwas geschehen und dafür danke ich Thor. Geld kann kein Leben ersetzen.«

»Darauf trinke ich.« Nikolai hob sein Glas und Thoran stieß mit ihm an.

»Gleich morgen müssen wir neue Ware ordern und unsere Kunden darüber in Kenntnis setzen. Wir können nur hoffen, dass sie mit einer verspäteten Lieferung einverstanden sind, sonst belaufen sich unsere Verluste auf mehrere Tausend Gulden.« Thoran knallte sein Schnapsglas auf den verschrammten Tisch und griff nach dem Bierhumpen.

»Ach, sieh einer an. Die Strogows.« Thoran hob den Kopf und sah Klausner an. »Hau ab.«

»Nikolai, ich wundere mich, dass du dich mit diesem Wurm überhaupt noch in die Öffentlichkeit traust.«

»Was willst du damit sagen?«, fragte Thoran und wunderte sich, warum er dem Parasiten nicht sofort eine aufs Maul gab.

In der Gaststube wurde es ruhig. Klausner sah sich nach allen Seiten um. »Thoran Strogow, der Hund.« Nikolai hielt Thoran am Arm fest. »Lass ihn. Er ist betrunken.«

Das Ekel kam näher und wies mit dem Zeigefinger auf

Thorans Hals. »Wie ich sehe, trägst du nicht dein Hundehalsband. Schade. Sag mir, hat dir die kleine Krämerhure den Lederkorb verpasst?« Dabei griff er sich in den Schritt, umfasste sein Gemächt und lachte.

Für einen Wimpernschlag war Thoran wie gelähmt. Alles Blut sackte ihm in die Füße und er bekam nicht genügend Luft.

»Ab mit dir ins Nebenzimmer. Ich will sehen, wie es aussieht. Tut dir dein mickriger Schwanz schön weh?«

Klausner lachte und grinste seinen Kumpel an. Thoran sprang auf. Die Wut flutete sein Gehirn wieder mit ausreichend Blut und er schüttelte den Schmerz von Birganys Verrat ab.

»Ich will zusehen, wenn du es ihm besorgst«, meinte der eine und leckte sich über die Lippen.

Der Kerl fiel als Erster. Thoran brach ihm mit einem gezielten Schlag die Nase. Wie ein gefällter Baum krachte er auf die dreckigen Bodendielen der Schenke.

Es brach Tumult aus. Die anderen Gäste stoben von ihren Stühlen und wichen zurück. Nikolai hielt ihm den Rücken frei, darauf konnte sich Thoran verlassen.

Der Stutzer landete zwei oder drei Schläge in seinem Gesicht. Thoran prügelte auf seinen Widersacher ein, ohne etwas zu spüren. Schlag auf Schlag landete im Gesicht von Klausner. Der wehrte sich verzweifelt, doch seine Schläge gingen ins Leere und er schrie erbärmlich.

Erst als Thoran grob nach hinten gerissen wurde, kam er langsam zu sich.

»Hör endlich auf, Bruder. Der spürt nicht mal mehr was.«

Blutüberströmt und bewusstlos lag Klausner auf dem Boden. Nikolai half Thoran auf die Füße.

»Sollte es noch einer wagen, Lügen über mich zu verbreiten, wird es ihm so ergehen wie diesem widerlichen Stück Dreck.« Schwer atmend sah Thoran jedem Mann ins Gesicht.

Keiner der Gäste wagte es, ihn anzublicken.

»Ich muss hier raus, sonst ersticke ich.«

***

Die Fragen quälten ihn, verhöhnten ihn. Nie in seinem Leben hatte er geliebt, bis sie ihm begegnet war. Ihr hatte er vertraut und zum ersten Mal den Mut aufgebracht, über seine geheimsten Fantasien zu reden.

Er liebte den Schmerz in seinem Gemächt und hatte gelitten, um seine Herrin zu erfreuen. Birgany hatte aus ihrer besonderen Beziehung etwas Schmutziges gemacht.

Klausners Worte fraßen sich in seinen Leib.

»Warum?« Thoran stützte sich mit beiden Händen auf den Sattelknauf. Der Geschmack des Vertrauensbruchs war so eklig wie dieser türkische Kaffee, den Varun so liebte.

Alles in ihm schmerzte und ihm war kalt wie noch nie im Leben.

»Du hast Klausner doch gehört. Woher wusste er davon, wenn nicht von Birgany? Ihr Hochzeitsgeschenk ist aus Leder, doch Jacob würde nie ein Wort darüber verlieren.«

»Ich stimme dir zu. Jacob ist vollkommen integer.«

»Folglich bleibt nur dein hinterhältiges Weib. Sie muss was mit Klausner haben.«

»Ich habe eine Schlange geheiratet. Ihr meinen Namen und meinen Schutz gegeben. Wahrscheinlich hat sie mir mit dem Stutzer Hörner aufgesetzt!« Thoran gab seinem Hengst die Sporen. Dieser bäumte sich auf und stob los. Jagte in Richtung Libertas. Erst knapp vor dem Tor bremste ihn Thoran.

Er sprang aus dem Sattel. Rannte ins Haus. Stürmte die Treppe hoch. Trat gegen die Tür, sodass sie zersplitterte.

Sein verdammtes Weib kreischte und setzte sich auf.

»Lieber Himmel, was ist denn in dich gefahren? Bist du von Sinnen?«

»Du wagst es, mir Vorwürfe zu machen? Du widerliches Weibsbild.« Grob zerrte er sie aus dem Bett und schleuderte sie zu Boden. »Ich weiß nicht, warum du es getan hast, und es interessiert mich nicht im Geringsten.«

»Was ist los? Ich verstehe kein Wort.«

»Dann werde ich dir helfen. Ich habe Klausner getroffen. Er wollte wissen, ob ich über den Boden krieche. Mokierte sich über die Tatsache, dass ich dieses Halsband nicht trug, und wollte wissen, ob ich brav meinen Maulkorb angelegt habe.« Mit jedem Wort wurde Thoran lauter und schlug immer wieder gegen die Wand. Er würde Birgany sonst totschlagen. Grob packte er sie an den Schultern und schüttelte sie. »Hast du mir zu dieser Schmach auch noch Hörner aufgesetzt? Es mit Klausner getrieben?«

Angeekelt schleuderte er sie von sich.

Sie schlug hart auf. Kauerte zitternd und bleich auf dem Boden, die Augen gefüllt mit Tränen. »Ich habe mein Treuegelübde nie gebrochen.«

»Warum hast du Klausner von unserem Liebesleben erzählt? Von deinem Hochzeitsgeschenk?«

Sie sagte kein Wort.

Brutal griff er ihr in die Haare, riss sie wieder auf die Füße und zerrte sie mit sich. Thoran war weit entfernt davon, klar zu denken. Zorn und Verzweiflung hatten ihn fest im Griff.

Die Schlampe wehrte sich nicht, heulte nur vor sich hin. Thoran schleifte sie durchs Foyer und die Treppe hinunter. Er riss die erste Tür der ehemaligen Mönchszellen auf. Mit einem kräftigen Stoß beförderte er sie hinein und knallte die Tür zu. Kaum hatte er den Riegel vorgeschoben, trommelte sie gegen das Holz.

»Du verdammter Bastard, mach sofort die Tür auf!«

»Mitnichten, Weib«, spie er ihr entgegen. »Du bleibst so lange hier drin, wie es mir beliebt.«

»Dazu hast du kein Recht.«

Hart lachte er auf. »Ich habe jedes Recht. Du bist mein Weib und somit mein Eigentum, mit dem ich verfahren kann, wie es mir beliebt.« Thoran machte auf dem Absatz kehrt und marschierte raus auf den Hof. Er brauchte frische Luft, sonst würde er die Tür öffnen und dieses Miststück windelweich prügeln.

***

»Ich verstehe es nicht.« Thoran kippte den vierten Wodka hinunter und starrte in die Flammen.

»Schick die Hexe in die Wüste. Du hast innerhalb von drei Tagen die Erlaubnis bekommen, sie zu ehelichen, also geht es auch andersherum. Reite zu Pastor Wynantz, gib ihm ein paar Gulden und lös die Ehe auf. Dieses Weib ist nicht gut für dich.« Thoran hielt ihm nur sein Glas hin und Nikolai schenkte ihnen nach.

Er sah sich wie ein Hund durch die Kapelle rutschen. Birgany vor ihm mit einer Leine, die sie in sein Halsband gehakt hatte. Alle Mitglieder zeigten mit dem Finger auf ihn. Lachten und verspotteten ihn.

»Lass uns nach Hachenburg reiten und diese Farce von Ehe beenden. Sie hat Ehebruch begangen und die Kirche und das Recht stehen auf deiner Seite.«

»Nein, Nikolai.« Thoran warf sein Glas in den Kamin und es zerbarst in tausend Stückchen.

Genauso wie mein Herz, dachte Thoran.

Der Wodka tat seine Wirkung. Thoran wollte nur noch schlafen, doch wo?

Nach Stunden lehnte sich Thoran im Sessel zurück. Er war allein. Das Feuer im Kamin fast erloschen.

Ihm war eiskalt und Thoran rappelte sich auf, um die Glut zu schüren. Er legte mehrere Holzscheite in den Kamin und blickte lange in die Flammen, die sich um die Scheite schlängelten und sie auffraßen.

Genauso, wie Birgany mich fast aufgefressen und zerstört hat, schoss es ihm durch den Kopf.

***

Gleich am nächsten Morgen stapfte er die Treppe hinunter und öffnete die Zelle. Jetzt erst wurde er der kargen Einrichtung gewahr. Eine schmale Pritsche mit einer dünnen Pferdedecke, mehr gab es in dem Raum nicht außer einem Eimer in der Ecke für ihre Notdurft.

»Hast du wohl geruht, mein verräterisches Weib?«

Sie stand vor dem kleinen vergitterten Fenster und starrte hinaus.

»Antworte mir!«

Nichts. Reglos stand sie da und ignorierte ihn.

»Ganz wie du willst. Ab heute wird dies hier dein Heim sein. Inwieweit dieser Verrat mein Ansehen als Kaufmann tangiert, kann ich noch nicht absehen. Du hast alles zerstört. Unsere Ehe, mein Leben, meine Liebe zu dir.«

»Bist du endlich fertig?«, wollte sie wissen, ohne sich von der Stelle zu rühren.

Sie verhöhnte ihn! Thoran ballte die Fäuste und atmete mehrmals tief ein und aus. »Nein. Sag mir, warum du mich so schändlich verraten hast, und ich gewähre dir vielleicht Hafterleichterung.«

Sie schwieg. Thoran platzte der Kragen und er packte sie grob an den Schultern, wirbelte sie zu sich herum. »Antworte!« Er schubste sie von sich und sie krachte mit der Schulter gegen die Steinwand. »Dir scheint nicht klar zu sein, in welcher Lage du bist.«

»Sei versichert, dies ist mir wohl bewusst«, gab sie kalt zurück.

»Ganz wie es dir beliebt. Ich komme morgen wieder.«

***

So ging es Tag für Tag. Am achten Tag hielt ihn Nikolai auf. »Wie lange willst du dich noch quälen? Du isst kaum was. Schläfst kaum noch. Ich mache mir Sorgen um dich.«

»Ich werde sie heute ein letztes Mal fragen, warum sie mich verraten hat.«

»Und wenn sie immer noch nicht antwortet? Oder dir sagt, dass Klausner ihr Liebhaber ist und sie dich nur geheiratet hat, um an dein Geld zu kommen?«

»Werde ich sie verbannen. Nach Russland, auf unser kleines Gut in der Tundra. Dort kann sie dann von mir aus vergammeln.« Thoran hastete die Stufen zu den Mönchszellen hinunter. Er musste wissen, warum sie Klausner alles erzählt hatte und ob sie vielleicht dessen Bastard unter dem Herzen trug. Die Eifersucht, dass Birgany bei einem anderen gelegen hatte, war schlimmer als ihr Verrat. Wie zuvor drehte er den Schlüssel im Schloss, nachdem er eingetreten war, und steckte ihn in die Tasche seines Wamses.

»Bist du heute gewillt, mir zu sagen, warum du mich verraten hast?«

Sie wagte es doch tatsächlich, eine Augenbraue zu heben und ihn mit ihrem störrischen Blick herauszufordern.

Sie war wunderschön in ihrem Zorn und die Tatsache, dass er so empfand, ärgerte Thoran maßlos.

»Du wirst eine Antwort erhalten.« Sie stieß sich von der Wand ab und trat dicht vor ihn.

Endlich würde sie ihr Schweigen brechen.

Ein mörderischer Schmerz brandete durch sein Gemächt. Ihm wurde schwarz vor Augen und er fiel seitlich auf den Boden, die Hände fest zwischen die Beine gepresst.

Langsam richtete er sich auf. Ein Tritt von unten gegen sein Kinn beförderte ihn wieder auf den Rücken.

Durch das kleine Fensterloch fiel ein Sonnenstrahl auf die Klinge in ihrer Hand. Sie hatte die Faust um ihr Essmesser gelegt.

Kälte und Teilnahmslosigkeit las er in den Augen der Frau, die er so sehr geliebt hatte.

»Gib mir den Schlüssel.«

»Hol ihn dir doch.«

Brutal kniete sie sich auf seine Weichteile und hielt die Klinge an seine Kehle. Mit der freien Hand nestelte sie den Schlüssel aus seiner Tasche. Thoran kotzte vor Schmerz auf den Boden und war zugleich von einer solchen Wut erfüllt, dass er drohte zu ersticken.

Wie eine Todesgöttin baute sie sich neben ihm auf. »Du hast dein Versprechen gebrochen und mich schlechter behandelt als mein erster Mann. Abgeurteilt hast du mich. Eingesperrt und wie eine Leibeigene behandelt.« Ihre ausdrucksstarken Augen durchbohrten ihn. Kalt. Voller Hass.

»Du hast es meisterlich verstanden, mich zu erniedrigen. Meine Liebe mit Füßen getreten. Mir nie vertraut.«

»Ich dir nie vertraut?«, brüllte er. »Warum hast du meine Frage nicht beantwortet?« Er musste es wissen, sonst würde er bis an sein Lebensende nicht zur Ruhe kommen.

»Weil du die falsche Frage gestellt hast.«

Falsche Frage? Galle stieg in ihm auf und Panik machte sich breit. »Welche Frage hätte ich stellen müssen, um eine Antwort zu bekommen? Mehr habe ich nie gewollt. Mein einziges Bestreben war, herauszufinden, warum du es getan hast. Was dich bewogen hat, unsere Liebe so schändlich zu verraten.«

Sie sah ihn nur kalt an, bar jeden Gefühls.

Dann dämmerte es ihm. Er hatte nie infrage gestellt, dass sie ihn verraten hatte! Lieber Gott, lag die Lösung direkt vor ihm? Sein Mund wurde trocken und sein Herz schlug ihm bis zum Hals. »Hast du es getan?«

Sie rieb über ihren rechten Ringfinger. »Nach dem Gesetz bin ich dein Eigentum, doch lieber sterbe ich, als wieder so zu leiden.«

»Birgany.« Er streckte die Hand aus, doch sie wich zurück.

»Birgany existiert nicht mehr. Sie starb, als du an meiner Liebe gezweifelt hast und annahmst, ich hätte dich verraten. Du warst Henker und Totengräber zugleich.«

Sie nahm ihren Ehering ab und legte ihn auf die Pritsche. »Ich verfluche den Tag, an dem du die Hemden bestellt hast.« Sie drehte sich um und rannte hinaus. Erst als er den Schlüssel im Schloss hörte, begriff er: Sie war fort.

Völlig betäubt lag Thoran da und starrte die Tür an. Seine Welt lag in Trümmern. »Dann habe ich uns beide zerstört, denn ohne Birgany gibt es keinen Thoran.« Langsam stand er auf. Konzentrierte sich auf seine Atmung. Tränen nahmen ihm die Sicht. Unentwegt rief er ihren Namen, doch es blieb still.

Schmerz zerrte an seinem Brustkorb. Er nahm den Ring von der Pritsche, schloss fest die Faust darum. Sein Herz hörte auf zu schlagen und er ging in die Knie wie ein gefällter Baum. Sie war fort. Fort!

Kapitel 17

Libertas, siebter März anno 1713

Die Zellentür flog auf, David kam herein und verpasste ihm einen Kinnhaken. Thoran taumelte rückwärts.

Angeekelt sah David ihn an. »Du bist nicht gut genug für diese kleine, mutige Frau.« Er machte auf dem Absatz kehrt und verschwand.

Nun wusste Thoran, wo Birgany war. Er musste zu den Brockhoffs. Thoran rannte nach oben und prallte fast mit seinem Bruder zusammen.

»Birgany ist fort.«

»Gut«, antwortete Nikolai.

»Sie war es nicht. Ich reite zu Fanny. Reite du zu Klausner. Ich muss wissen, woher er die Einzelheiten wusste.«

»Ich denke von deinem hinterhältigen Weib.«

»Nein. Ich hab nie gefragt, ob sie es getan hat, nur warum.«

Ungläubig rieb sich Nikolai übers Kinn. »Du meinst, es war lediglich ein Missverständnis?« Eilig sattelte Thoran seinen Hengst. »Kein Missverständnis. Ich verurteilte sie aufgrund von Klausners Worten. Ich habe meine Frau abgeurteilt, ohne sie anzuhören. Ohne ihr zu vertrauen. Also reitest du zu Klausner? Ich befürchte, ihn umzubringen, wenn ich selbst reite.«

»Für dich immer.« Nikolai sattelte ebenfalls sein Pferd. Gemeinsam saßen sie auf und preschten vom Hof.

***

»Fanny, bitte mach auf.« Nichts rührte sich. Thoran lief zur Scheune. Auch dort war alles still. Zurück zum Haus. Angestrengt lugte er durch die Fenster, konnte niemanden sehen.

Er würde warten. Irgendwann mussten die beiden ja auftauchen.

Kaum hatte er seinen Entschluss gefasst, hörte er einen Wagen.

David zügelte die Stute. »Hast du noch nicht genug?«

»Ich muss mit Birgany reden. Mich entschuldigen. Hilf mir, mein Freund, meinen Fehler wiedergutzumachen.«

»Verschwinde.« Fanny sprang vom Kutschbock und baute sich vor ihm auf.

»Hast du noch nie einen Fehler begangen, den du anschließend bereutest? Wie kann ich mein Vergehen ungeschehen machen, wenn du mich nicht zu Birgany lässt.«

»Thoran leidet wie ein weidwundes Tier. Hab Erbarmen mit ihm.«

Fanny stemmte die Hände in die Hüften. »Warum sollte ich, David? Es ist ja nicht sein erster Verrat. Birgany braucht einen integren Gatten und keinen wie den da.«

»War einen Versuch wert«, sagte David und brachte Pferd und Wagen in die Scheune.

Mit seinem hitzigen Temperament hatte er Birgany zum dritten Mal Unrecht getan. »Ist sie hier?«

»Nein.« Thoran grub die Hände tief in die Taschen seines Mantels. Er war kurz davor, Fanny durchzuschütteln. Ihre einsilbigen Antworten machten ihn rasend. Er schloss die Augen, atmete so lange die eisige Winterluft ein, bis er sich wieder unter Kontrolle hatte.

»Weißt du, wo sie ist?«

»Ja.«

»Würdest du ihr eine Nachricht zukommen lassen?«

»Komm rein.« Fanny öffnete die Tür und ging zu einem Regal an der Wand. Sie holte Papier, Tintenfass, Feder und Löschsand. »Mach schnell, bevor ich es mir anders überlege.«

In Windeseile verfasste Thoran seine Bitte. Seine Finger zitterten, als er den Löschsand darüberstreute, das Blatt faltete und Wachs darauftropfte. Er drückte seinen Siegelring hinein und starrte einen Augenblick auf seine Initialen, die sich im Wachs verewigt hatten.

Bedrückt machte sich Thoran auf den Heimweg. Er brachte seinnen Hengst in die Box und marshierte auf dem Hof auf und ab. Er konnte es kaum erwarten, was sein Bruder zu berichten hatte.

Nikolai ritt auf den Hof und brachte sein Pferd in die Box.

»Woher wusste Klausner es?« Thoran war zwischen Hoffen und Bangen hin und her gerissen.

»Ich war vollkommen blau. Es tut mir leid.«

»Was sagst du da?« Alles drehte sich. Thoran sah nur noch schwarze Flecken vor den Augen.

»Ich hab ihm im Suff alles erzählt.« Nikolai drehte sich um.

Die Wut, die allgegenwärtig in ihm lauerte, schlängelte sich durch Thorans Leib. Er riss Nikolai am Arm zu sich herum, holte aus und schmetterte seinem Bruder die Faust ans Kinn.

»Diesen einen Schlag habe ich verdient, doch nun beruhige dich wieder.«

»Du hast mein Leben zerstört und sagst: Es tut mir leid?«

»Du hast es selbst zerstört. Du bist doch sofort von einem Verrat ihrerseits ausgegangen.«

Beide hoben gleichzeitig die Fäuste und platzierten jeweils einen Schlag auf dem Jochbein des Kontrahenten. Wie die Berserker prügelten sie aufeinander ein. Jeder teilte genauso hart aus, wie er einsteckte, und bald sah Thoran nur noch verschwommen. Blut lief ihm aus einer Platzwunde über dem rechten Auge. Nikolai spuckte ein Stück Zahn auf den Boden.

»Hast du genug?«, nuschelte Nikolai.

Stumm schüttelte Thoran den Kopf und holte aus. Bevor

seine Faust den Magen seines Bruders traf, katapultierte ihn ein mächtiger Schwinger von den Beinen. Thoran taumelte rückwärts und stolperte.

Plötzlich wurde es merkwürdig still um ihn. Er lag auf dem Rücken und starrte in die schreckgeweiteten Augen seines Bruders.

»Bist du verletzt?«, fragte Nikolai panisch.

Hm, keine Ahnung, dachte Thoran benommen. War er im Suff gestürzt und deshalb unfähig, die Wortflut in seinem Kopf zu sortieren? Thoran versuchte sich aufzurichten, wurde aber von Nikolai niedergedrückt. »Nicht bewegen, bleib einfach liegen.«

Vorsichtig hob Nikolai seinen Kopf an und Tränen rannen ihm über die Wangen.

Warum, verdammt noch eins, heulte sein Bruder? Nikolai hob die rechte Hand. Blut. Die ganze Handfläche rot von Blut. »Heribert«, brüllte Nikolai. »Hol den Medicus. Nimm meinen Hengst und reite wie der Teufel.«

»Ich lass mich von Feller nicht anfassen.«

Verschwommen sah Thoran Heribert auf den Hof schlittern. Er blieb neben ihm stehen und bekreuzigte sich. »Heilige Mutter Gottes.«

»Hör auf mit dem Geschwafel und reite los!« Nikolais Hände zitterten wie bei einem Fieber. »Bitte, lieber Gott. Du darfst nicht sterben.«

Warum sollte er sterben? Thoran spürte keinen Schmerz, nur eine eigentümliche Benommenheit. Die Wut war weg, sein Inneres erfüllt von einer eigentümlichen Ruhe und Gelassenheit.

Hanna erschien in seinem Blickfeld. »Hebt ihn etwas an, damit ich einen Verband anbringen kann. Das muss reichen, bis der Medicus kommt. Er verliert schrecklich viel Blut.«

Warum nur machten alle so einen Wind um eine kleine Blessur?

Irgendwie fühlte Thoran nichts außer eisiger Kälte, die ihm von den Füßen nach oben kroch.

»Kalt.« Mehr brachte er nicht über die Lippen.

Hanna wickelte ihm irgendetwas um den Kopf und sein Bruder hob ihn hoch. Trug ihn die Treppe hoch. Legte ihn ins Bett. Thoran nahm alles wahr, konnte es nur nicht wirklich greifen. Es war wie eine schnelle Abfolge von Bildern, Worten und Gesten. Nichts davon ergab einen Sinn.

Seine Lider wurden schwer und Thoran schloss die Augen. Nur einen Moment ausruhen, dachte er. Plötzlich fiel ihm ein, was er noch vorhatte. Birgany. Er musste sie suchen.

Sein Leib war schwer wie ein Basaltbrocken. Panik überkam ihn. Er konnte sich nicht bewegen. Die Augen ließen sich nicht mehr öffnen. Sprechen! Ich muss sprechen! Doch der Schrei nahm nur in seinem Kopf Gestalt an. Nichts gehorchte ihm mehr. Sie war da. Ölige, kalte Schwärze.

***

»Fertig. Euer Bruder ist stark.«

»Sagt mir die Wahrheit.«

Wer, verdammt noch mal, war bei ihm? Thoran schwebte durch die Dunkelheit. Hörte Stimmen, doch die Augen ließen sich nicht öffnen. Selbst seine Stimme gehorchte ihm nicht.

»Euer Bruder hat viel Blut verloren. Die Wunde musste ich mit acht Stichen nähen. Wenn er kein Fieber bekommt, könnte er es überleben.«

»Könnte?« Thoran erkannte die Wut in Nikolais Stimme. Warum war er so ärgerlich? Was war hier los? Wieso war dieser Medicus hier? Thoran wollte sich aufsetzen, doch sein Körper gehorchte ihm nicht.

»Nun, es ist viel Schmutz in der Wunde gewesen. Fieber

und Wundbrand sind nicht ausgeschlossen.«

Die Stimmen wurden leiser. Entfernten sich und Thoran wurde abermals in den schwarzen Schlund gerissen.

Heiß! Er verbrannte. Wild schlug er um sich.

»Bindet ihn fest.«

Schon wieder die Stimme des Medicus, der für Birganys Verbannung verantwortlich war. Er hatte Nikolai doch angewiesen, diesen Wicht nicht in ihr Haus zu holen.

»Ich werde meinen Bruder nicht wie ein Tier festbinden«, brüllte Nikolai.

»Macht, was Euch beliebt. Ich habe mein Möglichstes getan. Am besten lasst Ihr den Priester kommen.«

Priester? Was sollte er mit einem Priester? Thoran wühlte sich durch schwarzen Schlick, ohne Erfolg.

»Ruhig, Bruder. Ich bin bei dir. Ich werde dich nicht verlieren. Hörst du mich?«

Vorsichtig öffnete Thoran die Augen. Endlich konnte er wieder sehen. Nikolai tauchte über ihm auf.

»Birgany.« Thoran schaffte es, die Hand zu heben und Nikolais Hemd zu greifen.

»Nein, Thoran.«

»Du gemeiner Verräter.« Thoran warf Nikolai einen hassvollen Blick zu. »Deinetwegen brenne ich hier in der Hölle. Erfülle mir diesen letzten Wunsch, bevor der Teufel mich gänzlich zu sich holt.«

»Du bist nicht in der Hölle. Es ist das Fieber.«

Fieber? Weshalb sollte er Fieber haben? Er hatte keine Verletzung. Nichts schmerzte. Log sein Bruder oder war es der Leibhaftige, der ihn verhöhnte?

Eine eigentümliche Leere bemächtigte sich seiner. Nahm alles von ihm.

»Ich würde seinen letzten Wunsch erfüllen.« Thoran blickte

zum Medicus. Letzter Wunsch? Ehe er die Worte im Kopf formulieren konnte, bekam er die Antwort.

»Euer Bruder wird die Nacht nicht überleben.«

Die Hitze schwand und zurück blieb eine Kälte, so brutal, dass ihm die Zähne klapperten. Wieder wurde er in diesen Strudel gezerrt. Wurde herumgeschleudert. Tiefer und tiefer. Das Letzte, was er hörte, war Nikolais verzweifelter Schrei.

Kapitel 18

Schloss Berensen, elfter März anno 1713

Vor vier Tagen hatte Birgany ihr altes Leben verlassen und mit jedem Atemzug starb sie ein Stückchen mehr. Sie legte ihre Näharbeit beiseite. Selbst diese Tätigkeit schenkte ihr weder Trost noch Freude. Die Gräfin war eine wundervolle Frau und in der kurzen Zeit eine Freundin geworden. Birgany sah aus dem Fenster. Folgte mit den Augen den fallenden Schneeflocken. Wieso war es soweit gekommen? Wie hatte Thoran sie so aburteilen können? Es tat so weh.

Die Tür flog auf. Birgany schrie. Auf der Schwelle stand Nikolai. Er sah erbärmlich aus. Tiefe Augenringe, blasse Haut.

»Du musst sofort heimkommen.«

Dieser arrogante Kerl wagte es, ihr einen Befehl zu erteilen? Sie sprang auf. »Du befiehlst? Dein missratener Bruder ist zu feige und schickt dich? Ihr beide seid schlimmer als Pestbeulen. Geh mir aus den Augen.«

»Thoran stirbt.«

Birgany bekam keine Luft mehr und plumpste auf ihren Schemel. Thoran stirbt. Birgany begann zu zittern.

Victoria kam herein. »Wer seid Ihr und was wollt Ihr hier?«

»Mein Bruder ist gestürzt. Sein Fieber lässt nicht nach. Der Medicus sagt, er wird die Nacht nicht überleben.«

»Du hast Feller geholt? Den Mann, der mich verbannen ließ? Wie konntest du es wagen?«

»Ich brauchte schnell Hilfe. Ein anderer Medicus hätte zu lange gebraucht«, verteidigte sich Nikolai. »Feller ist der einzige in Hachenburg und es war mir egal, was er damals mit dir getan hat, denn Thoran hat geblutet wie eine abgestochene Sau!«

»Ich bin Victoria, die Heilerin der Grafschaft, und stimme dem Medicus zu. Wenn dein Bruder Fieber hat und nichts unternommen wird, bleibt uns nur noch wenig Zeit.« Sie strich sich eine kastanienbraune Haarsträhne zurück und sah zu Nikolai hoch.

»Was sollte eine Heilerin bewirken?«

»Was hat der Medicus bewirkt?«, konterte Victoria und ihre tannengrünen Augen fixierten ihn.

»Kannst du ihm helfen?«

»Ja, Birgany, wenn wir schnell handeln.«

Birgany griff sich ihren Umhang. »Komm.«

***

Angsterfüllt stand Birgany neben dem Bett. Sah auf ihren Mann, der sich im Fieber hin und her warf.

»Nikolai, halt ihn fest. Ich muss mir seine Kopfwunde ansehen.«

Argwöhnisch sah Nikolai Victoria an. »Wieso?«

»Ich muss die Nähte entfernen, damit der Eiter abfließen kann. Also?«

»Ich tue alles, wenn mein Bruder nur überlebt.«

Die nächsten Stunden waren wie ein böser Traum für Birgany. Victoria hatte die eitrige Wunde geöffnet und alles gesäubert. Bewusst tiefer geschnitten, um die Wunde am Bluten zu halten, damit alle Reste ausgespült wurden. Thoran hatte sich nicht bewegt, nur leise gestöhnt.

Irgendwann war Gordian aufgetaucht und hatte seine Hilfe angeboten.

»Wir brauchen Schnee, um das Fieber zu senken«, sagte Victoria. Konzentriert nähte sie die hässliche Wunde, streute ein Pulver darauf und legte einen Verband an.

Gordian schaffte unablässig Eimer voll Schnee heran. Zusammen mit Nikolai legten sie Thoran in den Badezuber und bedeckten ihn mit Schnee, um das Fieber zu senken. Dann wieder ins Bett. So ging es Stunde um Stunde.

»Mehr vermag ich nicht zu tun. Jetzt kommt es darauf an, wie stark sein Körper ist, aber vor allem, wie groß sein Lebenswille ist.« Victoria streckte den Rücken durch und legte Birgany eine Hand auf die Schulter. »Rede mit ihm. Auch wenn er weit weg scheint, bin ich mir sicher, er wird dich hören.«

Birgany legte ihre Rechte auf Victorias Hand. »Wie können wir deine Hilfe belohnen? Ohne dich wäre Thoran seit Stunden tot.«

Victoria lächelte. »Mach meinen Ubera fertig, mehr erbitte ich nicht. Schickt nach mir, falls er wieder fiebert.«

Kapitel 19

Libertas, sechzehnter März anno 1713

Thoran schwang vorsichtig die Beine aus dem Bett. Dieses vermaledeite Fieber hatte ihn fast umgebracht.

Die Tür schwang auf und Thoran hob den Kopf. Nikolai! Er wagte es wirklich, ihm unter die Augen zu treten. Thoran konnte sich seit dem Sturz nicht an viel erinnern. Doch daran schon. Nikolai hatte ihn im Stich gelassen. Es tat so furchtbar weh.

»Bruder …«

»Ich habe keinen Bruder mehr«, unterbrach ihn Thoran. »Ein Bruder hätte mir geholfen. Mich unterstützt. Nicht mich halbtot geschlagen. Mir fehlt sehr viel, doch eins weiß ich glasklar. Ich bat dich, Birgany zu suchen, und du hast es abgelehnt. Einem Sterbenden den letzten Wunsch versagt, obwohl du Mitschuld an allem trägst! Zu allem Übel hast du auch noch diesen Feller geholt. Den Mann, der für die Verbannung meines Weibes verantwortlich ist.«

Ein Geräusch an der Tür ließ ihn aufschauen. Dort stand sie. Birgany.

»Du?« Sein Herz stand still und einen Atemzug später schlug es so hart, dass er kaum Luft bekam. Thoran schwankte und sogleich war Nikolai zur Stelle und hielt ihn auf den Beinen.

Unsicher machte er einen Schritt auf Birgany zu. Sein Kopf schmerzte so stark, dass ihm schlecht wurde. Seine Beine gaben unter ihm nach und Nikolai fing ihn auf. »Du musst ins Bett, Bruder.«

Nein, er wollte nicht ins Bett. Er wollte Antworten.

»Du wirst auf mich hören …«

Mehr vernahm Thoran nicht. Diese verdammte Schwärze riss ihn erneut in ihren Schlund.

***

Panisch riss Thoran die Augen auf. Der Raum wurde nur von einer Kerze und dem Feuer im Kamin erhellt. Im Sessel vor dem Fenster regte sich etwas.

»Birgany?«

Nikolai sprang auf. »Du bringst mich noch um. Ich dachte, ich hätte dich schon wieder verloren. Wie geht es dir?«

»Als wäre eine Wagenladung Bierfässer über mich gerollt. Ich dachte, diese Aussetzer gehörten der Vergangenheit an.« Seine Wut war verraucht. Jetzt war er leer. Die Wut auf seinen Bruder hatte ihn aufrechtgehalten, ihm Kraft gegeben. Ihn daran gehindert aufzugeben. Er hätte den Tod verdient. Zu groß war sein Vergehen an der Frau, die er mehr liebte als sein Leben. Ohne ihn war sie besser dran. Er raffte die Reste seines Mutes zusammen, obwohl er innerlich vor Angst zitterte.

»Nikolai, lass uns bitte allein«, bat er leise.

Mit hängenden Schultern schlurfte sein Bruder aus dem Raum.

Sie stand am Fußende des Bettes.

Hätte sie ihm verziehen, wäre sie gekommen. Doch sie hatte nicht auf seine Nachricht reagiert. Sie war für ihn verloren. Unwiederbringlich. Seine Welt lag in Trümmern. Was er nun tun musste, wollte er im Stehen hinter sich bringen. Vorsichtig stand er auf. Alles um ihn herum drehte sich und Thoran klammerte sich am Bettpfosten fest. »So sei es.«

»Was?« Ihre Augen waren riesig. Ihre Haltung abwehrend. Sie hatte abgenommen und sah erschreckend blass aus. Daran war er schuld. Er hatte diese kleine mutige Frau mit seinem Misstrauen fast zerstört. Was war er doch für ein jämmerlicher Arsch.

»Mir fällt nur ein Weg ein, um Wiedergutmachung zu leisten. Sobald ich reiten kann, werde ich die Ehe annullieren lassen und du bist frei.« Bitte, lieber Gott, erbarme dich meiner, betete er stumm. Seine Beine zitterten. Sein Hemd war schweißnass. Kälte breitete sich in ihm aus und er schloss gequält die Augen. In diesem Augenblick wünschte Thoran, das Fieber hätte ihn dahingerafft. Ein Leben ohne Birgany ertrug er nicht.

***

Ungläubig sah Birgany Thoran an und verschränkte die Arme um ihren Leib. Tränen sammelten sich in ihren Augen. Verwundert schüttelte sie den Kopf.

Dabei hatte sie gedacht, keine Tränen mehr zu haben.

Jede Nacht hatte sie sich in den Schlaf geweint. Verzweifelt um ihre Liebe zu diesem Mann getrauert und um sein Leben. Nun stand er vor ihr und gab sie auf. Machte keinen Versuch, um sie und ihre Liebe zu kämpfen.

Jeder Knochen im Leib tat ihr weh und Birgany fühlte sich wie ein altes Weib.

Langsam hob sie den Kopf und sah ihm in die Augen. »Du lässt mich gehen?«

»Es ist dein Wunsch.«

Ärger baute sich in ihr auf und brauchte ein Ventil. Sie griff nach dem Wasserkrug und schleuderte ihn gegen die Wand. »Erweise mir wenigstens ein letztes Mal Respekt und antworte mir ehrlich. Als Nikolai mir berichtete, du könntest sterben, kam ich sofort her. Trotz deines Verrates war ich hier. Betete um deine Genesung. Pflegte dich Stunde um Stunde.« Noch nie in ihrem Leben hatte sie so oft gebetet. Thoran dem Tode nahe zu sehen, hatte ihr fast das Herz zerrissen.

»Du warst hier? Ich dachte, ich hätte fantasiert.«

»Ja, ich war hier, und nun antworte mir.«

»Weil ich den Schmerz in deinen Augen nicht ertragen kann, den ich verursacht habe, und ich meine Taten nicht ungeschehen machen kann. Als die erste Raserei verraucht war, kamen mir bereits Zweifel, doch mein Stolz stand mir im Weg. Dein beharrliches Schweigen fachte meinen Zorn weiter an. Es war wie ein Feuer in mir. Ich fühlte mich verraten und wollte dich bestrafen.«

Er offenbarte ihr alles. Seine Erkenntnis, seine Suche, Nikolais Mitschuld.

Sie schöpfte neue Hoffnung, denn er sagte die Wahrheit. Bestätigte alles, was Nikolai ihr bereits gebeichtet hatte, in den langen Stunden an Thorans Krankenbett. Als sie beide um sein Leben gebangt hatten.

»Wenn ich einen Pakt mit dem Teufel schließen müsste, um die Zeit zurückzudrehen, würde ich es tun. Doch dieser Weg ist mir versperrt.«

Langsam nahm er die Hand vom Bettpfosten und breitete die Arme aus. Tränen rannen ihm über die Wangen. »Ja tebja ljublju«, sagte er leise. »Und deshalb gebe ich dich frei.«

»Du liebst mich noch?« Ungläubig sah sie Thoran an. Forschte in seiner Mimik und fand nur Aufrichtigkeit.

»Ich habe nie aufgehört, dich zu lieben.«

Sachte breitete sich Wärme in ihrem kalten Leib aus. Umwehte sie wie ein warmer Sommerwind. Konnte es wahr sein? Gab das Schicksal ihnen noch eine Chance?

»Ich brauche dich so sehr. Kannst du mir bitte noch einmal vergeben? Ich tue alles, was du von mir verlangst, nur lass mich nicht hier im Dunkeln zurück.«

Seine Kräfte ließen ihn im Stich und er schwankte bedenklich. Bevor er auf den Boden krachte, war Birgany bei ihm und hielt seinen Sturz auf. Fest umfasste sie seinen Leib, doch sie konnte ihn nicht halten. Gemeinsam sanken sie auf den Boden.

»Verzeihst du mir?«, fragte er bang und ergriff ihre Hände.

»Ja, denn mir stand mein Stolz gleichermaßen im Weg. Hätte ich nicht so beharrlich geschwiegen, wäre die Situation vielleicht nicht eskaliert. Als Fanny mir deine Nachricht brachte, wollte ich augenblicklich zu dir, entschied mich aber anders. In mir kochte die gleiche Wut wie in dir und ich war zu stur.

Ich liebe dich. Habe nie aufgehört. Wie sollte ich auch? Du gehörst zu mir.«

Ihr ging das Herz auf. Wie sehr hatte sie ihren Mann vermisst. Seine Wärme, sein Lächeln, seine Liebe. Thoran nestelte an seinem Hemd und zog ein Lederband hervor. »Seit dieser Nacht trage ich deinen Ring über meinem Herzen.« Er löste die Schnur und ließ den Ring in seine offene Handfläche fallen. »Nie wieder werde ich unseren Schwur verraten. Nie wieder Entscheidungen treffen, ohne mit dir zu reden, oder deine Integrität infrage stellen. Ich schwöre es bei meinem Leben und meiner Ehre.«

Sie brachte kein Wort heraus, streckte ihm nur ihre Hand entgegen.

Seine Finger bebten, als er ihr den Ring überstreifte.

Lange knieten sie dort auf dem Boden. Klammerten sich aneinander. Ihre Tränen vermischten sich, ihre gepeinigten Herzen fügten sich wieder zusammen. Thoran regte sich als Erster, schob sie sacht von sich und legte behutsam die Hände um ihr Gesicht. »Ich liebe dich mehr als mein Leben.« Er senkte den Kopf und sie spürte seinen Atem auf ihren Lippen. Er sah sie voller Liebe an und wartete. Überließ ihr die Entscheidung.

Sie packte ihn am Hemd und zog ihn an sich. Presste ihre Lippen auf seinen Mund und besiegelte ihre Liebe mit einem feurigen Kuss.

Es tat so gut, ihn zu spüren, seinen ureigenen Geruch einzuatmen.

Sie war wieder daheim.

***

Den ganzen Tag verbrachten sie mit Reden und ließen so die schreckliche Zeit hinter sich.

»Dann verdanke ich dieser Heilerin mein Leben.«

»Ja. Victoria ist eine begnadete Heilerin.«

»Sobald ich reiten kann, statte ich ihr einen Besuch ab. Ich möchte die Frau kennenlernen, die mir mehr Zeit auf Erden schenkte. Die es ermöglichte, dich zurückzugewinnen.«

Er sah Birgany ernst an. »Bitte lass mich dir erklären, warum ich bei unserem Spiel derart falsch reagiert habe.«

»Es ist nicht mehr wichtig, Thoran.«

»Doch ist es. Mein Temperament ging mit mir durch, als ich dieses Halsband sah. Ich hörte deine Worte nicht mehr, starrte nur darauf und meine Fantasie gaukelte mir die haarsträubendsten Szenarien vor.« Thoran raufte sich die Haare, drehte sich um und setzte sich wieder. »Ich werde mich nicht entschuldigen, denn die Art und Weise, wie ich über dich dachte, kann nicht mit einem Wort getilgt werden. Doch ich schwöre dir, es kommt nie wieder vor.«

Sie sprang auf, lief zu ihm und warf sich auf seinen Schoß. Gierig küsste er sie und labte sich an ihrer Wärme und ihrem Geschmack.

»Nach unserem Streit habe ich mit Fanny gesprochen und wollte es dir am nächsten Morgen sagen, doch du musstest nach Koblenz.«

Sacht streichelte er ihr übers Haar. »Dein Hochzeitsgeschenk gefällt mir. Besonders dieses Geschirr. Vergibst du deinem herrischen Gemahl?«

»Hm, ihm schon. Meinem Sklaven nicht.«

Seine Reaktion kam prompt und schmerzhaft, denn er wurde hart wie eine Basaltsäule.

»Der muss es sich erst verdienen, von seiner Herrin gekennzeichnet zu werden.« Sie presste ihre heiße Mitte an seinen Schaft und rieb sich an ihm.

Laut stöhnte Thoran auf. »Befiehlt und ich werde gehorchen.«

»Dieses Halsband sollte ein Symbol sein, damit mir ständig die Verantwortung bewusst ist, die ich als Herrin habe. Für dich sollte es ein offenes Zeichen deines Vertrauens darstellen.«

»Ich weiß«, bekannte Thoran kleinlaut. »Darf ich es tragen?«

»Nein, zuerst musst du dir mein Vertrauen verdienen. Selbst wenn ich wollte, könnte ich es dir jetzt nicht geben. Ich hab es zerstört. Ich war so wütend und enttäuscht, da hab ich es verbrannt.«

Draußen keifte eine Frau. »Ich will augenblicklich die Strogows sprechen!«

Birgany verspannte sich und krabbelte von seinem Schoß.

Scheffers Weib! Thoran sprang auf, hastete zur Tür und riss sie auf. »Verlass sofort unser Haus oder ich lass dich von den Knechten rausschleifen.«

»Was ist da los?« Nikolai kam mit grimmiger Miene aus dem Arbeitszimmer.

»Ich verlange, dass Ihr meinen Mann mit Tuch beliefert, und zwar zu anständigen Preisen.«

»Du verlangst?« Thoran konnte es nicht fassen. Dieses Weib wagte es nicht nur, ihren Besitz zu betreten, sie stellte zudem noch Forderungen.

»Medicus Feller tat lediglich seine Pflicht als Kirchenältester. Er musste ihre Liederlichkeit vor die Ratsherren bringen. Die Beweise waren eindeutig, sah er ihre gotteslästerliche Arbeit doch mit eigenen Augen.«

Endlich wusste Thoran, wie Birganys Verbannung ins Rollen gekommen war. Und wieder war er daran beteiligt. Der Tag, an dem er sie umgerannt hatte und zum Medicus bringen musste.

»Ihr ruiniert meinen Mann. Wir haben kaum noch Kundschaft. Ich muss mich bei den Herrschaften im Schloss als Dienstmagd verdingen.«

»Harte Arbeit schadet keinem«, sagte Nikolai.

Sie zeigte mit ihrem schwammigen Finger auf Birgany. »Meine Hände sind rissig von der harten Arbeit. Daran bist du schuld. Auch wenn der Nichtsnutz hier dich geehelicht hat, ändert es nichts daran, was du bist. Eine Schlampe und Hure!«

»Sei dankbar, dass es meine Ehre verbietet, eine Frau zu schlagen«, sagte Thoran.

Eine kleine Faust flog an ihm vorbei und traf die Scheffer am Kinn. Die Frau fiel nach hinten um und blieb bewusstlos auf den Fliesen liegen.

»Meine Ehre verbietet es nicht«, sagte Birgany und rieb sich die Knöchel. Nikolai sah Birgany an, dann die Scheffer und wieder Birgany. Dann fing er an zu lachen und Thoran stimmte mit ein. Seine kleine Feuerfee war ein Teufelsweib.

***

Birgany saß vor dem Fenster ihres Arbeitszimmers, Thoran lehnte mit dem Rücken an ihrem Arbeitstisch. Sie nutzten jede freie Minute, um zusammen zu sein, brauchten die Nähe des anderen, wie die Pflanzen Wasser brauchten, um zu überleben. Mit jedem Tag ging es ihm besser.

»Ich will mich verabschieden.« Nikolai stand in der Tür, sah Thoran aber nicht an.

»Wo willst du hin?«, fragte Thoran.

Verloren zuckte Nikolai mit den Schultern. »Weg.« Er lächelte Thoran traurig an. »Du hast dein Glück gefunden. Mehr wollte ich nie. Lebt wohl.«

»Wann kommst du zurück?«

Nikolai schüttelte den Kopf. »Ich werde nicht zurückkommen«, sagte er leise und ging.

Oh nein, so einfach würde Nikolai nicht davonkommen. Thoran stolperte auf den Flur. Hastete die Treppe hinunter und stürmte auf den Hof. Thoran sprang Nikolai mit Wucht an und krachte mit ihm auf den Boden. Zu mehr war er nicht fähig. Die lange Krankheit hatte ihn geschwächt und der Lauf hatte seine Kräfte vollkommen aufgezehrt.

Wehrlos lag Nikolai unter ihm. »Willst du noch lange so auf mir liegen oder stehst du auf, damit ich fortreiten kann?«

»Ich kann nicht. Bleibst du liegen, bis ich wieder zu Atem komme?«

»Für dich würde ich alles tun, Bruder«, antwortete Nikolai leise.

Unter Schmerzen rollte sich Thoran von Nikolai und blickte ihm in die blauen Augen. Augen, die ihm alles verrieten. Schmerz, Angst, aber vor allem Bruderliebe.

»Ich kann es mir nicht verzeihen, dass ich euch beinahe entzweit hätte. Aber es war nie meine Absicht. Damals, als Birgany zu Jacob ging, bin ich ihr gefolgt. Ich wollte sie beschützen, weil sie sich nach Hachenburg wagte.« Nikolai rieb sich übers Gesicht. »Als ich vor Jacobs Werkstatt auf sie wartete, habe ich durch ein geöffnetes Fenster alles gehört. Die beiden frotzelten über ihre Idee, dir ein Geschirr zu verpassen.

Ich war so voller Wut, dass ich in die nächste Schenke bin und mich besoffen habe.«

»Aber du hast geschwiegen und mich noch darin bestärkt, dass Birgany mich verraten hat.« Erst jetzt wurde Thoran die volle Tragweite von Nikolais Schweigen bewusst. Sein eigener Bruder hatte ihn in dem Wahn bestärkt, Birgany hätte ihn verraten.

»Ich habe nicht willentlich geschwiegen. Ich weiß noch, dass ich ihr gefolgt bin und anschließend in die Kneipe ging. Danach ist alles weg. Erst als ich Klausner zur Rede stellte, kamen die Stunden bruchstückhaft zurück. Es war nie meine Absicht, einen Keil zwischen euch zu treiben.«

Weitere Worte waren überflüssig. Thoran setzte sich auf. Er würde sterben ohne seinen Bruder.

Die Augen voller Tränen tat es Nikolai ihm nach.

Wie zwei kleine Bengel saßen sie auf dem Boden, fielen sich

in die Arme und wurden wieder eins. Die Fäden, die sie von Geburt an verbunden hatten, fügten sich wieder zusammen.

»Bevor wir uns zum Gespött machen, hilf mir auf.«

Wortlos erhob sich Nikolai und zog ihn auf die Füße.

***

Birgany stand da und sah die Brüder an. Tief sog sie die kalte Luft ein, dann ging sie zu ihnen. Schon einmal hatte ihr Stolz fatale Auswirkungen gehabt. Diesen Fehler würde sie nicht wiederholen. »Nikolai, sieh mich an.«

Als er sich umdrehte, breitete sie die Arme aus. Nikolai atmete hörbar aus, kniete sich vor sie und drückte sie fest an sich. »Ich habe deine Vergebung nicht verdient.«

»Nein, doch schenke ich sie dir. Wenn ich dir nicht verzeihen kann, ist Thorans und mein Glück nicht vollkommen.« Es war richtig. Es war gut. Sie strich ihrem Schwager über sein rotschwarzes Haar. »Bitte steh auf.« Nikolai gehorchte, ergriff ihre Hand und hauchte einen Kuss darauf.

»Lasst uns einen Pakt schließen und die letzten Wochen vergessen. Ab heute beginnt alles neu.« Thoran streckte die Faust vor und Nikolai schloss seine rechte darum.

Birgany sah erst Thoran, dann Nikolai in die Augen, ehe sie ihre Hand auf die Fäuste der Brüder legte. »Ich werde für jeden von uns ein Armband herstellen. Es soll uns immer daran erinnern, wie fragil die Liebe ist. Wie kostbar offene Worte und Vertrauen sind. Wie wichtig Familie ist. Aber vor allem, wie gefährlich falscher Stolz sein kann.«

»Ein hervorragender Einfall«, sagte Nikolai und zum ersten Mal seit Tagen war sein Lächeln echt und erreichte seine Augen.

»Wir sollten eine Feier organisieren«, sagte Thoran.

»Wozu?«

»Deine Heimkehr, meine Genesung.« Thoran grinste sie an. »Und dass wir wieder eine Familie sind.«

Kapitel 20

Libertas, neunter April anno 1713

Birgany stand mit Fanny und Julietta nahe dem Eingang zur Kapelle und ließ ihren Blick über die Gäste schweifen. David lehnte am Kamin und unterhielt sich mit Gordian und Varun. Sophia hockte mit Franziska auf einer Chaiselongue.

Jacob hob seinen Bierhumpen und prostete ihr zu.

»Du hast Fannys Rat befolgt und mit der Gräfin Berensen gesprochen?« Julietta sah Birgany erwartungsvoll an.

»Ja. Ihre kleine Grafschaft braucht gute Handwerker und da sie die Zünfte aufgehoben hat, darf ich Uberas nähen, ohne Gefahr, geächtet zu werden.«

»Sie war nicht wie die Kerle in Hachenburg der Meinung, du würdest die Frauen zur Lasterhaftigkeit verführen?« Julietta warf ihren Zopf zurück.

»Nein. Sie ist eine sehr fortschrittlich denkende Frau und erkannte die Vorteile dieser Wäschestücke ohne große Erklärung.« Birgany strich über ihr linkes Schlüsselbein. Über die Stelle, wo ihr Ubera mit dem L für Libertas verziert war. »Natürlich nur festes Leinen und keusche Schnitte. Die frivolen Stücke bleiben uns vorbehalten.«

Julietta kicherte und klatschte in die Hände.

Fanny umarmte Birgany. »Du hast um deinen Traum gekämpft und gesiegt. Ich bin so stolz auf dich.«

Birgany war bescheiden geworden. Sie hatte noch nicht alles bekommen, wonach sie sich sehnte, und hoffte, mit der Zeit würde sich auch ihr anderer Wunsch erfüllen.

Sie sah zu Thoran hinüber, der mit Nikolai sprach. Als würde er ihren Blick spüren, hob er den Kopf und lächelte. Er sagte noch ein paar Worte zu Nikolai. Dieser nickte und ging aus der Kapelle. Thoran stellte seinen Humpen ab und kam zu ihr. »Ich muss mein Weib kurz entführen. Ihr entschuldigt uns.«

»Lieber Himmel, wie galant. Euch sei die Bitte gewährt«, antwortete Julietta und schaffte es, Thoran so anzusehen, als wäre sie einen Kopf größer als er. Thoran verneigte sich formvollendet. »Habt Dank.«

Er legte Birganys Hand in seine Armbeuge, platzierte seine linke darüber und führte sie auf die Terrasse. »Ich habe eine Bitte, kleine Feuerfee.«

»Welche, mein Liebster?«

»Gib mir eine halbe Stunde und warte vor dem Altar. Erfüllst du mir diesen Wunsch?«

»Warum?«

»Eine halbe Stunde«, wiederholte er leise.

Irritiert schaute Birgany ihm nach. Er hatte sie so geheimnisvoll angesehen. Was plante er?

Lange stand sie in der Dunkelheit und sah zum Himmel. »Ich danke dir, Großvater. Du gabst mir die Kraft, um meine Träume zu kämpfen.« Birgany prostete den Sternen zu, trank einen Schluck Punsch und schlenderte zurück in die Kapelle. Verträumt spielte sie an ihrem neuen Armband. Die geflochtenen Haare glänzten mit der silbernen Schließe um die Wette.

Gelächter kroch in ihr hoch, als sie an die schockierten Gesichter dachte. Nikolai war vor ihr zurückgewichen und Thoran hatte sie mit offenem Mund angestarrt. Doch schlussendlich hatten beide, ebenso wie sie selbst, drei Haarsträhnen geopfert. Aus denen hatte sie die Armbänder geflochten.

Die Tür öffnete sich. Nikolai kam herein, suchte ihren Blick und grinste sie spitzbübisch an.

War die halbe Stunde um? Birgany raffte ihre Röcke und hastete zum Altar.

Ein Raunen ging durch die Kapelle. Dann wurde es still.

Langsam drehte sich Birgany um.

Stolz und aufrecht schritt Thoran auf sie zu und sein Anblick überwältigte sie.

Lediglich die Sklavenhose verhüllte seinen Leib. Seine Brust und sein Schambereich waren rasiert. Er sah atemberaubend aus.

Sie schlug die Hände vor den Mund.

Er trug ihr Hochzeitsgeschenk! Wie war das möglich? Sie hatte es doch verbrannt.

Sein Schaft, gehalten von den ledernen Schnallen, wippte bei jedem seiner Schritte.

Hitze stob durch ihren Leib. Ihr Schoß pulsierte heiß und ihre Brustwarzen wurden hart.

Bei ihr angekommen, beugte er sich vor. »Jacob hatte noch deine Zeichnung und hat es neu gemacht.« Er sank auf die Knie, spreizte die Beine und sah zu ihr hoch. Seine wohlproportionierten Bauchmuskeln bebten. Seine Augen leuchteten voller Liebe.

»Ihr seid Herrin über meinen Leib, meine Seele und meine Lust. Nie wieder werde ich einen Eurer Befehle oder Wünsche infrage stellen. Mit Freude will ich leiden, um Euch zu erfreuen. Es erfüllt mich mit Stolz, Euch dienen zu dürfen.« Seine Stimme hallte laut und klar durch den riesigen Raum. Bei keiner Silbe zitterte sie oder verriet Unsicherheit.

Birgany sah in die Runde. Die Gesichter der Männer zeigten Achtung und Respekt. Jacob schenkte ihr ein Lächeln und sie formte mit den Lippen ein lautloses Danke. Er legte eine Hand auf die Brust und verneigte sich.

Fanny weinte vor Freude und Julietta klatschte leise in die Hände.

Es bedurfte ungeheurer Stärke, hier vor ihr zu knien, vor

all ihren Freunden. Sich ihr öffentlich zu unterwerfen. Seine Unversehrtheit in ihre Hände zu legen.

Stolz auf diesen Mann füllte ihr ganzes Sein.

»Schenkt Ihr mir die Ehre, mich zu kennzeichnen? Darf ich aller Welt zeigen, wem ich gehöre? Wem ich ganz und gar vertraue?« Thoran hielt ihr das Halsband hin, in der Art, wie die Ritter ihrem König ihr Breitschwert darboten.

Die Welt um sie herum verschwand. Zurück blieben zwei Menschen, die in den Tiefen ihrer Augen versanken.

Mit bebenden Händen ergriff sie das Band.

Sie beugte sich vor, legte es ihm an und verband so Thoran, den Sklaven, mit seiner Herrin Birgany.

»Mein«, sagte sie leise und strich über die Gravur.

Da war er. Dieser besondere Glanz in seinem Blick, der völlige Hingabe und vor allem absolutes Vertrauen und unerschütterliche Liebe in sich vereinte.

Lieber Jörg ich danke Dir für Deine Fähigkeit ein apartes Lächeln auf mein Antlitz zu zaubern.

LESEPROBE: LITHA BERNEE

HEISSES PARIS

Thoran ging zur Anrichte und griff sich einen Flakon. »Der Handel mit diesen exotischen Ölen war ein Geniestreich.«

Sein Zwillingsbruder Nikolai entkorkte das Glas und schnupperte. »Dieses Zeug ist der Hammer! Wenn es auf die Huren ebenso wirkt, haben wir eine ausschweifende Nacht vor uns.« Er rieb sich über den Schritt und lachte. Thoran schmunzelte. Dieses Öl von Scheich Abdul hatte eine erstaunliche Wirkung. Die Weiber wurden derart hemmungslos und lüstern, dass es ihm manchmal Angst einjagte. Erst letzte Nacht hatten sie es bei Comtesse Marianne ausprobiert. Sie war wie von Sinnen gewesen und hatte ihnen alles abverlangt. Wieder und wieder war sie gekommen und hatte gar nicht genug kriegen können.

»Die Huren werden uns dankbar sein, Bruder. So haben sie bei den Freiern wenigstens ab und zu auch ihren Spaß.« Thoran stand auf, zog sich die Weste an und steckte die Phiole in die Tasche. »Komm, lass uns zu Madame Antónia gehen und unseren letzten Abend in Paris genießen.«

Gemeinsam verließen sie das Hotel und gingen festen Schrittes durch die quirlige Stadt.

Sie waren auf ihren Handelsreisen in der ganzen Welt herumgekommen, doch nirgends pulsierte das Leben derart wie in Paris. An jeder Ecke spielten Musikanten vor den Cafés, die Leute saßen beisammen und genossen die lauen Sommernächte.

***

Aus den geöffneten Fenstern des Bordells drang beschwingte Musik und unbeschwertes Gelächter von Frauen, die das Leben feierten. Hier und da waren eindeutige Liebesgeräusche, verhaltenes Stöhnen zu hören. Es roch nach den besten Parfüms der Stadt und nach Wein. Thoran glaubte, schon hier vor der Tür die Lüsternheit der willigen Luder riechen zu können.

Im Foyer kam ihnen Orgasta entgegen. Thoran genoss den Anblick der drallen Schönheit.

»Bonjour, Messieurs.«

»Wild auf einen Freier, Orgasta?« Er mochte den heißblütigen Rotschopf, beugte sich vor und stupste ihr mit der Fingerspitze auf die Nase.

»Genau genommen auf zwei. Auf einen braunäugigen Hünen und seinen Zwilling mit den Augen der Tiefsee.« Sie trat dicht an die beiden heran und legte ihnen die Hände auf den Schritt.

»Heute bin ich dran.« Pauline schob Orgasta brüsk beiseite und ihre nackten Brüste schwangen hin und her. Thoran brauchte seinen Zwillingsbruder nicht anzusehen, um zu wissen, auf wen ihre Wahl fiel. »Wir wollen Orgasta, also hört auf, um uns zu zanken.«Nikolai, der keiner Frau einen Wunsch abschlagen konnte, packte Pauline und küsste sie hart auf den Mund. Mit seiner freien Hand fuhr er ihr zwischen die Beine, schürte geschickt ihre Lust. Hungrig klammerte sie sich an ihm fest und ritt seine Hand.

»Komm, du wildes Geschöpf! Dies ist mein Dank fürs letzte Mal.« Nikolai lachte und leckte ihr über den Hals. Es dauerte nicht lange, bis Pauline lautstark kam.

Mit glasigen Augen sah sie zu seinem Bruder hoch. »Können wir nicht zu viert nach oben gehen?«

»Du hast deinen Ritt bekommen.« Hart schlug Nikolai ihr auf den prallen Arsch.

Sie zog einen Schmollmund, gab sich aber geschlagen und stolzierte davon. Sie trällerte ein Lied, in dem immer wieder das Wort »l'amour« vorkam, und verschwand in einem der angrenzenden Räume.

In einem scharlachroten Kleid aus Rohseide schwebte Antónia auf sie zu. Diese Frau hatte Thoran eine völlig neue Welt der körperlichen Liebe eröffnet…

LESEPROBE:
CLAIRE D. ANDERSON
AUDREYS GEHEIMNIS

Audrey und Jacob verbindet eine gemeinsame Vergangenheit voller dunkler sexueller Geheimnisse: Jahre zuvor erfüllten sie mit Freunden zahlenden Gästen jeden sexuellen Wunsch.

Ihr Aufeinandertreffen ruft heiße, lüsterne Erinnerungen wach und bringt die beiden näher zusammen.

Finden Audrey und Jacob einen Weg, Gelüste und Träume mit ihrem Leben zu vereinen?

Eine Geschichte über verbotene Lust, übers Erwachsenwerden und die hemmungslose Befriedigung von Fremden.

Auszug:

... Jacob schien mit irgendetwas zu ringen. Ab und an wandte er sich zu mir, setzte an, als wolle er etwas sagen, ließ es dann aber doch bleiben. Ich schwieg und hing meinen Gedanken nach, versuchte, mich nicht zu sehr an das Gefühl seiner Hand in meiner zu gewöhnen. Dennoch genoss ich es. Mehr, als ich es hätte genießen sollen. Das war mir klar. Und dann, plötzlich, als wäre er aus den widerstreitenden Gefühlen aufgetaucht, die uns beide zu umgeben schienen, machte Jacob einen Schritt von mir weg, schaute aufs Meer, holte tief Luft, drehte sich in einem Schwung zu mir um und umfasste mein Gesicht mit beiden Händen. Er war plötzlich so nah, dass ich unwillkürlich die Luft anhielt. Sein heißer Blick wanderte von meinen Augen zu meinen Lippen. Mein Verstand setzte aus. Ich spürte ein Prickeln im ganzen Körper, eine Sehnsucht, die körperlich fast nicht zu ertragen war. Ich legte meine Hände sanft um seine Handgelenke, während er näher kam und dann zärtlich seine Lippen auf meine legte. Ich spürte seinen ganzen Körper pulsieren und in mir stieg eine Hitze auf, ein Verlangen, wie ich es noch nicht kannte. Dies war nicht die reine fleischliche Lust der früheren Erlebnisse während unserer Jugend, auch nicht das Gefühl einer oberflächlichen Verliebtheit, wie ich sie in Amerika mit Luke erfahren hatte, nein, dies war anders, anders als alles, was ich bisher erlebt hatte.

Jacob drängte sich an mich, griff mit einer Hand in mein Haar und hielt meinen Kopf fest, als fürchtete er, ich könnte zurückweichen. Sein Kuss wurde fordernder, er öffnete meine Lippen mit seinen, so weich, doch so männlich und kraftvoll, und begann, mit seiner Zunge die meine zu umspielen. Ich schlang meine Arme um ihn und er packte meine Taille, sonst wäre ich in die Knie gegangen. Sein Drängen, sein stoßweises Atmen, mein leises Stöhnen an seinem Mund, die Gier, mit der wir uns küssten, all das ließ mich vergessen, wo ich war, wer wir waren in dieser Gesellschaft von Colante, und was uns umgab.

***

In meinem Traum war es diesmal anders als sonst.

Es fühlte sich verbundener, friedlicher an. Wir lagen alle sieben auf dem warmen, weichen Boden im Keller, ganz eng beieinander, fast verknäult waren unsere Arme und Beine. Leise, weiche Klänge durchzogen den Raum, die Stimmung war sphärisch und leicht. Wir hatten unsere Masken an und waren nackt. Ich lag auf dem Rücken und spürte die Körperwärme meiner Freunde um mich. Jemand hatte sein Bein über meines gelegt, eine fremde Hand lag an meiner Brust und ich spürte, wie wir begannen, uns alle gegenseitig zärtlich streichelten. Meine Finger glitten vorsichtig über den zarten Flaum der Behaarung auf einem männlichen Bauch. Ich spielte damit, bevor ich entlang seiner Lende nach unten strich – eine langsame, fließende Bewegung. Mein Kopf lag am Hals eines Mädchens und ich drehte mein Gesicht zu ihrer Schulter und pflanzte zarte Küsse darauf.

Ich sah, wie Jacob sich langsam auf die Knie aufrichtete, um in unser Meer aus Körpern einzutauchen. Ich beobachtete, wie er begann, an Angeliques Brüsten zu saugen, nachdem er es sich auf dem Bauch bequem gemacht hatte. Ennis, der bis jetzt noch nicht in meinen Träumen vorgekommen war, zog mich seitlich zu sich heran und nahm mir die Sicht auf Jacob und Angelique. Ich hätte ihnen gern noch ein wenig zugesehen. Ennis war groß, blond und hatte strahlende, hellgraue Augen. Umrahmt von der schwarzen Maske blickten sie nun von schräg unten zu mir herauf. Jemand küsste sich die Innenseite meiner Oberschenkel bis zu meinem Hintern hoch. Ich spürte die zarten, weichen Lippen eines Mädchens.

Ennis spielte Baseball und hatte raue Hände, mit denen er nun meinen Körper erforschte. Ich brauchte gar nichts zu machen, reckte mich ihm einfach entgegen. Er schob seinen Oberschenkel zwischen meine Beine und begann, sich rhythmisch zu bewegen. Ich ließ mich gehen und rieb meine Scham an ihm, bis ich eine feuchte Spur auf ihm hinterließ. Er streckte mir zwei Finger seiner Hand entgegen und ich saugte daran. An meiner Hüfte spürte ich seine steinharte Erektion. Er hatte einen riesengroßen Penis. Ich wusste, dass ich ihn in mir haben wollte. Dann nahm er seine Finger aus meinem Mund und zeichnete eine Spur zwischen meinen Schulterblättern nach unten, über meinen Anus, bis er sie in meine nasse Spalte gleiten ließ. Ich sah ihn süffisant lächeln, doch dann verlagerte ich mein Gewicht und packte seinen Schwanz mit einer Hand.

***

Wir befanden uns alle wieder im großen, warmen Keller. Die Musik lief noch nicht und wir standen im Raum verteilt nackt da. Unsere Hände waren über unseren Köpfen gefesselt und an Verankerungen an der Zimmerdecke befestigt. Wir konnten uns noch gut bewegen und waren doch durch diese kleine Maßnahme eingeschränkt. Ich selbst genoss es natürlich, so ausgeliefert zu sein. Bevor man uns die Augenbinden anlegte, schaute ich mir meine Freunde an, wie sie dastanden. Ennis atmete schnell und flach, während Jacob uns Mädchen neugierig und mit ernstem Blick musterte. Julia versuchte, für ihre Hände eine bequemere Position zu finden, und während sie an den Fesseln zerrte, wurde sie von einem der Aufseher zurechtgewiesen. Sie hielt sofort still.

Die Gäste der Show gingen in ihren Umhängen und Masken zwischen uns hin und her, schauten uns genau an, betrachteten unsere jugendlichen Körper. Es erregte sie augenscheinlich sehr, uns so zu sehen – reglos, ausgeliefert und geil. Ich spürte, wie sich Hitze in mir aufbaute, während uns die Augenbinden angelegt wurden und die Musik begann.

Ich spürte den Atem eines Mannes in meiner Nähe. Mit einer Hand, die, wie ich fühlte, in einem ledernen Handschuh stecken musste, strich er an meinem Körper entlang, bis er zwischen meine Schenkel griff und meine Beine spreizte. Damit musste ich meine Hände über dem Kopf komplett durchstrecken. Mein Rücken bog sich und der Mann drängte sich von hinten an mich. Ich hielt mich an dem dicken, weichen Stoff fest, mit dem ich gefesselt war. Die Berührungen des Mannes erinnerten mich an jemanden, doch ich konnte es nicht zuordnen. Da war noch zusätzlich das Gefühl der Handschuhe. Der Mann kam um mich herum und ließ mich kurz los. Ich wusste nicht, was als Nächstes kommen würde. Dann spürte ich seinen heißen, schnellen Atem an meiner Scham und er drückte sein Gesicht in meine pulsierende Mitte.

***

Diesmal war das Ziel, dass wir uns von den Gästen ausziehen lassen sollten. Oder anlassen sollten, was sie wollten, dass wir trugen, während sie uns fickten. Ich trug eine Bluse, einen kurzen, dehnbaren Rock und halterlose Strümpfe. Sie legten uns die Augenbinden an und wir begannen uns wie immer in der Mitte des Raumes zu bewegen. Bald waren die Hände der Menschen um uns überall. Ich spürte, dass auch sie bekleidet waren. Der Reiz bestand darin, sich zu berühren, ohne sich ganz auszuziehen. Es erregte mich ungemein zu spüren, wie Hände unter meine Kleidung wanderten, unterhalb der Bluse nach meinen Brüsten tasteten. Schließlich fand auch eine Hand in meinen Rock. Ich zog den Bauch ein, damit sie leichter vordringen konnte. Zuerst war es nur ein leichtes Massieren auf meiner Scham – es fühlte sich so verboten an und war einfach herrlich – dann griff die Hand tiefer und streichelte mich durch den dünnen Baumwollstoff meines Slips hindurch. Ich war schon klatschnass und atmete heftig. Meine eigenen Hände hatte ich um einen weiblichen Körper geschlungen, dessen schwere Brüste ich knetete. Ich drehte die Frau zu mir um und bückte mich, sodass ich mich mit dem Hintern an die Person drängte, deren Hand sich in meinem Rock befand. Ich spreizte die Beine ein wenig und öffnete mit einer schnellen Bewegung den Reißverschluss des Rocks, um es ihr leichter zu machen, bevor ich begann, die Bluse der Frau vor mir aufzuknöpfen und mit meiner Zunge eine kühle Spur der Feuchtigkeit über ihren Bauch zu verteilen. Ich konnte die harte Erektion des Mannes hinter mir durch den Stoff unserer Kleidung spüren. Er rieb sich gierig an mir. Mit Leichtigkeit fand er den Weg in meine klatschnasse Spalte. Das Gefühl eines einzelnen Fingers, der über meine empfindlichste Stelle kreiste, war mir bei Weitem nicht genug. Doch das musste ich aushalten, und während ich tastend den Rock der Frau vor mir hochschob, überlegte ich fieberhaft, wie ich zu mehr Befriedigung meiner Gelüste kommen konnte. Der Mann hinter mir drückte mich noch ein Stück nach unten, er wollte sehen, wie ich die Frau vor mir leckte. Ich bereitete sie mit meinen Fingern geschickt vor. Dann beugte ich mich auf sie zu und sog den Duft der frisch gewaschenen Scham ein, spreizte mit meinen Fingern ihre Scheide und tauchte meine Zunge in ihre heiße, feuchte Möse ein. Der Mann hinter mir erstarrte mitten in seiner Bewegung. Er schaute uns offensichtlich zu. Ich spürte, wie er ungeduldig an meinem Rock zerrte und ihn nach unten schob. So stand ich dann da, die Beine fast geschlossen und durch den nach unten gerutschten Rock gefesselt, reckte ihm mein Hinterteil entgegen und leckte behutsam die Frau vor mir, die immer schneller atmete. Ich versuchte zu erahnen, was der Mann hinter mir als Nächstes vorhatte. Dann spürte ich, wie er ein glitschiges Gel auf meinem Hinterteil verteilte und es damit massierte. Seine Handbewegungen näherten sich meinem Anus. Ich sog scharf die Luft ein, als er seinen Daumen hinten in mich hineindrückte. Ich fühlte mich völlig ausgeliefert.

Eine Sekunde lang bekam ich Angst, aber dann gefiel es mir und ich ließ es geschehen. Ich spürte, wie sich weitere Hände vor mir an die Scham der Frau drückten, die ich liebkoste. Sie lösten mich ab und drängten sie von mir weg. Der Mann hinter mir schob meine Bluse nach oben und griff nach meinen Brüsten, während er sich an mich drängte. Dann richtete er sich wieder auf und ließ seinen heißen Penis zwischen meinen Pobacken hinauf- und hinuntergleiten. Ich begann mich zu entspannen. Dann drückte er seine Eichel vorsichtig gegen meinen Anus und verharrte ein paar Sekunden lang so.

LESEPROBE: FINJA LAWALL DAS WILDE ABC MEINER MÄNNER

... Ich tanze gerade ausgelassen mit Lucia, als ich ihn erblicke: Herr Gregory ...

Mir wird sogleich schwindelig. Kurz überlege ich, dann gehe ich auf ihn zu.

»Hi«, sage ich zaghaft.

»Oh, hallo Finja! Bist du nicht noch zu jung für diesen Club?«

Will er mich provozieren oder fragt er mich das im Ernst?

»Ich habe heute Geburtstag!«

»Oh, herzlichen Glückwunsch! Wie alt wirst du denn?«

»Alt genug, sodass Sie SIE sagen müssten!« Keck zwinkere ich meinem ehemaligen Lehrer zu.

Amüsiert schaut mich Herr Gregory an. »Okay, wenn das so ist ...«

»Willst du meinen Ausweis sehen?«

Oh Gott, Finja, hör auf damit! Du klingst wie ein bockiges Kind.

»Nein, schon gut, ich glaube dir! Komm mit!«

Gabriel ergreift meine Hand und zieht mich mit sich. Rundherum um mich ist alles verschwunden, mir ist mittlerweile alles egal.

Die Luft vor dem Club ist kühl und angenehm, aber auch das bekomme ich nicht mit. Herr Gregory Schrägstrich Gabriel zerrt mich fast grob zu seinem Wagen. Dann drückt er mich gegen die Karosserie und nimmt mein Gesicht in seine Hände. Bevor er mich küsst, sagt er: »Das hätte ich am liebsten schon vor vier Jahren getan!«

Ist das sein Ernst?

Mit einem Ruck liege ich auf der Rückbank seines Autos. Ich spüre seine Hände überall auf meinem Körper. Gabriel scheint völlig ausgehungert zu sein. Wie lange hatte er wohl schon keine Frau mehr?

Mein erster Auto-Sex. WOW!

Stürmisch zerrt Gabriel meinen Rock nach oben, reißt meinen Slip zur Seite und schiebt fast im selben Moment grob zwei oder mehr Finger in mich. Mein Körper ist diese Art »Folter« nicht gewöhnt und verkrampft sich automatisch.

»Oh, du bist so herrlich eng!«

Mit einem Ruck dringt Gabriel in mich ein. Es fühlt sich tatsächlich eng an. Bin ich etwa so trocken oder hat Gabriel so einen Riesenriemen? Ich weiß nicht, was es ist, aber es ist mir auch egal. Im Moment genieße ich einfach nur das Gefühl, vollkommen ausgefüllt zu sein. Und das ist mega geil!

Ich lasse mich komplett in meinen Empfindungen fallen, spüre, wie sich Gabriel Zentimeter für Zentimeter in mich hineinschiebt und dann genauso langsam wieder herausgleitet, um dann kraftvoller in mich zu stoßen.

Keuchend senkt Gabriel seine Lippen auf meine und erobert in Windeseile mit seiner Zunge meine Mundhöhle. Sein Drei-Tage-Bart kratzt an meinem Gesicht, was mich noch mehr auf Tour bringt.

Alle meine Hemmungen fallen in diesem Moment von mir ab und ich schiebe meine Hände unter Gabriels Shirt, lasse meine Nägel fest über seinen Rücken kratzen. Sicher hinterlasse ich dicke Striemen, aber das ist mir egal. Dann kralle ich mich in seinen Po, um ihn noch tiefer in mir spüren zu können.

Gabriel versteht meine Aufforderung prompt und stößt immer fester in mich hinein, sodass ich fast das Gefühl habe, gespalten zu werden ...